DROEMER

SEBASTIAN
FITZEK

Elternabend

Kein Thriller

(AUCH WENN DER TITEL NACH HORROR KLINGT)

MIT ILLUSTRATIONEN VON
JÖRN STOLLMANN

DROEMER

Besuchen Sie uns im Internet:
www.droemer.de

MIX
Papier | Fördert gute Waldnutzung
FSC® C014496

Originalausgabe April 2023
Droemer HC

Ein Imprint der Verlagsgruppe
Droemer Knaur GmbH & Co. KG, München

Ein Projekt der AVA International GmbH
Autoren- und Verlagsagentur
www.ava-international.de
Redaktion: Regine Weisbrod
Covergestaltung: Jörn Stollmann – Raschke Entertainment GmbH
Illustrationen im Innenteil: Jörn Stollmann
Satz: Adobe InDesign im Verlag
Druck und Bindung: GGP Media GmbH, Pößneck
ISBN 978-3-426-28413-1

14 15 13

Für meine Kinder

Wichtiger Hinweis zum Inhalt.

Dieses Buch ist eine komplett ausgedachte, im Kern humorvolle Geschichte. Es werden dennoch ernste Themen behandelt wie Suizid, Mobbing oder Depressionen bei Schulkindern, die Leserinnen und Leser als verstörend empfinden könnten, weil sie sie in einer Komödie womöglich nicht erwarten. Und doch, genau da gehören sie rein. Denn wie sagte schon Mark Twain: *Die verborgene Quelle des Humors ist nicht Freude, sondern Kummer.*

Kapitel 1

Lassen Sie mich diese Geschichte an der Stelle beginnen, an der sie hätte enden sollen. Um 16.44 Uhr an einem extrem heißen Sommertag in einer kleinen Einbahnstraße in der Heerstraßensiedlung im Südwesten Berlins.

Ich saß hinter dem Lenkrad eines Hundertzwanzigtausend-Euro-Geländewagens – von der albernen Sorte, die in echtem »Gelände« etwa so offroad-tauglich ist wie ein Liegefahrrad im Dschungel –, der von einem völlig bescheuerten Kleinkriminellen aufgebrochen worden war. Ich war dabei, einen Brief zu schreiben. Auf meinem Schoß lag eine in Papier eingewickelte, langstielige blaue Hortensie, und um meinen Hals schlackerte ein lederner Hosengürtel. Die Frau, die sich mir und damit dem parkenden Stadtpanzer näherte, steckte in brombeerfarbenen Yogashorts, die so eng anlagen, dass sie sie wohl vor einen Tannenbaumtrichter gespannt hatte und hindurchgesprungen war, um in sie reinzukommen. An den eher zierlichen Füßen klebten Joggingschuhe in Neonquietschpink. Ein tailliertes, aus Schweiß absorbierendem Slimfit-Stoff gedrechseltes Oberteil mit dem Aufdruck »Save our Planet« komplettierte ihr Sportoutfit.

Sportlich war auch, was die Frau in der Hand hielt. Eine

Baseballkeule, die sie, kaum dass sie in Schlagweite war, mit voller Wucht gegen den rechten Xenon-Scheinwerfer des Autos drosch.

Wenn Sie jetzt denken: *Hm, das ist aber eine seltsame Situation,* dann sage ich: »Herzlich willkommen im Leben von Sascha Nebel. Dem Inhaber eines Premium-Abos auf seltsame Lebenssituationen.« Keine Ahnung, warum ausgerechnet ich mich immer wieder in filmreifen Szenen wiederfinde. Wobei Sie hier weniger an »Pretty Woman« oder »Bodyguard« denken sollten als vielmehr an eine Mischung aus »Dumm und Dümmer« und »SAW«, nur nicht so romantisch.

Ich hielt mich schon länger für so etwas wie einen Irrenmagneten, so oft, wie verhaltensauffällige Menschen ohne Einladung in mein Leben schredderten. Beispielsweise gerade vor einer Stunde der Beknackte im Supermarkt, der mit dem gebrüllten Ausruf »Rechts vor liiiinks!« aus dem Nudelgang schoss und mich mit seinem Einkaufswagen beinahe in die Gefriertruhe rammte.

»Hast du sie noch alle?«, hatte ich ihn angeschrien. Und in etwa das fragte ich jetzt die etwa Gleichaltrige, also Mitte-dreißig-Jährige, mit der Keule. Sicher konnte ich mir ihres genauen Alters nicht sein. Tatsächlich lässt sich das nur schwer schätzen, wenn die Frau einen Gesichtsausdruck hat wie eine Mutter, die versucht, ein Auto hochzuhieven, um ihr darunter eingeklemmtes Kind zu befreien. Nur dass die Unbekannte den Wagen, in dem ich mich ans Lenkrad klammerte, offenbar nicht hochstemmen, sondern schrottreif prügeln wollte. Nach dem Scheinwerfer war jetzt die Windschutzscheibe dran, der sie mit einem gezielten Hieb eine Spinnennetzoptik verpasste.

Pachwumm. Ein weiterer Treffer.

»Was bitte stimmt denn mit dir nicht?«, schrie ich die offenbar irre Gewordene an, die jetzt ein Loch in mein Seitenfenster prügelte. Ich sah, dass sie einen Rucksack aus grauer Lkw-Plane auf dem Rücken trug. Sie hingegen schien mich in ihrem Zerstörungswahn überhaupt nicht zu bemerken. Ihr brauner Zopf schlug wie das Pendel einer Standuhr im Takt zu den Treffern, die sie jetzt auf der Dachkante landete.

Ich beschloss, sie Wilma zu nennen. Wegen der Keule = Steinzeitmensch = Frau von Fred Feuerstein. Kreativ, ich weiß.

Ich fragte mich, ob ich sie kannte, womit sie dann wohl eine Ex-Partnerin hätte sein müssen, denn meiner Lebenserfahrung nach neigen Menschen zu solch hysterischem Extremverhalten in der Öffentlichkeit meist nur im Zustand hochgradiger Eifersucht. Dass ich mit Wilma einst einmal liiert gewesen sein sollte, konnte ich jedoch mit gewisser Sicherheit ausschließen. Allein schon deshalb, weil nur eine einzige meiner (wenigen) Verflossenen so attraktiv gewesen war wie sie.

Wobei, das klingt in dem Zusammenhang jetzt etwas missverständlich. Nicht dass Sie auf die Idee kommen, ich hätte Gewalt auf irgendeine Weise anziehend gefunden. Obwohl weniger wohlmeinende Mitmenschen mein Äußeres schon mal mit einem Boxer verglichen haben (sowohl mit dem Sportler als auch dem Hund!). Dabei täuschte mein Anblick. Meine Nase zum Beispiel war nicht bei einem Faustkampf, sondern in jungen Jahren bei einer Schultheateraufführung gebrochen worden. Ich hatte in einem Bettlaken über die Bühne der Aula hüpfen müssen und war in den Orchestergraben geknallt (sehr zur Freude meiner hämisch lachenden Mitschülerinnen und Mitschüler). Meine auf acht Millimeter rasierten Haare verdankte ich den Geheimratsecken, die im Skinhead-Look weniger verboten aussahen. Und die Narbe unter dem rechten Auge war kein Gang-Erkennungszeichen, sondern der schlagende Beweis dafür, dass man als Teenager keine Abkürzung über die Abschlagsanlage eines Golfplatzes nehmen sollte. Kurz: Ich sah aus wie ein Bad Guy, und Mädchen aus gutem Hause wollten, wenn überhaupt, allenfalls eine kurze Affäre mit mir. Dafür allerdings war ich definitiv nicht der Typ und scheiterte stets krachend daran, die Mädchen aus gutem Hause von meinen inneren Werten zu überzeugen.

Moment mal, fragen Sie sich vermutlich, *was hat die Irre mit der Keule mit einem Mädchen aus gutem Hause gemein?* Nun, wenn mich nicht alles täuschte, waren ihre Hände perfekt manikürt. (Sagt man das überhaupt so? Ich kenn mich mit den Fachtermini nicht so aus und habe jahrelang geglaubt, Waxing wäre etwas Unanständiges.) Ihre zornig zusammengekniffenen Augenbrauen waren frisch gezupft und die gebleckten Zähne strahlend weiß gesandstrahlt. Für mich waren das sichtbare Insignien eines »guten Zuhauses« – oder zumindest eines besseren Zuhauses, als es mir vergönnt gewesen war, wo Kosmetik- und Wellnesswochenenden nicht sehr hoch auf der Prioritätenliste gestanden hatten. Alles, was über Duschen hinausging, war nach Ansicht meines trinkfreudigen Vaters was für Weicheier. Auch meine Mutter hätte eher mit Haarentferner gegurgelt, als ihr hart erarbeitetes Supermarkt-Verkäuferinnen-Geld in ein Nagelstudio zu tragen.

Bei den gemeinsamen Bowlingabenden mit Papa war es besser in Alk, Kippen und Pommes rot-weiß investiert, logisch. Ich glaube, Sie ahnen, weshalb mir eine Karriere als Gegenwartsphilosoph nicht in die Wiege gelegt war.

Kaweng.

Wilma hatte die Seiten gewechselt. Der rechte Außenspiegel platzte ab.

Ich überlegte, ob ich aussteigen sollte. In dieser Situation ein im Grunde unsinniger Gedanke, es sei denn, man war leicht lebensmüde. Andererseits bröckelte der Schutzwall zwischen mir und Wilma buchstäblich. Und das war nicht mal mein größtes Problem.

Ob Sie es glauben oder nicht, im Rückspiegel sah ich noch Bedrohlicheres auf mich zukommen.

KLIMA
KILLER

Kapitel 2

Ich hatte von der Gefahr in den Nachrichten gehört, sie aber aus naheliegenden Gründen, die Sie gleich erfahren werden, vollständig verdrängt. Eine Meute Heranwachsender, die meisten kaum größer als die Banner und Schilder, die sie trugen. Noch waren sie so weit entfernt, dass ich keinen der Sprüche lesen konnte, aber ich ging fest davon aus, dass sie sich nicht gravierend von dem unterschieden, was sie als Sprechchor in meine Richtung brüllten. In der Hauptsache setzte es sich aus den Wörtern *Klima* und *Killer* zusammen.

Oh, verdammt.

Fridays for Future. Die letzte Generation.

Würde ich über Superkräfte verfügen, hätte ich im Rückspiegel dank meiner Teleskopaugen Reste von Sekundenkleber an den Händen der Kinder und Jugendlichen erkannt. Mehr als die Hälfte des Demonstrationszuges hatte heute Vormittag vermutlich noch auf dem Asphalt der Stadtautobahn geklebt.

Ich habe ja durchaus Verständnis dafür, dass sich jüngere Menschen nicht entspannt zurücklehnen, wenn die erwachsene »Nach mir die Sintflut«-Generation so tut, als wäre Erdöl eine Hexe, die man am besten so schnell wie möglich verbrennt. Und ja, man muss kein Mathegenie sein, um sich auszurechnen, dass es energetisch kompletter Schwachsinn ist, sich tausend Kilo Stahl um den Körper zu wickeln, um die eigenen achtzig Kilo Lebendgewicht für einen labbrigen Hamburger durchs Drive-in zu schieben, dessen Herstellung etwa sechstausend Liter Wasser verbraucht hat (der Hamburger wohlgemerkt, nicht das Drive-in). Allerdings war ich mir nicht sicher, ob man die Unbelehrbaren am Ende damit überzeugte, dass man sich ihnen als lebende Verkehrsberuhigungspoller zur Verfügung stellte. Oder damit – jetzt begriff ich das mir bis eben unerklärliche Verhalten Wilmas –, dass man einem Luxus-SUV den versicherungstechnischen Gegenwert eines Trabis verlieh. Auch der »Save our Planet«-Weltrettungsslogan auf ihrem Oberteil ergab jetzt einen tieferen Sinn. Zweifelsohne sympathisierte sie mit den Aktivisten, die sich zügig näherten.

Großer Gott, was jetzt?

Halten Sie mich bitte nicht für einen Feigling. Aber es war definitiv ein ungünstiger Zeitpunkt, um in dem symbolgewordenen Hassobjekt aller Klimaaktivisten zu sitzen, wenn bereits die Vorhut in Gestalt einer wutenthemmten Mittdreißigerin deutlich gemacht hatte, dass sie Gewalt für ein taugliches Mittel zur Weltrettung hielt.

Wilma schien mich endlich bemerkt zu haben. Sie legte eine Pause ein und starrte mich durch die zerbröselte Beifahrerscheibe an, als wäre ich ein Geist, der sich vor ihren Augen aus dem Nichts materialisiert hatte.

»Was machen Sie hier?«, fragte sie mich allen Ernstes. Eine angenehm markante, leicht heisere Stimme, wenngleich die einer offenbar Verwirrten. Ich meine, ich saß nur hinter dem Steuer von etwas, was einst ein Auto gewesen war. Sie hingegen glotzte mich durch ein Loch an, das sie hineingeprügelt hatte.

Ich überlegte, ob ich dem Wahnsinn durch das Dachschiebefenster würde entfliehen können, da wurde die Lage gänzlich aussichtslos.

Die Polizei rückte an.

Ich war so auf die Meute im Rückspiegel und Keulen-Wilma fixiert gewesen, dass ich nicht nach vorne geschaut und daher den Moment verpasst hatte, in dem das gute Dutzend Beamter in die Einbahnstraße gebogen sein musste. Jetzt liefen sie den Demonstranten entgegen, wodurch ich zwischen den Polizisten und den Aktivisten eingekesselt zu werden drohte.

Und in der Tat, *das* war der Super-GAU. Wieso? Nun, ich sagte doch eingangs, dass der Geländewagen, in dem ich saß, von einem völlig bescheuerten Kleinkriminellen aufgebrochen worden war, mit einer Hortensie auf dem Schoß und einem Ledergürtel um den Hals. Tja, was ich in diesem Zusammenhang zu erwähnen vergaß: Dieser bescheuerte Ganove … der war ich.

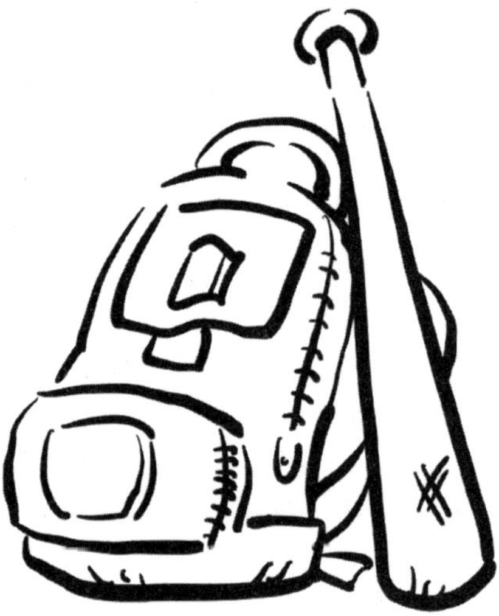

Kapitel 3

»Scheiße!«

Das fünfte Wort, das ich von Wilma hörte. Das erste, das in diesem Kontext einen Sinn ergab. Und zwar für uns beide. In flagranti von der Polizei bei einer Straftat erwischt zu werden war alles andere als ein erstrebenswertes Feierabenderlebnis. In der Aufregung war ich mir nicht sicher, wer von uns beiden die längere Zeit in U-Haft verbringen würde. Der verhinderte Autodieb (das wäre dann ich) oder die Abwrackhelferin (also sie). Mir schoss durch den Kopf, ob Wilma womöglich in einem Anflug spontaner Spritschleuder-Scham vor lauter Klimareue ihren eigenen SUV zerhackt hatte. Das wäre zumindest eine Erklärung auf ihre Frage: »Was machen Sie hier?«

Und für ihren bass erstaunten Blick.

Zu dieser Theorie passte allerdings nicht, wie sie jetzt die Keule von sich warf, und zwar in Richtung des Waldes, der die rechte Straßenseite säumte (die linke war von den in dieser Gegend obligatorischen Reihenhäusern belegt). Dann rannte sie dem Baseballschläger hinterher, offenbar mit dem Ziel, sich mitsamt ihrem Rucksack als Marschgepäck zwischen den Bäumen zu verdrücken.

Also gut.

Immerhin hatte sie damit auch mir den Fluchtweg freigeräumt. Leider blieb mir kaum etwas anderes übrig, als ihr zu folgen. Denn was war meine Alternative? Losfahren?

Ging nicht. Selbst wenn die Karre noch ansprang, wurde mir ja vorne und hinten der Weg versperrt.

Also aussteigen, um mitten hinein in den Demonstrationszug zu rennen? Mit weit aufgerissenen Armen, lächelnd: »*Hey, ihr Lieben, wartet mal kurz, bevor ihr mir euer Protestschild über die Platte schädelt, es ist nicht so, wie es aussieht. Ich bin auf eurer Seite. Das CO_2-Monster, aus dem ich gerade geklettert bin, gehört mir gar nicht …*«

Oder sitzen bleiben, bis die Polizei mich aus dem SUV zog, um nach kurzer Halterabfrage bei mir die Handschellen klicken zu lassen?

Nein, da blieb nur eins.

Ich atmete tief durch und riss die glücklicherweise nur leicht verbogene Fahrertür auf. Ich schätzte den Abstand zwischen mir und den Beamten auf maximal dreißig Meter.

Der Geruch nach heißem Asphalt wurde von waldbrandtrockenem Kieferduft abgelöst, als ich erst über eine Straße, dann über einen Fahrradweg in den Wald spurtete. Wobei *Wald* eine etwas hochtrabende Bezeichnung war. Wenn mich nicht alles täuschte, bildete die Ansammlung von Bäumen, durch die ich rannte, nur ein schmales Mischwaldstreifchen, das eingeklemmt zwischen der Einbahnstraße und der Teufelsseechaussee lag, die – dreimal dürfen Sie raten … richtig! – zum Teufelssee führte.

»Polizei, stehen bleiben!«

Kaum dass mir die ersten Zweige ins Gesicht klatschten, hörte ich eine megafonverzerrte Stimme und drehte mich um. Mindestens zwei Beamte hatten die Verfolgung aufgenommen. Eine jüngere Bohnenstange und ein fülliger Glatzkopf. Mochte der Demonstrationszug, der vermutlich nur eine Abkürzung zum Messedamm hatte nehmen wollen, nicht angemeldet gewesen sein – in den Augen der hinter mir herjapsenden Polizisten war das offenbar das zu vernachlässigende Delikt. Keulen-Wilma sowie ihr Komplize (für den sie mich halten mussten) waren ein weitaus attraktiveres Ziel, wenn es darum ging, Recht und Ordnung wiederherzustellen.

Sie wussten noch nicht einmal, welche Beute ihnen mit mir ins Netz gehen würde. Dabei, darauf lege ich Wert, hatte ich nicht immer eine Strafakte gehabt. Eigentlich habe ich mich den Großteil meines Erwachsenenlebens bemüht, anständig durchs Leben zu kommen. Ich war früher so ehrlich, dass es wehtat. Einmal gab es bei mir einen Rohrbruch, und meine mir sehr zugetane Versicherungsmaklerin fragte mich augenzwinkernd: »Ich nehme an, für den Teppich, der bei dem Wasserschaden zerstört wurde, haben Sie nur deshalb keine Quittung, weil er ein extrem teures Erbstück war?« Und ich antwortete: »Nein, der war total billig. Den wollte ich eh wegschmeißen.«

Doch die Zeiten, als ich mich bemüht hatte, ein rechtschaffener Bürger zu sein, waren vorbei. Seitdem das Schicksal mich von der Überholspur des Lebens auf die Gegenfahrbahn geworfen hat, und das, ohne dass ich etwas Illegales getan hätte. Es war ein lächerliches Gewürz, das mich in eine so tiefe Depression stürzte, dass es mich unter anderem meinen Job als Werbetexter kostete, meine Ehe, mein Vermögen und am Ende auch noch den letzten Funken Selbstachtung. Wenn Sie diese Kurzzusammenfassung meines sozialen Abstiegs mangels weiterführender Informationen jetzt etwas ratlos zurücklässt, dann lassen Sie sich darüber keine grauen Haare wachsen. Es reicht völlig, wenn Sie verstehen, dass ich eines Tages mittellos und hoch verschuldet mit dem Räumungsbeschluss im Briefkasten in meiner Mietwohnung aufwachte und feststellen musste, dass ich im Leben nichts Anständiges gelernt hatte. Als Werbefuzzi konnte ich quatschen, texten und den Menschen Dinge andrehen, die sie nicht brauchten. Im Grunde also hatte ich die perfekte Ausbildung zum Kleinbetrüger absolviert. Und als solcher versuchte ich mich fortan durchs Leben zu schlagen, nach dem Motto: Wenn das Leben dir Zitronen gibt, dann mach keine Limonade draus, sondern finde jemanden, dem du einreden kannst, sie wären die letzten von einer Handvoll Exemplare, die auf den geweihten Hügeln Nepals unter der Aufsicht von heiligen Kühen gepflückt wurden und deren Fruchtfleisch einen wahlweise über Nacht erschlanken oder zehn Jahre länger leben ließ – vorausgesetzt, man zahlte das Hundertfache des eigentlichen Ladenpreises für die Schrumpeldinger.

Allerdings möchte ich die Verschnaufpause, in der ich an eine Eiche angelehnt den Stamm ankeuchte, noch kurz dazu nutzen, um eins klarzustellen: Ich habe nie jemanden geschädigt, der es nicht verdient hätte. Ich meine, mal ehrlich: Was ist denn dagegen zu sagen, dem Vorstandsvorsitzenden eines börsennotierten Pharmaunternehmens ein Bild zu verkaufen, der kurz vor Weihnachten seine schwangere Frau für eine jüngere verlassen hat? Einen Miró im Übrigen, den mein Kumpel Stolli bei der Beaufsichtigung seines Sohnes auf dem Kinderspielplatz gezeichnet hat.

Sehen Sie!

Ich stolperte über eine Wurzel, rappelte mich auf und blieb mit meinem Sakko an etwas Dornigem hängen. Einmal um die Achse drehend, entledigte ich mich des ohnehin viel zu warmen Kleidungsstücks, dessen linker Ärmel sich hoffnungslos verfangen hatte, und dabei passierte es. Ich verlor die Orientierung. Schon nach wenigen Schritten stellte ich fest, dass ich in die falsche Richtung gelaufen war. Zumindest nicht in die, die ich mit dem Teufelsberg anvisiert hatte, in der Hoffnung, auf ein paar Ausflügler zu treffen, unter die ich mich hätte mischen können. Stattdessen war ich offenbar in einem Neunzig-Grad-Winkel abgebogen und lief nun parallel zur Einbahnstraße die Strecke zurück, die die Polizei genommen hatte. Auf einem sandigen Parkplatz fand ich mich wieder. Ungeschützt und von allen Seiten einsehbar. Vor allen Dingen von etwa einem guten Dutzend Gesichtern, die mich unverhohlen neugierig durch die Fensterscheiben eines Reisebusses anstarrten.

»Holiday-Charter« stand mit gelber Schrift auf schwarzem Lack auf dem Bauch des Busses. So wie es aussah, hatte die Reisegruppe sich gerade in Bewegung setzen wollen, aber irgendetwas hatte die Person hinter dem Steuer veranlasst, wieder auf die Bremse zu treten und zischend die Tür zu öffnen. Im Einstieg erschien ein Lockenkopf im Union-T-Shirt.

»Dann mal hastich«, rief die Busfahrerin mir zu.

Ich sah mich um. Noch sah ich meine Verfolger nicht, hörte aber das Knacken und Kracksen ihrer Stiefel. Es war also nicht anzunehmen, dass die Urberliner Fußballfanin eine verkappte Fluchthelferin war. Wieso forderte sie mich dann auf, zu ihr zu kommen?

»Husch, husch, oder haste nen WBS?«

»Einen *was?*«, fragte ich und kam näher.

»Einen Wohnberechtigungsschein. Den brauchen wa nämlich, wenn ick hier Wurzeln schlage.«

Sie drehte sich um, um sich wieder hinter das Lenkrad zu setzen, das, wie in derartigen Gefährten üblich, fast waagerecht angebracht war und den Radius eines Hulk-tauglichen Hula-Hoop-Reifens hatte.

Falls sie einen Restzweifel daran gelassen hatte, dass ich ihr in den Bus folgen sollte, zerstreute sie ihn mit einem wilden Hupkonzert.

Na wunderbar. Geht doch nichts über unauffälliges Verhalten auf der Flucht.

Wieder erwog ich meine Optionen, wieder stellte ich fest, dass ich keine andere Wahl hatte, wenn ich nicht in höchstens zwanzig Sekunden einer Einheit misstrauischer Polizisten gegenüberstehen wollte, die sich fragten, wer um Himmels willen mit einem Nebelhorn Morsezeichen in den Berliner Vorabendäther pumpte.

Also stieg ich ein.

Dass damit ein Albtraum begann, wäre im Nachhinein betrachtet die Untertreibung des Jahres. In etwa so, als würde man sagen, die Corona-Pandemie hätte weltweit für ein paar Scherereien gesorgt.

Kapitel 4

Die Anzahl der Augenpaare, die mich beim Einstieg musterten, hatte sich verdoppelt. Nun starrte mich auch die andere Fensterseite der Reisegruppe des annähernd voll besetzten Busses an. Niemand sagte etwas.

Mit einer Ausnahme.

»Herr Schmolke, nehme ich an?«, hörte ich eine Endfünfzigerin mit Singsangstimme und mitleidigem Gesichtsausdruck fragen. Sie trug einen im Nacken ausrasierten Kurzhaarschnitt. Am Hals baumelte eine beeindruckend große Lesebrille an einer Bernsteinperlenkette über einer Rüschenbluse.

Wäre die Frau ein Modeartikel gewesen, dann ein Gesundheitsschuh, wie er im Teleshopping mit den Bemerkungen »flott und bequem« angepriesen wurde, und zwar erhältlich in den Farben Beige und Taupe.

Sie war aus der ersten Reihe hinter der Busfahrerin aufgestanden. Neben ihr saß ein hochgewachsener Mann mit Herrendutt und Viertagebart, der ihn nicht viel älter als einen Studienanfänger der Geisteswissenschaften aussehen ließ.

»Herr Schmolke?«, wiederholte sie, jetzt mit der gewaltigen Brille auf der Nase. Ich gab mein Zögern auf und nickte der Dame zu, in der ich die Reiseleiterin auszumachen glaubte. Immerhin hatte sie ein Klemmbrett aus der Netztasche vor ihrem Sitz gezogen und schien eine Namensliste abzuhaken.

»Und das ist …?«, fragte sie lächelnd.

Nervös folgte ich ihrem Blick, den Kopf schon leicht eingezogen, um den krachenden Aufschlag der flachen Hand auf der Schulter etwas abzufedern, und sah – nein, nicht den Ordnungshütern ins Gesicht. Sondern Wilma.

Wie zum Teufel …

Ihre Hektikflecken standen meinen unter Garantie in nichts nach.

Mehrere Gedanken schossen mir durch den Kopf, einer beunruhigender als der andere:

Hat sie sich absichtlich zurückfallen lassen?

Verfolgt sie mich?

Und wenn ja, war vielleicht sogar doch ich das Angriffsobjekt und nicht der SUV? War ihre Zerstörungswut nur eine Demonstration dessen gewesen, was sie eigentlich *mir* antun wollte?

Aber warum? Was habe ich ihr getan?

»Sie ist …«, setzte ich an, kurz versucht, die Wahrheit zu sagen, … *eine aggressive Psycho, die entweder vor der Polizei davon- oder mir hinterherrennt.*

»Ich bin *Frau* Schmolke«, nutzte sie mein Zögern, mit der Betonung auf »Frau«. Dabei griff sie nach meiner Hand und schenkte mir eine gequälte Grimasse, die wohl ein verliebtes Ehefrau-Lächeln imitieren sollte. Mir wuchs ein Kloß im Hals. In etwa so musste sich die entführte Senatorentochter in »Das Schweigen der Lämmer« gefühlt haben, als Buffalo Bill einen Korb zu ihr in den

Brunnen hinabließ und dabei »Es reibt sich die Haut mit der Lotion ein« säuselte.

»Na, dann sind wir ja endlich vollzählig«, sagte der Männerdutt leicht genervt.

Wenn er derselben Meinung war wie ich, nämlich dass Wilma und ich optisch ein schräges Paar abgaben, ließ er es sich nicht anmerken. Während sie sich mit ihrem Sportoutfit einmal durch den Musterfarbfächer eines Malereibetriebs gearbeitet hatte, waren meine Klamotten so farbenfroh wie die eines Schornsteinfegers. Schwarze Hose, schwarzes Hemd und – Überraschung – schwarze Schuhe. Damit fiel meine Kleidung weit mehr aus dem Rahmen als eine brombeerfarbene Yogahose. Zumindest in Berlin, wo man sich einen Smoking nur dann kauft, wenn man auf einen Fetischball gehen will. Aber heute war ein besonderer Tag für mich. Der sechzehnte Geburtstag meiner Tochter Lara. Für sie hatte ich mich fein gemacht. Und um zu ihr zu gelangen, hätte ich den SUV dringend gebraucht.

»Die Schmolkes – das hätte ich ja nicht für möglich gehalten«, hörte ich jemanden raunen. Bevor ich ausmachen konnte, wer das gesagt hatte, sah ich durch die geschlossene Türscheibe, wie sich einer der beiden Polizisten (der jüngere, schlaksige) seinen Weg zwischen zwei Tannen zum Parkplatz bahnte.

Sein Anblick ließ mich spontan zu Boden sinken, wo ich so tat, als müsste ich mir die Schuhe binden.

Wilma stolperte mit tief gesenktem Kopf über mich hinweg in den anfahrenden Bus hinein.

Zeitgleich schepperte die Stimme der Lockenkopf-Busfahrerin durch die Bordlautsprecher: »So, Jungs und Mädels, dann jeht's jetzt endlich los, nachdem sich nun auch die Schmolkes die Ehre gegeben haben. Aber macht euch keinen Kopp wegen der Verspätung. Der frühe Vogel fängt den Wurm, aber erst die zweite Maus kriegt den Käse. Bis Danzig, auf Wiederhörnchen, eure Hilde.«

Diese Durchsage im Ohr, die sich fast so bekloppt anhörte, wie meine gebückte Körperhaltung aussehen mochte, kroch ich tiefer in den Bus hinein, um mich auf den ersten freien Platz zu verdrücken, der sich mir bot.

Der neben Wilma.

Kapitel 5

Erst nach geraumer Zeit wagte ich, aus dem Fenster zu schauen. Weder sah ich einen Polizisten mit dem Bus um die Wette rennen noch uns verfolgende Blaulichter.

»Also gut«, hörte ich Wilma sagen. Sie hatte die Füße auf ihren Rucksack am Boden gestellt und sich mir zugewandt. Definiert es mich als oberflächlich, dass mir in diesem Moment auffiel, wie gut sie duftete? Nach all den Anstrengungen hätte ich erwartet, dass sie in etwa so roch, wie ich mich fühlte. Durchgeschwitzt. Aber sie duftete wie frisch geduscht nach Minze und Zitronengras.

»Wer zum Teufel sind Sie?«, fragte sie mich leise, aber nachdrücklich.

»Wer zum Henker sind *Sie?*«, parierte ich mit einer, wie ich fand, durchaus berechtigten, wenn auch nicht sonderlich originellen Gegenfrage.

»Ich glaube nicht, dass Sie das etwas angeht.«

»Aber Sie?«

»Ja, das tut es, denn …«

Sie kam nicht dazu, mir zu erläutern, weshalb sie ihrer Meinung nach in der Hierarchie der Auskunftsberechtigten weit über mir rangierte (wobei, wenn man den Begriff »Hackordnung« wörtlich nahm, hatte sie das bereits mit dem Baseballschläger am SUV klar zum Ausdruck gebracht), denn ihr fiel ein fleischiger Finger von einer Sitzreihe weiter hinten auf die Schulter.

Um Sie zu beruhigen, der Finger hing an einer Hand, diese an einem Arm, und der gehörte zu einem offenherzig lächelnden Mann mit Mönchsglatze.

»Christin? Lutz?« Der Wilma penetrant antippende Mitreisende war entweder ein Sitzriese oder von nicht besonders großem Körperwuchs. Ich tippte auf Letzteres und vermutete, dass er von seinem Platz aufgestanden war, um uns über die Lehne hinweg anzugrinsen. Das Doppelkinn hing nur Millimeter über der Kopfstütze. Der Mann erinnerte mich an meinen Bankberater Rüdiger. Auch Rüdi lugte nur mit größter Mühe und auf Zehenspitzen mit seinem gutmütigen Rundschädel über das Pult, das er an den Wochenenden als DJ Dispo in den Brandenburger Dorfdiscos aufbaute.

»Das ist ja echt eine Überraschung. Ihr traut euch was! Sehr schön!«

Aha, jetzt hatten wir neben einem Nach- auch neue Vornamen. Christin und Lutz Schmolke.

Es gab sicher schlimmere Kombinationen, dennoch wäre ich gerne Sascha Nebel geblieben.

»Ulf!«, zischte die Frau auf seinem Nachbarsitz, und der über unser Erscheinen offenbar äußerst belustigte Passagier verschwand aus unserem Blickfeld.

»Zieh doch nicht immer so an meiner Hose, Martha!«, maulte er eine Person an, die nur seine Frau oder seine Mutter sein konnte. So ungeniert, wie sie den bestimmt Vierzigjährigen in der Öffentlichkeit maßregelte, war eine eheliche Verbindung wahrscheinlicher.

»Dann hör auf, dich wie ein Idiot zu benehmen.«

»Idiot? Ich hab grad zwanzig Euro gewonnen. Elias und Jamal haben dagegen gewettet, aber ich hab gesagt, die beiden kommen. Na, wer ist jetzt der Idiot?«

»Du, wenn du dich darüber freust.«

»Natürlich freue ich mich. Hast du gesehen? Arne Brehmer ist auch da. Letzte Reihe. Ich kann es gar nicht erwarten, dass die aufeinandertreffen.«

Um was genau zu erleben?

Verdammt, wo war ich hier nur reingeraten? Was zum Geier war das für eine krude Reisegruppe, in der sich die Mitreisenden anscheinend mit Namen kannten, nicht aber von Angesicht zu Angesicht? Sonst wäre es ja Martha und Ulf aufgefallen, dass wir nicht Lutz und Christin Schmolke sein konnten. Mochten ihnen die Gesichter nichts sagen, so wussten sie offenbar doch brisante Details aus dem Leben jenes Paares, in dessen Identität wir zwangsweise geschlüpft waren. Zum Beispiel, dass die Schmolkes offenbar irgendeine Art Zwist mit einem Mann namens Arne hatten.

Ich drehte mich mit der Grazie eines Walrosses unauffällig nach hinten um und entdeckte auf der allerletzten, durchlaufenden Sitzbank im Heck des Busses mittig einen hageren, bestimmt zwei Meter großen Mann in kurzen Khakihosen und Flipflops, der mich wie ein Scharfschütze fixierte.

Mir kam ein Gedanke.

War das hier vielleicht ein Betriebsausflug? Hatte Lutz seinem Kollegen die Beförderung weggeschnappt?

Hm.

Das war eine gedankliche Sackgasse. Wären das hier im

Bus alles Kolleginnen und Kollegen, hätten die ja wissen müssen, wie die Schmolkes aussahen. Es sei denn, die wären die letzten Jahre nur im Homeoffice gewesen und hätten sich bei den Zoom-Meetings konsequent geweigert, die Kamera anzuschalten.

Alles irgendwie unwahrscheinlich.

Kurz hatte ich die bange Befürchtung, in eine anonyme Dating-Gruppe geraten zu sein. Eine Horde Tinder-Süchtiger, die sich zum ersten Mal im Real Life sah und nun gepflegt zum nächsten Swingerclub düste. Hatten Elias und Jamal dagegen gewettet, dass wir es wagen würden, uns von Arne Brehmer am Andreaskreuz auspeitschen zu lassen?

»Ihr traut euch was.«

Zum Glück blieb mir keine Zeit, mir diese schreckliche Theorie weiter auszumalen, denn Wilma-Christin zerrte energisch an meinem Hemdsärmel.

»Hey!«

»Was hey?«

»Antworten Sie mir endlich.«

»Was denn?«

»Wer sind Sie?«

Ich deutete mit dem Daumen nach hinten. »Haben Sie doch eben gehört. Lutz Schmolke.«

Sie rollte mit den Augen. »Okay, dann spiele ich das Spiel mal mit, Lutz. Wieso nicht? Zwei Fremde auf der Flucht vor der Polizei, die so tun, als wären sie ein Ehepaar. Im Grunde ganz lustig.« Sie seufzte. »Endlich mal was Aufregendes in meinem Leben.«

Endlich?

Ich versuchte, aus ihrer Miene Zeichen von Demenz

oder Gedächtnisverlust herauszulesen. Hatte sie das »Hau den Lukas«-Intermezzo in der Einbahnstraße etwa schon vergessen? Oder zählte eine gepflegte Vorabendrandale zu ihrer herkömmlichen, ergo langweiligen Alltagsroutine? Wenn es nicht ausreichte, dass sie wie Thor den Hammer schwang, wollte ich lieber nicht wissen, was sie sonst so brauchte, um *endlich* mal wieder einen Adrenalinkick zu verspüren.

»Hören Sie, ich weiß nicht, was Sie für den heutigen Abend so geplant haben, aber ich für meinen Teil hab auf diese Irrfahrt ins Was-weiß-ich-wohin mit Ihnen so gar keinen Bock.«

»Dann hätten Sie nicht in diesen Bus steigen sollen, *Lutz.*«

»Ich hatte keine Alternative, *Christin.*«

»Wieso?«

»Weil ich …«

Ich zögerte, da ich keine Lust hatte, einer wildfremden, gewaltbereiten Aktivistin anzuvertrauen, dass ich gerade einen Wagen hatte klauen wollen, andererseits eine plausible Erklärung dafür brauchte, weshalb ich ihr hinterhergelaufen war, anstatt einfach auszusteigen und der Polizei wild gestikulierend zuzurufen: »Hinterher! Da läuft Greta Thor-Berg!«

Ich erinnerte mich an eine der wenigen Weisheiten meines Vaters, dass die beste Lüge im Kern immer auf der Wahrheit fußt, und sagte: »Ich hab Ärger mit der Polizei.«

»Und?«

»Und hätten Sie sich nicht ausgerechnet meinen Wagen ausgesucht, um an ihm ein subtiles Zeichen für mehr Klimaschutz zu setzen, dann wäre ich schon längst im wohlverdienten Feierabend und müsste hier nicht mit Ihnen ins Unbekannte zuckeln.«

»Verstehe«, sagte sie belustigt und zupfte an ihrem »Save our Planet«-Shirt. Ihr Lächeln, ich kann es nicht anders sagen, war äußerst charmant und entblößte etwas, was meine Omi Lenor als »Kuchenzahn« bezeichnet hätte. Ein leicht schräg stehender Eckzahn, der aufblitzte, als sie keck mit der Zunge dranstieß. (*Keck,* Sie ahnen es, auch ein Wort Lenors.)

»Ach, das freut Sie, ja?«

Sie nickte. Ganz eindeutig hatte sie einen schrägen Sinn für Humor, aber was hatte ich auch anderes erwartet.

»Es freut mich schon mal deshalb, weil Sie mich nicht anzeigen können, Lutz.«

Kapitel 6

Stimmt. Hatte ich gar nicht dran gedacht. Wäre es tatsächlich mein Auto gewesen, hätte ich ihr längst an die Gurgel gehen müssen. In Kreuzberg wurden Menschen schon erschossen, wenn sie sich nur ans falsche Auto *lehnten.* Jeder zünftige Geländeprotzwagenbesitzer hätte Wilma-Christin mit einem Schraubenzieher die Augen ausgestochen. Und *dann* die Polizei gerufen.

Ich hatte nichts dergleichen getan. Ließ mich sogar von ihr verhören, wie ein … nun ja, ein Autodieb.

»Sie wollen nichts mit der Polizei zu tun haben. Ich auch nicht. Wir sitzen wohl im selben Boot.«

»Bus«, korrigierte ich sie. »Und aus dem steige ich bei der nächstbesten Gelegenheit aus.«

»Tja, aber wer weiß, wann die kommt.«

Der Gedanke, der sie verträumt aus dem Fenster sehen ließ, erschreckte mich. Ich sah mich um. Verdammt. Der Bus hatte eine Toilette. Und soweit ich es erkennen konnte, fuhr hier kein einziger Rentner mit. Es war also nicht zu erwarten, dass es zu einem Granufink-Patienten-Auflauf vor dem Bord-WC kommen würde, der Locken-Hilde am Steuer zur baldigen Einkehr an der nächsten Raststätte zwang. Was fasste so ein Reisebustank? Reichte das aus, um damit bis nach München durchzubrettern? Oder hatte sie mit »Bis Danzig« eben gar kein blödes Wortspiel gemacht, sondern tatsächlich das Ziel verraten?

Ich sah wieder aus dem Fenster.

Im Moment fuhren wir die AVUS Richtung Wannsee, es ging also eher gen Westen. Ich beschloss, spätestens bei Potsdam nach vorne zu gehen und notfalls einen Anfall spontaner Reiseübelkeit zu simulieren, sollte Hilde nicht freiwillig auf mein Bitten anhalten wollen.

»Hey, das musst du dir anhören!«, riss mich der Gangnachbar links von mir aus den Gedanken. Er sprach in einem arroganten Singsang, so hoch und vor allem so laut, dass ich zunächst dachte, ich wäre gemeint, dabei unterhielt er sich mit seinem Sitznachbarn. *Modeopfer* wäre vermutlich eine freundliche Bezeichnung für seine Erscheinung. Er trug ein Netzhemd-T-Shirt zu einer eng anliegenden, absichtlich zerrissenen Designerjogginghose, die kurz über den Knöcheln endete. Ein Umstand, der seine mit Goldnieten besetzten Loafer aufs Geschmackloseste zur Geltung brachte. Sein blondes Haar war mit einer halben Tonne Gel zu einer Sascha-Hehn-Gedächtniswelle toupiert. Und damit jedermann auch sah, wie hip und jung geblieben er doch war, stapelten sich an seinem Handgelenk neben der obligatorischen Rolex mehr Festivalarmbänder als Jahresringe an einer Dreißig-Meter-Eiche.

»Stell dir vor, was unsere Selma wieder angestellt hat!«, begann er seine Anekdote.

»Ach, hör doch auf, Theo-Mausi«, säuselte direkt hinter ihm kichernd eine Frau, etwa eine Oktave tiefer. Sie hieß Valentina, wie ich aus seiner Entgegnung »Lass mich mal, Valentina« schloss.

Ihre Klamotten waren ähnlich teuer und ähnlich geschmacklos wie die von Theo-Mausi, mit dem sie vermutlich liiert war, es sei denn, sie sprach jeden mit Kosenamen an. Zum Beispiel trug sie etwas an den Füßen, das ihr ein Verkaufsgenie aufgeschwatzt haben musste. Es waren einfache Plastikbadelatschen, wie man sie in jedem Discounter auf dem Grabbeltisch für maximal zehn Euro bekam, die hier aber unter Garantie für das Hundertfache den Besitzer gewechselt hatten, einfach nur, weil auf ihnen ein Designerlogo prangte, groß genug, dass ein CIA-Satellit es mühelos aus dem Weltraum erspähen konnte.

Die Welt, ein herrlicher Ort für Menschen, die betrogen werden wollen.

»Also, Selma hat von uns doch zu Weihnachten Terry bekommen.«

»Den Terrier?«, fragte vom Fensterplatz aus ein Mann, den ich nicht sehen konnte, der seiner löchrigen Stimme nach aber offenbar gerne mal eine Zigarette mehr rauchte.

»Ganz genau. Und du kennst doch Sylvie.«

»Selmas beste Freundin.«

»Bingo. Und die hat Schneeflöckchen. An warmen Tagen hoppelt er im Garten durch sein Gehege.«

Nennen Sie mich Sherlock Holmes, aber ja, ich wusste, wie die Unterhaltung weiterging. *»Schneeflöckchen? Der Hase?«*, würde Mr Raucherhusten fragen. *»Bingo«*, würde Theo-Mausi antworten.

Spoiler: Genauso kam es.

Nachdem mit Terry und Schneeflöckchen, Selma und Sylvie nun alle Namen geklärt waren, nahm die Geschichte Fahrt auf.

»Also eines Tages kommt Terry mit Schneeflöckchen im Maul aus dem Garten zu uns in die Küche.«

»Nein.«

»Doch. Und Schneeflöckchen ist nicht mehr ganz so weiß, im Grunde völlig verdreckt. Und leider auch nicht mehr so lebendig. Im Grunde tot.«

»Nein!«

»Doch!«

Ich schaffte es nur mit Mühe, ein Louis-de-Funès-artiges Knurren zu unterdrücken.

»Was habt ihr gemacht?«, fragte der unsichtbare Marlboro-Mann am Fenster.

»Wir erst mal gar nichts. Wir waren nicht da! Aber Selma kommt auf eine geniale Idee. Sie wäscht Schneeflöckchen, föhnt und bürstet den Hasen. Und …«, Theo-Mausi stampfte vergnügt mit den Troddelslippern auf, »… und legt ihn heimlich zurück ins Gehege.«

»Damit …«

»Ganz genau. Damit Sylvie denkt, das arme Tier wäre an einem Herzinfarkt gestorben.«

»Krasse Geschichte.«

»Warte ab, es geht weiter.«

»Ach komm, Theo.« Die Badelatschentante griff wieder nach vorne, um den Arm des Anekdotenerzählers zu tätscheln, der sich jedoch nicht beirren ließ.

»Ne wirklich. Das ist der Hammer. Pass auf. Am nächsten Tag stellt mich Sylvies Vater zur Rede. Sagt: Theodor, in unserer Nachbarschaft müssen Perverse leben. Perverse!«

Theo schrie das Wort so laut, dass sich jetzt von allen Seiten Mitreisende zu ihm drehten.

»Perverse. Wer macht denn so was?«

Für einen Moment konnte Theo vor Lachen nicht weiterreden, dann stotterte er sich Mario-Barth-artig prustend zur Pointe: »Theo, hat mir Sylvies Vater gesagt, Theo, pass auf … vorgestern … vorgestern … pass auf, Theo … vorgestern ist Schneeflöckchen, der Hase meiner Tochter Sylvie, gestorben. Gestern haben wir ihn begraben. Und heute liegt er gewaschen, geföhnt und gebürstet wieder in seinem Gehege.«

Nicht nur Mr Raucherhusten keuchte los, auch einige der unfreiwilligen Ohrenzeugen mussten lächeln.

»Wer macht denn so was?«, wiederholte Theo gackernd.

Selbst ich schmunzelte, obwohl ich wusste, dass diese Geschichte erstunken und erlogen war. Vielleicht war sie irgendwo tatsächlich so passiert, die Welt war voller verrückter Ereignisse, jedoch ganz bestimmt nicht Sylvie. Die Story war ein urbaner Mythos, den man zigfach im Internet fand, er hatte es sogar in ein Buch von Renate Bergmann geschafft, aber immerhin hatte Theo-Mausi die Anekdote gut erzählt.

»Also hat Terry den armen toten Hasen nur ausgebuddelt!«, erklärte der unsichtbare Sitznachbar den Gag für alle, die ihn nicht begriffen haben sollten.

Kopfschüttelnd drehte ich mich zu Wilma, die gerade ihren Rucksack nach oben zog, um ihn als Kopfkissen an die Scheibe zu klemmen. Als wäre jetzt der geeignete Moment, ein Nickerchen zu machen.

Echt jetzt?

»Sind Sie medikamentös nicht richtig eingestellt?«, fragte ich sie, ohne mit einer Antwort zu rechnen. Vielleicht war sie bei ihrem Aggressionsschub auf Speed gewesen und hatte jetzt heimlich eine Valium geschluckt, um runterzukommen.

»Ich nehm nicht mal Aspirin«, murmelte sie müde.

»Wie können Sie dann so seelenruhig bleiben, während wir gerade mit falscher Identität mit unbekanntem Ziel in einem Bus voll seltsamer Gestalten vor der Polizei fliehen?«

»Wieso denn nicht? Der Tag war sehr anstrengend, ich gebe meinen Augen eine kleine Pause und Ihnen Zeit, Ihre Geschichte noch mal zu überarbeiten.«

»Meine Geschichte?«

»Speziell den Punkt, in dem es um *Ihren* Wagen geht, in dem Sie gesessen haben.« Sie öffnete kurz die Augen, drehte den Kopf, ohne ihn von der Rucksackunterlage zu nehmen, und schenkte mir einen spöttischen Blick. »Für mich sah der SUV nämlich dem meines Mannes verblüffend ähnlich. Dem, mit dem er zu dem Flittchen gefahren ist, mit dem er mich in diesem Moment betrügt. Was im Übrigen das identische Nummernschild erklären würde.«

Und den Einsatz von Wilmas Baseballkeule.

Verdammt.

Sie schloss die Augen und zuppelte kurz an ihrem Shirt. »Und nur zur Info: Der Slogan steht auf allen Klamotten dieses Sportartikelherstellers. Save our Planet ist ein Markenname und hat nichts mit Fridays for Future zu tun. SUVs kann ich trotzdem nicht leiden.«

»Ach was«, murmelte ich benommen. »Hab ich gar nicht mitbekommen.«

Schilfwerder

Kapitel 7

Hammergeschichte, was?«, fragte Theo. Wieder sehr laut, diesmal aber tatsächlich mir zugewandt. Ich nickte ihm zustimmend zu in der Hoffnung, damit mein Kommunikationssoll erfüllt zu haben, hatte ich doch wahrlich gerade über andere Dinge nachzudenken.

Vergeblich.

»Apropos, was macht eigentlich Hector?«, fragte mich das Modeopfer. »Könnt ihr den überhaupt mal für eine Sekunde aus den Augen lassen? Ich hab mich schon oft gefragt: Wer kümmert sich um ihn, wenn ihr beide unterwegs seid?«

Terry = Terrier, Schneeflöckchen = Hase. Hector = ???

Weniger begabte Genies mit geringerer Kombinationsgabe wären jetzt aufgeschmissen gewesen, und ihre Tarnidentität wäre aufgeflogen. Ich aber gab Theo, der über die Haustierverhältnisse der Schmolkes anscheinend bestens informiert war, ohne mit der Wimper zu zucken eine unverdächtige Antwort:

»Hector hat's gut. Er ist in einer Hundepension in Dallgow.«

»Wo?«

»Dallgow, das ist hinter Spandau. Christin«, ich deutete

mit dem Daumen auf meine schlafende Sitznachbarin, »hat sie im Internet gefunden. Volle Fünf-Pfoten-Bewertung. Wär sicher auch was für Terry. Da kann er sich mal richtig austoben.«

»Ach ja?«

»Die haben sogar einen Hundepool«, fabulierte ich. Wenn ich eines konnte, dann aus dem Stegreif Geschichten erfinden. »Hector badet doch so gerne.«

»Im Hundepool?«, fragte Theo.

»Ja. Und es gibt nur Bio-Essen. Er hat dort sogar einen Fressnapf mit seinem Namen.«

»Dein Sohn?«

Zugegeben, Theos letzte Nachfrage irritierte mich.

»Mein *was?*«

Die Sprechgeschwindigkeit meines modebewussten Gesprächspartners schaltete zwei Gänge runter. Langsam, laut und mit deutlichen Mundbewegungen, als wäre ich taub und auf Lippenlesen angewiesen, sagte er: »Hector. Elf Jahre alt. Geht mit unserer Selma in die fünfte Klasse.«

»Nicht Ihr Ernst«, entfuhr es mir.

»Was für Eltern tun ihrem Kind denn so etwas an und nennen den eigenen Sohn wie eine Dogge?«

Es dauerte eine Weile, bis ich den Grund für Theos entsetztes Schweigen realisierte. Nämlich den, dass ich meinen letzten Gedanken laut ausgesprochen hatte.

Meine ehrlich erstaunte Frage führte dazu, dass er mich ansah, als hätte ich mir kommentarlos während unseres Gesprächs einen Topf nasser Blumenerde über den Kopf gekippt. Sein Blick war erstarrt. Ich rechnete damit, dass er gleich sein Handy zog, um den psychiatrischen Notdienst zu rufen. Dann dachte ich, er wolle mich bewusstlos schlagen, denn er hob die Hand, vermutlich, weil er eine Gefahr in mir sah.

Konnte ich es ihm verübeln? Immerhin litt ich in seinen Augen unter Wahnvorstellungen, in denen mein Sohn Hector Schmolke zu einer Dogge mutiert war, die im Dallgower Hundehotel aus einem Napf mit seinem Namen Frolic futtern musste.

Eine Sekunde später schlug er mich wirklich, wenn auch freundschaftlich. Er lachte dröhnend los, lauter als eben noch bei der Pointe der Hasen-Geschichte, während er mir die Hand auf die Schulter krachen ließ. »Junge, Junge, also, eines muss man dir lassen, Schmolke. Den Humor hast du trotz allem nicht verloren.«

Ach ja?

Der Bus wankte ein wenig. Ich sah nach vorne zu Hilde und reihte *Was meint dieser Theo mit »trotz allem«?* in die Liste der Fragen ein, die in meinem Kopf umherschwirrten, allen voran: *Was sind das hier für Leute?* Und: *Wohin zum Teufel fahren wir?*

Wobei, im Moment fuhren wir gar nicht mehr.

Wenn ich wirklich Humor hatte, wie Theo eben meinte, dann wurde er gerade mächtig auf die Probe gestellt. Der Bus hatte nämlich angehalten. Aber nicht auf einem Rast- oder Parkplatz oder an einer anderen Stelle, die es mir ermöglicht hätte, sofort das Weite zu suchen. Sondern auf einer Fähre, auf die er von mir unbemerkt in den letzten Sekunden meiner absurden Unterhaltung gerollt war.

Passend dazu schnarrte die Busfahrerin durch die Bordlautsprecher: »Wehe, jemand macht hier nen Stehaufmännchen. Dann klatscht es, allerdings keinen Applaus. Wir sind gleich auf Schilfwerder, da könnt ihr meinetwegen nackig übern Strand tanzen, bis um acht Uhr früh die erste Fähre wieder fährt. Aber jetzt erst mal locker durch die Hose atmen, bis wir für die Nacht uff der Insel sind. Bis Denver, Ende Gelände, die Hilde.«

Kapitel 8

Die Nacht?
Auf einer Insel?

Ich wusste, dass es in Berlin rund siebzig davon gab. Einige davon – wie kürzlich Eiswerder in Spandau – hatte ich selbst schon mal betreten. Und zwar immer dann, wenn ich bewusst dem Trubel der Großstadt entfliehen und den Kopf frei bekommen wollte, beim Füttern der Enten am Ufer der Köpenicker Schlossinsel oder beim Picknick auf der Pfaueninsel im Wannsee etwa. Niemals, unter keinen Umständen hätte ich mich einer mir völlig fremden Reisegruppe angeschlossen, noch dazu über Nacht.

Ich will niemanden verurteilen. Wer sich nichts Schöneres unter Urlaub vorstellen kann, als dem Regenschirm einer studentischen Aushilfskraft hinterherzustiefeln, zum Beispiel die Stufen der Spanischen Treppe rauf, bitte sehr. Nichts gegen Pauschalreisen. Ich bin auch nicht so ein Superindividual-Typ wie meine Schwester Nikki, die sich eher in Einzelhaft begeben, als All-inclusive-Clubturlaub buchen würde. (Ihre letzte WhatsApp bekam ich von ihrer Fahrradtour durch Indien. Text: »Supernette Locals am Ganges getroffen, bleibe etwas länger.« Das

Bild, das sie auf einer Isomatte in Embryonalhaltung liegend zeigte, hatte eine Hilfskraft von Ärzte ohne Grenzen aufgenommen, in deren Zelten sie gerade wegen ihres Magen-Darm-Infekts versorgt wurde.)

Also nichts gegen organisierte Rundtrips mit Vollpension und Gratis-Pay-TV. Aber bitte ohne Animation und Gruppenzwang. Beidem sah ich mich jetzt ausgesetzt.

Die Reiseleiterin, deren Brille wieder über ihrer Bluse baumelte, rief durch einen Trichter, den sie mit den Handflächen geformt hatte, Satzfetzen wie:

»Bitte das Gepäck nicht vergessen!« (meines bestand zum Glück nur aus einer Hortensie) oder »Wir treffen uns in Haus 9B. Schlüssel gibt es später« der Meute der Fremden zu, die um mich herumwuselten – auf einem weiteren sandigen Parkplatz, nur einen Steinwurf von der Anlegestelle der Insel entfernt. Hilde hatte dort gehalten, nachdem wir von der Fähre geschaukelt waren, und danach alle mit freundlichen Worten zum Ausstieg aufgefordert:

»Dalli, dalli, raus hier, lasst die Haare wehen, sonst gibt's dentale Kollateralschäden!«

Ulf, Martha, Arne, Theo, seine modebewusste Frau und alle anderen, deren Namen ich noch nicht aufgeschnappt hatte, schulterten Tragetaschen und Rucksäcke. Eine sehr blasse Frau mit asiatischen Wurzeln wirbelte einigen Staub mit ihrem Trolley auf.

»Ist das hier unisex?«, fragte sie mich im Vorbeigehen.

»Wie?«

»Oder nach Geschlechtern getrennt?«

Vor lauter Schreck vergaß ich achselzuckend meine Unwissenheit zu kaschieren. Erst letztens hatte ich von

Seminaren gelesen, in denen einander fremde Menschen sich eng umschlungen festhalten sollten, bis die Endorphine strömten. War das hier so eine alternative Kuschelgruppe, und ihre Frage bezog sich darauf, ob sich Männlein und Weiblein gemischt oder getrennt auf den Isomatten verknäulten?

Sehnsüchtig sah ich zur Fähre zurück. Die noch immer glutheiße Abendsonne ließ ihren weißen Rumpf so grell glänzen, dass ich Angst hatte, schneeblind zu werden, wenn ich sie noch länger anstarrte. Mir drängte sich die Frage auf, weshalb diese doch eher kleine Fähre unter der Last des riesigen Reisebusses nicht untergegangen war. Kein Wunder, dass Hilde den Passagieren vorhin unter Androhung von Schlägen verboten hatte, sich auf den Sitzen zu bewegen.

Ich sah mich weiter um. Mit Ausnahme der Freifläche für den Parkplatz und der betonierten Anlegestelle schien die Wannsee-Insel komplett überwuchert. Bäume, Büsche, Sträucher zogen sich bis zum Ufer. Eine Steilkante aus Wurzeln und Gestrüpp fiel abrupt ins Wasser ab. Gut für Krebse, Flechten und Pilze. Schlecht für Strandläufer.

Apropos Jogging. Wilma stand wieder neben mir.

»Das hier ist ein Elternabend«, sagte sie.

»Wie bitte?«

Im Gegensatz zu mir schaffte sie es, komplett unsichtbar zu transpirieren. Ihr Sportoutfit hätte jedes Zewa in Sachen wisch und weg übertrumpft.

»Hat mir Frau Kloppke gesagt.«

»Wer ist Frau Kloppke?«

Sie zeigte zum Bus, der mittlerweile im Schatten zweier gewaltiger Sumpfeichen parkte. Zwischen ihnen schlängelte sich ein schmaler Pfad in den Inselwald hinein, aller Wahrscheinlichkeit nach zu dem angekündigten Haus 9B.

»Die nette Dame mit dem Klemmbrett und der Kassenbrille.«

»Ach. Und die hat Sie beiseitegenommen und gesagt: Für den Fall, dass Sie unter Spontanamnesie leiden, Frau Schmolke, wir befinden uns übrigens auf einem Elternabend?«

»Nein.« Wilma stand mit dem Rücken zur Anlegestelle. Gegen den Steg platschten kleinere Wellen, die ein vorbeiziehendes Motorboot erzeugte. »Frau Kloppke hat eher so etwas gesagt wie: ›Schön, dass Sie hier sind, Frau Schmolke. Sie und Ihr Mann haben ja bislang noch nie an einem Elternabend oder Ähnlichem teilgenommen. Aber das hier heute ist wirklich sehr, sehr wichtig.‹«

Ich dachte nach.

Deswegen also kannten die uns nicht. Offenbar gehörten wir zu der Spezies Eltern, die sich bei keiner Schulveranstaltung blicken ließ. Das Gegenteil von den Strahlaus, dem Nachbarspärchen, das eine Etage unter mir wohnte. Helikoptereltern auf Steroiden. Wenn es irgendwo einen Kuchenstand zu betreuen oder einen Waldlauf zu beklatschen gab, weckten die beiden Supereltern ihre Tochter Anna morgens um halb vier, um schon vor Sonnenaufgang vor allen anderen Eltern am Ort des Geschehens zu sein. Auf ihrem Weg zur Schule ein Lächeln im Gesicht wie Sektenfänger in der Fußgängerzone, obwohl jeder Tritt in die Pedale mit übermenschlichen Anstrengungen verbunden sein musste, drohte der bis obenhin mit Selbstgebackenem und Winkewimpeln vollgepackte Thule-Anhänger doch vom Fahrrad abzureißen.

Ich dachte weiter nach und stieß auf einen offensichtlichen Widerspruch. »Ein Elternabend? Das ergibt doch keinen Sinn.«

»Wieso?«

»Nun, als ich früher auf den Elternabenden von Lara …«

Ich biss mir auf die Zunge. Normalerweise sprach ich nicht über meine Familienangelegenheiten, und schon gar nicht mit Fremden, wieso fing ich jetzt damit an? Es war mir rausgerutscht, ja. Aber so etwas passierte mir sonst nicht.

»Sie haben eine Tochter?«

Ich nickte, obwohl ich am liebsten den Kopf geschüttelt hätte.

»Verheiratet?«

»Gewesen.«

»Aha, seh schon. Ist Ihnen unangenehm. Nur eins noch: Da Sie ›früher‹ gesagt haben: Ist Lara schon mit der Schule fertig?«

»Hm.«

Sie pfiff anerkennend. »Wie alt sind Sie? Vierzig? Sie müssen ja früh angefangen haben.«

»Hab ich. Und da ich noch so jung bin, funktioniert mein Gedächtnis auch ganz gut«, versuchte ich das Gespräch wieder in die richtige Bahn zu lenken. »Und daher weiß ich, dass man bei einem Elternabend stundenlang in einem muffigen Klassenzimmer sitzt, auf viel zu kleinen Stühlen. Die Zeit tröpfelt in Tai-Chi-Geschwindigkeit voran, und man versucht verzweifelt, sich unsichtbar zu machen, während der Lehrkörper mit Argusaugen nach Freiwilligen für die Wahl der Elternvertreter sucht.«

»Heißt?«

»Dass man für so eine Veranstaltung in die Schule geht und nicht über Nacht mit Bussen auf eine Insel verschleppt wird.«

Sie zuckte mit den Achseln. »Das ist ein Übernachtungsausflug.«

Aha. Deswegen Frau Kloppkes Hinweis auf die Schlüsselübergabe (wohl für die Zimmer) und die Frage nach unisex oder gemischt (wohl wegen der Zimmeraufteilung). Mir ging ein Licht auf, wenn auch nur ein kleines.

»Ich denke, das soll die Gemeinschaft stärken. Den Klassenzusammenhalt«, meinte Wilma.

Ach du meine Güte.

War der Trend, aus allem ein Event zu machen, jetzt auch bis in die Schulen vorgedrungen? So wie eine schnöde Betriebsratssitzung nicht mehr »Sitzung«, sondern »Boot-Camp« hieß und das Klönen beim Bier in der Stammkneipe danach durch ein »Team bildendes« Wildwasserrafting ersetzt worden war?

»Ist ja auch egal. Ich hau ab«, sagte ich.

»Wieso?«

Kein Witz. Das war Wilmas Frage. Als hätte ich irgendwas Absurdes gesagt wie: »Ich geh mir mal kurz einen Nagel ins Knie kloppen.« Oder: »Ich seh mich mal nach Pinguin-Kadavern um.«

Aber ich sagte: »Ich hau ab.« Was könnte logischer sein?

»Wollen Sie etwa die Nacht hier verbringen?«

Ich sah auf ihren Rucksack. Vielleicht hatte sie ja für den Fall, dass sie beim Joggen vom Weg abkam und versehentlich die Nacht bei einem Elternabend auf einer Insel verbringen musste, stets einen Ersatzschlüppi und eine Zahnbürste dabei.

»Nun, nach Hause zu meinem Mann will ich ja wohl unter keinen Umständen«, erklärte sie.

Gut. Nachvollziehbar.

»Aber Sie haben doch sicher Freunde?«

»Jede Menge. Doch da müsste ich in der Gästeritze schlafen. Und dann besteht die Gefahr, dass mein Mann bei denen vor der Tür steht. Besser, ich nutze die Gelegenheit und schau mir mal an, was die hier so für Betten haben.«

»Und spielen dabei weiter die Frau Christin Schmolke?«

»Wieso nicht?«

Ich winkte ab. »Gut, viel Spaß dabei. Vergessen Sie aber nicht, dass wir einen Sohn haben.«

»Hector. Ich weiß.«

»Woher?«

Sie lachte. »Ich hab Ihr Gespräch mit Theo-Mausi eben mitbekommen. Ihre Imitation eines total Bekloppten hat mich sehr erheitert.« Sie schüttelte grinsend den Kopf. Ihr Zopf wackelte wie vorhin, als sie mit ihrer Baseballkeule das SUV-Dach bearbeitet hatte.

»Schön, *Christin,* in Zukunft werden Sie jedoch hier ohne mich als Unterhaltungsprogramm auskommen müssen. Ich mach mich vom Acker.«

»Und wie?« Sie lächelte so, wie Menschen lächeln, die sich über mich lustig machen. Nur einen Tick charmanter mit einem »Na, da bin ich aber mal gespannt, wie du aus der Nummer hier wieder rauskommen willst«-Blick. Ihr belustigter Argwohn war berechtigt, hörte ich doch gerade ein hydraulisches Zischen.

Ich sah zum Bus. *O nein.*

Hilde hatte wieder ihren Thron hinterm Steuer erklommen. Die Türen des Reisebusses schlossen sich.

Kapitel 9

Halt«, rief ich und rannte los. »Moment!«

Glücklicherweise ließ sich die Fahrerin von meinen hektischen Schlägen gegen die Einstiegstür beirren und hielt noch mal an.

»Oh, das wär aber nicht nötig«, sagte Hilde, nachdem sie die Tür geöffnet hatte.

»Wie?«

Sie deutete auf die Hortensie in meiner Hand, die ich völlig vergessen hatte. Ich schleppte sie nun schon so lange mit mir herum, dass sie mir wohl erst wieder aufgefallen wäre, wenn sie nicht mehr da gewesen wäre.

»Können Sie mich bitte mit aufs Festland zurücknehmen?« Ich schenkte ihr etwas, das ich für einen sehr traurigen Dackelblick hielt. Sie wohl eher für lächerlich.

»Hab ich ein Taxi-Schild uffm Kopp?«

»Nein, aber genug freie Plätze.«

»Hättest du dir vorher überlegen müssen.«

Sie machte eine »Husch, husch, raus hier«-Handbewegung. Ich musste also härtere Überredungsgeschütze auffahren.

»Ich leide unter Insula-Phobie«, erklärte ich. Keine Ahnung, ob es so etwas wirklich gab. »Ich wusste nicht, dass die Fähren nicht über Nacht gehen. Deswegen muss ich dringend zurück aufs Festland.«

Hilde schüttelte den Kopf. »Ich meine nicht die Rückfahrt. Ich hab gemeint, du hättest dir das mit dem Nachwuchs vorher überlegen sollen. Nun haste den Salat, der dich dazu bringt, mir mit Insula-Phobie-Quatsch ein Ohr abzukauen, also wirklich.« Sie lachte. »Mann, Mann, Mann, Elternabend. Die Hölle. Und das alles für zwei Sekunden Spaß mit der Mutter.«

Den ich nicht mal gehabt hatte. Weswegen ich nicht Hectors Vater und daher hier komplett falsch war. Ich überlegte, wie ich Hilde das in der Kürze der Zeit erklären sollte, aber sie ließ mich ohnehin nicht zu Wort kommen.

»Erst Hau-Reinhardt im Bett, aber dann Ciao-Miau, wenn's Balg uff der Welt ist. Nee, nee. Da gibt's von mir keine Schützenhilfe. Du bleibst schön hier mit den anderen Hirselköppen und langweilst dich zu Tode.«

»Bitte!« Ich versuchte es noch einmal. »Ich teile mir das mit meiner Frau auf. Sie bleibt hier. Ich fahre zu unserer Tochter aus erster Ehe. Lara. Sie wird heute sechzehn.«

»Hm.« Sie pustete sich eine Locke aus der Stirn. »Selbst wenn ich es wollte. Es geht nicht. Meine Schicht ist rum. Mein Boss steigt mir aufs Dach, wenn ich in einer Leerfahrt jemanden mitnehme. Versicherung und so.«

»Gut, dann rede ich mit dem Fährmann.«

Der Bus war nicht so groß, dass man nicht neben ihm auf dem Boot hätte stehen können.

»Geht auch nicht.« Hilde schüttelte ihre Tigermähne.

»Wieso nicht?«

»Das ist mein bester Kumpel. Gleiches Versicherungsproblem.«

»Verstehe.« Daher also wehte der Wind.

»Und, äh, wie wäre es, wenn ich eine kleine, sagen wir, Versicherungsprämie einzahle?«

Mit der Unbestechlichkeit eines deutschen Politikers sagte Hilde nach einer Hundertstelsekunde Bedenkzeit: »Macht nen Syltfuffi.«

»Fünfzig Euro?«

»Ich hab Sylter Währung gesagt. Also zweihundert glatt.«

»Wucher«, schimpfte ich, tastete aber nach meinem Portemonnaie. Das war mir der sechzehnte Geburtstag meiner Tochter wert. *Wobei …*

»Wat'n nu schon wieder los?«, fragte mich Hilde, wohl weil ich mir mit der flachen Hand gegen die Stirn gehämmert hatte.

Verdammt. Das durfte jetzt nicht wahr sein.

»Meine Brieftasche!«

Ich konnte sie in der Tasche meines Sakkos nicht finden. Ganz einfach, weil es keine Sakkotasche mehr gab.

Kapitel 10

Mist, Mist, Mist.

Die Tasche war mit meinem Sakko verschwunden, dessen ich mich (ich erinnerte mich dunkel) auf meiner Flucht durch den Wald entledigt hatte. Samt Brieftasche und – wenn es flutscht, dann flutscht es – meinem Handy.

»Bitte warten Sie. Nur kurz. Bin gleich wieder da«, sagte ich zu Hilde und hechtete zu Wilma zurück.

Ich erreichte sie, als sie gerade auf dem Pfad im Wald verschwinden wollte.

»Nanu?« Sie lächelte mich an und blieb stehen.

Ich war selbst kurze Sprints nicht mehr gewohnt und hechelte mehr, als dass ich sprach: »Haben Sie zufällig etwas Bargeld in Ihrem Rucksack?«

»Wofür?«

»Für mein Rückfahrtticket.«

»Nein.«

»Sie haben kein Geld?«

»Doch. Aber nein, ich gebe es Ihnen nicht.« Sie wollte weiter.

»Aber wieso denn nicht?«, fragte ich und hielt sie am Arm zurück.

»Tja, wo fange ich an? Sie sind ein Krimineller. Ich seh die Kohle nie wieder.«

»Ich brauche nicht viel«, log ich. Die altbewährte »Fuß in der Tür«-Methode. Ich musste Wilma erst einmal dazu bringen, ihre Börse zu zücken. Sobald sie ihr Geld in der Hand (und ich den Fuß in der Tür) hatte, war die Hemmschwelle überwunden. Im Umkehrschluss: Es wäre ihr dann sehr, sehr peinlich, das Portemonnaie wieder zurückzustecken und mich im Regen stehen zu lassen. Verriet ich ihr in diesem Stadium jedoch jetzt schon Hildes Wuchertarife, gäbe ich ihr ein gutes Argument, meine Bitte ohne jedes schlechte Gewissen abzuschmettern.

»Nur ein kleines Trinkgeld!«, bettelte ich daher.

»Und wenn es nur ein Euro wäre«, sagte Wilma. »Ich brauche jetzt jeden Cent. Sobald mein Mann herausfindet, was ich mit seinem Lieblingsauto gemacht habe, jagt er mir die teuersten Scheidungsanwälte auf den Hals, um auch noch die kleinste Unterhaltsverpflichtung abzuschmettern.«

»Aber er hat Sie betrogen!«, sagte ich mit einem »Das hat er sich doch selbst zuzuschreiben«-Unterton in der Stimme.

»Ach, und Sie meinen, das wird eine Familienrichterin bei den Unterhaltsverhandlungen für mich einnehmen, wenn sie erfährt, was die Ex-Frau mit den Vermögenswerten des Mannes so anstellt?«

Tja, könnte schwer werden. Aber wenigstens würde die Scheidung schnell durchgehen. Einen schlagkräftigeren Beweis für die Zerrüttung des Eheverhältnisses konnte es ja wohl kaum geben.

»Ja, er hat mich betrogen.« Wilma-Christin blieb neben einer Kastanie stehen. »Vermutlich tut er das noch immer. Vielleicht filmt er das arme Mädchen sogar beim Ehebruch. Schlimm, was die heutzutage für ein Paar Gucci-Sandalen so alles für Verrenkungen machen müssen.«

Ich nickte, als wüsste ich, wovon sie redete.

»Das Problem ist: Er hat auch uns beide gefilmt.«

»Na ja, das ist heutzutage doch nicht unüblich, dass verheiratete Paare sich dabei filmen, um ihr Liebesleben aufzupäppeln«, sagte ich in der irrigen Annahme, sie spreche von ihrer Angst vor einem kompromittierenden Video, auf dem sie mit ihrem Mann zu sehen war.

Wilma schüttelte den Kopf und richtete ihren Zeigefinger auf meinen Brustkorb. »Nein, er hat mich und *Sie* gefilmt.«

»Mich?« Für einen Moment fragte ich mich wirklich, wie es ihm gelungen war, in mein Schlafzimmer einzubrechen und mich dort auch noch mit Christin zu erwischen.

»Ihr Mann hat *was?*«

»Mit einer Dashcam. Das ist …«

Ah, okay. Jetzt kamen wir der Sache näher. Es ging nicht um einen Schmuddelfilm.

»Ich kenne die Dinger.«

Dashcams hingen meist unter dem Rückspiegel und filmten den Verkehr, damit man im Falle eines Unfalls ein Beweismittel hatte.

»Aber die Kamera ist doch auf die Straße gerichtet«, sagte ich.

»Nicht das Teil im Wagen meines Mannes. Das Ding filmt in beide Richtungen. Zur Diebstahlsicherung.«

Verdammt.

»Ich bin gefilmt worden. Und Sie auch, von dem Moment an, als Sie in den Wagen eingestiegen sind«, sagte Wilma.

»Machen Sie sich um mich mal keine Sorgen«, antwortete ich und machte mir Sorgen. Große sogar. Ich hatte alles bis ins Detail geplant. Laras Geburtstag. Mein letzter Coup. Das letzte Mal, dass ich ein Auto geklaut und mich für immer und ewig abgesetzt hätte, um endlich wieder bei meiner Tochter sein zu können. Wäre es so gelaufen, wie ich es sorgfältig durchdacht hatte, wäre es mir gleichgültig gewesen, dass es ein Tatvideo von mir gab. Doch jetzt war alles aus dem Ruder gelaufen, und meine Zukunft würde sich aller Wahrscheinlichkeit nach deutlich von der unterscheiden, die ich im Auge gehabt hatte. Ich war vorbestraft und auf Bewährung. Sollten die mich heute fassen, würde ich für lange Zeit einwandern. Und dann standen fremdbetreute Hofspaziergänge auf dem Programm statt ein selbstbestimmter Ruhestand.

Hilde hupte. Von meinem Platz aus konnte ich den Bus nicht mehr sehen, aber immerhin stand er in Hörweite.

»Ich bin integer«, versuchte ich es noch mal bei Wilma, »ich neige dazu, alle meine Schulden zu bezahlen.«

»Und ich bin ein Ausbund an Gelassenheit und Selbstbeherrschung.« Sie lachte.

Gut, mit Charme und Seriosität kam ich hier nicht weiter. Also ließ ich die Fakten sprechen: »Denken Sie doch mal bitte logisch«, forderte ich sie auf. »Wir sitzen hier in der Falle. Auch Sie.«

»Wieso?«

»Weil die Polizisten gesehen haben, zu welchem Bus wir gerannt sind. Zwei Anrufe, und die wissen, wer den gechartert hat. Ich gebe uns noch eine halbe Stunde, dann kommt das erste Boot der Wasserschutzpolizei.«

Sie neigte den Kopf und sah mir mitleidig in die Augen.

»Was?«, fragte ich.

»Wenn Ihnen jemand eine E-Mail schickt mit der Mitteilung, ein kenianischer Prinz hätte Ihnen 232 Millionen Dollar vererbt, glauben Sie das?«

»Hä?«

»Anders gefragt: Sind Sie naiv?«

»Wieso?«

Sie stöhnte. »Ich weiß ja nicht, wie intensiv Sie die Berliner Nachrichten verfolgen, aber vielleicht ist die Info über den chronischen Personalmangel der Polizei auch bis zu Ihnen vorgedrungen. Glauben Sie wirklich, die starten eine Fahndung nach uns? Ich meine, es ist ja nicht so, dass wir Geiseln in einer Bank genommen oder unser Auto im Halteverbot vor dem Haus des Innensenators abgestellt hätten.«

Hm. Wo sie recht hatte, hatte sie recht. Aus gut unterrichteten Kreisen wusste ich, dass in der Berliner 110-Zentrale alle vierundzwanzig Sekunden ein Notruf einging. Jeder zweite löste einen Einsatz aus. Die alltägliche Lage bei der Polizei war also ähnlich entspannt wie die in einer Notaufnahme an Silvester. Meine gut unterrichteten Kreise bestanden, um ehrlich zu sein, aus einem einzigen Mann, der sich Grosny-Mario nannte, nach der Hauptstadt Tschetscheniens. Was in einigem Widerspruch zu der Tatsache stand, dass er ein in Herne-Eickel geborener Biodeutscher war. Aber er hatte in den Achtzigern leider zu viele Filme mit sowjetischen Bösewichten gesehen und meinte nun, mit einer Schlangentätowierung am Hals, einem rollenden R auf der Zunge (mit dem er wie die Imitation eines spanischen Kellners klang) und einem grimmigen Blick als Tschetschenen-Pate durchzugehen. Natürlich nahm ihm niemand seine Rolle als berüchtigter Hinterzimmer-Killer ab, aber er war mittlerweile ein Berliner Original, das die echten Tschetschenen so sehr belustigte, dass sie ihn allein schon zu ihrem Vergnügen am Leben ließen, als eine Art Hofnarr der Mafia.

Warum ich Ihnen das erzähle? Ebenjener Grosny-Mario hatte mir den Auftrag gegeben, den Geländewagen zu klauen, und mich mit dem passenden Funkschlüssel versorgt. Und auch wenn er nur die Imitation eines Mitglieds des organisierten Verbrechens war, hieß das nicht, dass er sich nicht mit den Kriminalitätsfakten der Hauptstadt auskannte, und die hatte Wilma-Christin tatsächlich korrekt wiedergegeben. Die Polizei hatte genug mit den wichtigen Delikten zu tun. Niemand würde seine Zeit mit Sachbeschädigung unter Eheleuten und versuchtem Autodiebstahl verschwenden. Zwei Verdächtigen aus einem spontanen Impuls heraus hinterherzurennen war die eine Sache. Eine Ermittlung loszutreten eine völlig andere. Allein der damit verbundene Papierkram machte mehr Arbeit, als die Baugenehmigung für ein Biomülllager im Naherholungsgebiet durchzuboxen.

»War schon ein Wunder, dass die uns überhaupt hinterhergerannt sind. Wahrscheinlich nur, weil wir so alt sind.«

»Alt?«, fragte ich. »Ich bin sechsunddreißig!«

»Sag ich doch. Alt. Erinnern Sie sich noch an Ihre Schulzeit? Sagen wir mal, als Sie fünfzehn waren.«

Neunte Klasse. Ich träumte davon, meine Panzerkette

(Zahnspange) loszuwerden und endlich Solveig Mühring zu küssen, das hübscheste Mädchen der Schule. Jene Solveig, die, als ich das monströse Ding endlich raushatte, mich mit dem Satz stehen ließ: *»Ah, Sascha. Ist es dir also endlich gelungen, dein Fahrrad aufzuessen.«*

Aber auf diese Erinnerung wollte Wilma nicht hinaus, sondern: »Was haben Sie damals über sechsunddreißigjährige Lehrer gedacht?«

Erneutes Hupen von Hilde. Diesmal länger. Und noch ungeduldiger.

»Okay. Ja. Verstehe.«

»Alt, dachten Sie. Asbach. So richtig ranzig.«

»Scheintot, mediumverfault. Bei denen schmatzen die Regenwürmer, wenn sie über den Rasen laufen«, ergänzte ich. »Aber die Polizisten, die uns hinterhergerannt sind, waren ja wohl keine fünfzehn.«

»Aber jung genug, um uns für alt zu halten. Zumindest für eine leichtere Beute als die Klimaaktivisten, auch wenn ich zwei Jahre weniger auf dem Buckel habe als Sie.« Sie zwinkerte mir zu. Keck, wie meine Omi sagen würde.

»Also, kommen Sie mal zur Ruhe, atmen Sie locker durch die Hose, wie Hilde es uns geraten hat, und machen Sie bloß keine Dummheiten. Niemand wird uns hier suchen, keiner finden. Es sei denn, Sie hauen jetzt von hier ab.«

»Das verstehe ich nicht«, sagte ich. Weil ich es nicht verstand.

Sie machte mit der rechten Hand eine kreisende Bewegung, als wollte sie mir sagen: *Und das wird alles einmal dir gehören, mein Sohn.* »Schauen Sie sich um. Wir sind die Letzten hier. Alle anderen Eltern warten bestimmt schon wieder nervös auf uns. Was denken Sie, was passiert, wenn ich alleine in Haus 9B auftauche? Weil Sie verschwunden sind? Auf einer Insel, wo die nächste Fähre erst um acht Uhr morgens fährt? Was, glauben Sie, wird passieren, wenn ich keine Antwort auf die Frage habe, wo mein Ehemann abgeblieben ist?«

Ich überlegte, lernte aber rasch, dass die Fragen wohl rhetorischer Natur waren.

»Genau. Man wird nach Ihnen suchen. Frau Kloppke wird die Wasserpolizei oder die DLRG rufen, wenn man Sie nicht findet. Und ja, dann kommt wirklich jemand. Ein potenziell Ertrunkener im Wannsee mit zwei Dutzend besorgten Zeugen, das kann kein Polizist mehr ignorieren oder in die nächste Schicht verschieben.«

Ich hörte von irgendwoher das krächzende Gurren eines Kormorans. Leider nicht das Flap-flap eines sich nähernden ADAC-Hubschraubers, um mich hier rauszufliegen. Nicht mal Blätterrauschen hörte ich. Es gab keinen Wind. Keine kühlende Brise. Nur feuchtwarme Hitze. Sehnsüchtig spähte ich durch eine Lücke im Wald zum Ufer.

»Sagen Sie einfach, ich hätte etwas vergessen und musste zurück«, sagte ich. Kraftlos. Ohne jegliche Energie, denn die aufzubringen wäre Verschwendung gewesen. Durch die Lücke in den Bäumen sah ich auf dem Wannsee nämlich etwas, was jegliche Hoffnung in mir zerstörte.

Hilde. Vor ihrem Bus. Der auf dem Wasser an uns vorbeizog. Weil er wieder auf der Fähre stand.

»Hey, du Vogel«, brüllte die Busfahrerin, die ich aus der Entfernung nur noch an ihren Locken erkannte. Und an ihrer Brüllstimme: »Welches *gleich* hast du denn gemeint, als du gesagt hast ›Ich komme *gleich* wieder‹? Gleich morgen? Oder gleich nächstes Jahr?« Sie winkte mir zu. »Ich hab auch nicht Zeit bis zur Rente. Wir sehen uns morgen, Thorben. Hasta la vista, Mister. San Frantschüsko, die Hilde.«

Wilma winkte ihr als Einzige von uns beiden zurück und ging dann weiter. »Komm mit«, sagte sie, ohne über die Schulter zu blicken. Das erste Mal, dass sie mich duzte. »Das wird sicher lustig.«

Ich nickte. »Auf jeden Fall.«

Lustig.

Weil Elternabende ja dafür bekannt sind, ein wahrer Quell der Freude zu sein.

ANRUF VON
GROSNY
MARIO

Kapitel 11

ETWA ZUR SELBEN ZEIT
BERLINER FESTLAND

»Das glaube ich nicht. Er will *was* nicht machen?«
Polizeimeisteranwärter Torsten Tratto starrte den demolierten SUV an, dann schaute er die Straße runter zum Eigentümer, der nur mit Unterhose und Badelatschen bekleidet in einem Reihenhauseingang verschwand. Schließlich blickte er zurück zu seinem Kollegen. Dabei wirkte Tratto wie ein fleischgewordenes Fragezeichen. Das tat er allerdings meistens, wie sein Vorgesetzter nicht umhinkam zu denken. Was auch immer man Trottel-Tratto sagte, zeigte oder fragte, man hatte stets den Eindruck, er habe nichts als einen Pfeifton unter seiner Dienstmütze.

Himmel, wie konnte ich nur so blöd sein?, dachte Helmut Koschnick, Polizeiobermeister der Berliner Bereitschaftspolizei. Normalerweise, das gab er selbst zu, war er die faulste Sau im Dienst. Fünftausend Demos und Sportveranstaltungen im Jahr, bevölkert von Irren und Bekloppten, die die Hauptstadt anzog wie ein Magnet. *Nee, nee.* Sollten die anderen sich doch für den mauen Sold von Querdenkern, Betrunkenen oder Reichsbürgern bespucken, treten, schlagen oder zumindest beleidigen lassen. Er hielt sich vornehm zurück, tat nur das Notwendigste im Einsatz. Deswegen hatte Koschnick ja auch gedacht, das seltsame Pärchen, das sich vom Tatort fort in die Waldbresche schlug, wäre eine willkommene Ausrede gewesen, sich nicht diesen Umweltfanatikern in den Weg stellen zu müssen. Aber wieso hatte er »Mitkommen!« befohlen? Und das ausgerechnet demjenigen, der in der Truppe das größte Pech beim Denken hatte?

Ja, klar. Irgendjemand musste nachher die dreißig Formulare tippen für den unwahrscheinlichen Fall, sie hätten wirklich jemanden gefangen und überführt. Damit es aber gar nicht erst zu einem arbeitsauslösenden Einsatzerfolg kam, hatte Koschnick sich im Wald schön zurückfallen lassen. Hatte sich hinter einem Baum versteckt, als er sah, wie der Anzugtyp stolperte. Die Frau im Sportdress hatte er da längst aus den Augen verloren gehabt. Dafür aber hatte Trapper-Tratto auf einmal Blut geleckt und die Spur aufgenommen.

Na ja. Zum Glück hatte er ihn abhalten können, den Bus zu stoppen. Und das Schicksal hatte es letztlich offenbar gut mit ihm gemeint, was den SUV-Geschädigten anging. Der wollte mit den Behörden nichts zu schaffen haben. Prima.

»Es ist so, wie es ist«, sagte Koschnick. »Der Eigentümer des Wagens will keine Anzeige erstatten.«

»Aber …«

Standen da etwa Tränen in Trattos Augen? Streichelte er tatsächlich über die malträtierte Motorhaube des Geländewagens, zärtlich wie eine Mutter über die Beule ihres gestürzten Kindes?

»Schauen Sie sich das wunderbare Auto an. Völlig hinüber. Das kann man doch nicht so hinnehmen.«

Wunderbares Auto? Also in diesem Punkt konnte Koschnick diese demonstrierenden Klima-Gretas ja verstehen. Er schwitzte sich hier seine mageren Sterne von der Uniform, nur weil solche Spackos eine Penisverlängerung brauchten. Das Wetter war schon lange nicht mehr normal, nicht zuletzt wegen dieser Spritvernichter hier. Am liebsten hätte er selbst dagegengetreten, aber da gab es nicht mehr viel zum Kaputtmachen. Die beiden Flüchtenden hatten ganze Arbeit geleistet.

»Dann müssen wir eben selbst ermitteln!«, sagte Tratto trotzig.

Ja, klar.

»Erstens«, klärte Koschnick ihn auf: »Sachbeschädigung ist ein Antragsdelikt. Da werden wir ohne Anzeige nicht tätig. Und zweitens …«

… BIST DU VÖLLIG BEKLOPPT???, hätte er Tratto am liebsten angeschrien und ihm mit jedem Wort zünftig ins Gesicht geschlagen. *Ich will nach Hause, eine Molle zischen und netflixen. Und ganz bestimmt nicht bei Temperaturen, bei denen man selbst in Dubais Schulen hitzefrei gibt, nach Pillepalle-Verbrechern suchen.*

»Ein letztes Mal, Arnold will es nicht zur Anzeige bringen, und damit …«

»Ich glaube, der Eigentümer des Wagens heißt nicht Arnold«, unterbrach ihn Tratto.

Das darf doch nicht wahr sein …

»Ich weiß, dass er nicht Arnold heißt. Ich nenn ihn nur so wegen seines Aussehens.«

»Ah, weil er so klobig ist wie ein Waggon.«

»Hä?« Jetzt hatte Koschnick einen Pfeifton im Kopp.

»Arnold Metallspielwarenfabrik«, sagte Tratto. »Total tolle Modelleisenbahnwaggons. Ich hab eine komplette Anlage in meinem Zimmer. Leider pleitegegangen, aber mittlerweile kriegt man wieder Ersatzteile für die Spur-N… Aua.«

Koschnick hatte Tratto mit der flachen Hand gegen den Hinterkopf geschlagen. »Wegen Arnold Schwarzenegger, du …« Er erinnerte sich an den letzten Achtsamkeitskurs, den er zwangsweise hatte absolvieren müssen, und schluckte die Beleidigung hinunter.

»Aber der Eigentümer sieht doch überhaupt nicht aus wie ein Bodybuilder!«, jammerte Tratto und rieb sich den Kopf.

Herr im Himmel … natürlich nicht. Koschnick rang die Hände und legte verzweifelt den Kopf in den Nacken. Offensichtlich hatte der SUV-Fahrer nicht einmal Muskeln. Nackt bis auf die Feinripp-Unterhose, weißhäutig wie ein toter Fisch, hatte er vor ihnen gestanden, kurz nachdem sie ihn übers Handy aus seinem Bett geklingelt hatten. Oder aus dem Bett einer anderen. Die Schönheit, die ihnen nur mit einem Handtuch bekleidet die Tür geöffnet hatte, hatte nicht den Eindruck gemacht, als fiele Mr Hairy-Fischbauch in ihr allgemeines Beuteschema. Aber das ging ihn nichts an, wo die Liebe hinfiel. *Oder das Geld …*

»Das war ein Witz, Tratto. So wie man mich manchmal Locke nennt.«

»Wieso? Sie haben doch gar keine Haare.«

»Ja eben … ach, vergiss es.« Koschnick seufzte. »Komm, wir rücken ab.«

Der Rest der Truppe war noch mit dem Einsatz beschäftigt und hatte die Demo zurück zur angemeldeten Route geleitet. Vielleicht fiel es gar nicht auf, wenn sie den Bericht erst morgen, vielleicht sogar erst morgen in zwanzig Jahren schrieben.

»Okay, gut. Aber was ist mit Grosny-Mario?«, wollte Tratto wissen.

»Mit wem?«

»Na ja, ich hätte es wohl schon früher sagen sollen.«

»Was?«

»Ich hab vielleicht einen kleinen Fehler gemacht!«

Koschnick starrte ihn an und versuchte, sich auf das Schlimmste gefasst zu machen. »Was hast du getan?«

»Sie erinnern sich? Das Sakko, das der Flüchtende im Wald ausgezogen hat?«

»Das du liegen lassen solltest, bis die Spurensicherung kommt«, wiederholte Koschnick seine schwachsinnige Anweisung, die offenbar selbst diese geistige Amöbe hier als Arbeitsverweigerungsmaßnahme durchschaut hatte.

»Da war ein Handy drin. Das hat geklingelt. Ich bin drangegangen.«

»Nein.« Koschnick zwickte sich in der Hoffnung, aus einem bösen Traum aufzuwachen.

»Doch. Da war ein Mann. Sehr einschüchternde Stimme. Rollendes R. Sehr böse. Er hat mich gefragt, ob der Einsatz gut gelaufen wäre. Ich habe ihn für unseren Chef gehalten.«

Ja, logisch. Weil der sich ja auch nicht als Einheitsführer Yüzgec über Funk, sondern als Irgendwer-Mario auf dem Handy eines Täters meldete.

»Er hat mich Sascha genannt und gefragt, wann ich zurück wäre, und da hab ich ihm gesagt: Sie irren sich, ich bin nicht Sascha. Ich bin Torsten Tratto und werde gemeinsam mit Helmut Koschnick alles dafür tun, dass das mit dem SUV aufgeklärt wird.«

»Moment mal. Du hast einem Unbekannten über das Handy eines Tatverdächtigen unsere Identitäten verraten?« Koschnick ballte die Fäuste.

»Ich war vielleicht etwas nervös …«

Keine Sorge. Das wird sich bald legen. Sobald ich dich mit dem SUV in die Presse gefahren habe.

»Wie hieß der Typ noch mal?«

»Grosny-Mario. Moment mal, jetzt, wo Sie nach seinem Namen fragen, fällt es mir auf.«

»Was?«

»Das rollende R, die finstere Stimme. Wenn ich es recht überlege … er klang wie ein Killer. Und ist Grosny nicht die Hauptstadt von Tschetschenien?«

Scheiße, ja. Das klang nicht gut. Gar nicht gut. Aber längst nicht so schlimm wie das, was Trottel-Tratto als Nächstes sagte.

»Das passt jetzt alles zusammen.«

»Was?«

»Nun ja, am Ende hat der Kerl erklärt: ›Hörrr gut zu, Torsten. Du und Helmut, ist mirrr egal, wie. Finde Sascha Nebel oder brrringe selbst. Mir egal. Wenn nicht spätestens in vierrr Stunde habe Ware, Grosny-Mario schickt Tschetschenen-Brrrüder mit Lötkolben.‹«

Er grinste – offenbar war er stolz darauf, dass er Grosny und Tschetschenien in Verbindung gebracht hatte. Oder weil er das R so kehlig rollen konnte.

Unfassbar. Tratto würde mit einem selbstzufriedenen

Lächeln auf den Lippen sterben, wenn Koschnick seinen Fantasien jetzt freien Lauf ließe.

»Lass mich kurz zusammenfassen: Du hast der tschetschenischen Mafia Informationen sowohl über unsere Identität als auch über unsere Ermittlungsarbeit gegeben?«

»Ich dachte, wir ermitteln nicht?«, fragte Tratto.

Koschnick hatte noch nie jemanden getötet. Er hätte allerdings nie gedacht, wie leicht es ihm fallen würde, einen Mord zu begehen. Auf offener Straße. Und er wusste, er würde sich gut danach fühlen.

»Scheiße, Junge. Das müssen wir jetzt aber wegen deiner hirnverbrannten Dummheit.«

»Wieso?«

Sinnlos, es ihm zu erklären. Genauso gut hätte er Wegweiser für Wespen aufstellen können, damit die im Garten an seinem Kuchen vorbeiflogen. Der Grund lag ja wohl auf der Hand.

Irgendetwas musste in dem Wagen drin sein! Etwas so Heikles, dass der Geschädigte sich nicht traute, Anzeige zu erstatten. Offenbar hatte die Tschetschenen-Mafia, mit der sich nur Gehirnamputierte freiwillig anlegten, an dem SUV ein Exempel statuiert. Wenn das eskalierte und später rauskam, dass Helmut Koschnick einem Anfangsverdacht nicht nachgegangen war …, das würde ihnen allen um die Ohren fliegen. Zumal dieser Tratto-Trottel keine zwanzig Sekunden einer internen Ermittlung durchstehen würde.

»Wo ist das Handy jetzt?«, fragte Koschnick.

»Ich sollte das Sakko doch liegen lassen.«

Grundgütiger. Da sollte ihm noch mal einer was von

Evolution erzählen, wenn diese Intelligenzamöbe das Ergebnis Millionen Jahre langer Entwicklungsarbeit war.

»Mitkommen!«, fauchte er.

»Wohin?«

»Erst in den Wald. Bete zu Gott, dass das Sakko noch da ist.«

»Und dann?«

»Zur Zentrale von Holiday-Charter. Ich muss wissen, wohin der verdammte Bus gefahren ist.«

Kapitel 12

SCHILFWERDER ELTERNABEND

Wie heißt es so schön: Die meisten Menschen geben Geld aus, das sie nicht haben, um sich Dinge zu kaufen, die sie nicht brauchen, um Menschen zu beeindrucken, die sie nicht leiden können. Ich bildete da keine Ausnahme, zumindest, was den letzten Punkt anging.

Dessen wurde ich mir schmerzlich bewusst, als ich mit Wilma den Pfad zu Haus 9B nahm. Wie Wilma vorhergesagt hatte, waren wir schon wieder die Letzten, und das war mir unangenehm. Auch wenn ich a) keinen Menschen hier kannte und b) nach diesem Abend unter Garantie nie wieder etwas mit ihnen zu tun haben würde (die Wahrscheinlichkeit eines zweiten Insel-Elternabends in meinem Leben schätzte ich als äußerst gering ein), war mir der Gedanke, dass die Eltern und Lehrenden schon wieder auf uns warten mussten, irgendwie peinlich. Schon komisch, wie viel Wert ich auf die Meinung Fremder legte. Andererseits – Instagram, TikTok und Facebook könnten kaum existieren, wenn Millionen von uns nicht immer wieder aufs Neue versuchen würden, Unbekannten zu imponieren.

Mit diesem Gedanken im Kopf eilte ich neben Wilma

an etwa einem Dutzend rostbraun verputzter Holzbaracken vorbei. Sie waren etwas lieblos an den Pfad geklatscht, der sich nach hundert Schritten ins Inselinnere hinein zu einem anständigen Schotterweg vergrößert hatte.

Jeder Bungalow hatte ein schräges Flachdach mit dem Neigungswinkel einer Kinderrutsche (vermutlich, damit der leider nicht zu erwartende Regen besser ablaufen konnte), das nach vorne verlängert als Überdachung einer Kieselwaschbetonterrasse herhielt. Leere Wäscheständer rosteten darunter still vor sich hin. Ein Anzeichen, dass es Menschen gab, die hier länger als bis zur nächsten Morgenfähre hausen mussten. Die Armen.

Haus 9B stand – aus welchem Grund auch immer – zwischen Bungalow 12 und 13. Stein auf Stein gebaut, mit weißem Putz und rotem Ziegeldach, erinnerte es mich an die Gebäude der Heerstraßensiedlung, in der das Übel seinen Anfang genommen hatte. Es hatte sogar einen ähnlichen Windfang wie die Reihenhäuser dort. Ein Schild auf dem teilverglasten Vorbau erklärte das Haus 9B zum »Mehrzweckgebäude«.

Aha. Als ob alle anderen Häuser dieser Welt nur zu einem einzigen Zweck gebaut worden waren, weshalb man den Architekten beim Richtfest oft zum Auftraggeber Sätze sagen hörte wie: »*Natürlich haben Sie kein Schlafzimmer. Ihr Haus hat ja nur* den einen Zweck, *darin zu essen. Aber wir können Ihnen gerne zusätzlich ein Bettenhaus bauen. Sollten Sie allerdings beabsichtigen, sich darin auch noch zu duschen, käme ein* Mehrzweckgebäude *auf Dauer vielleicht günstiger.*«

Hab ich schon erwähnt, dass nahestehende Personen meine Gedankengänge manchmal nervtötend finden?

Wilma ging voran, ich ließ mir Zeit, um den Aushang eines verglasten Informationskastens zu studieren. Hinter den staubüberzogenen Scheiben lagen tote Insekten auf dem Rücken. Vergilbte Piktogramme informierten den geneigten Betrachter im Wesentlichen darüber, was man in der »Freizeitanlage Schilfwerder« nicht tun durfte: rauchen, Enten füttern, laut Musik hören, im Freien grillen, Hunde frei laufen lassen. »Elternabende abhalten« stand leider nicht drauf.

»Hey, wollen wir uns kurz absprechen?«, schlug Wilma vor.

»Inwiefern?«

»Na ja, was wir für einen Grundtenor haben, schulische Fragen betreffend. Wir könnten versuchen, uns als Helikoptereltern auszugeben.«

»Das ist jetzt ein Witz, oder?« Ich tippte mir an die Stirn. »Soweit ich weiß, ist das ein Schimpfwort für Erziehungsberechtigte, die ihren verwöhnten Bälgern den Toilettensitz vorwärmen und so.«

»Ja, finde ich gut.«

Hat sie gesagt. Kein Witz.

»Was ist denn daran gut? Jetzt mal ganz abgesehen davon, dass wir dann ja wohl längst Vorsitzende des Freundeskreises dieser Schule wären, wie die Strahlaus …«

»Wer sind die Strahlaus …?«, unterbrach sie mich.

»Tut jetzt nichts zur Sache. Aber ich bin kein Helikopter.«

»Also lieber ein U-Boot«, legte sie fest.

»Hä?«

Neben dem Eingang stand eine blecherne Gießkanne im Schatten, in der sich zu meiner Freude etwas Wasser befand. Erleichtert platzierte ich die Hortensie in der provisorischen Vase.

Derweil sagte Wilma: »Ich finde, es ist so: Alle schimpfen immer über besonders fürsorgliche Eltern, die ihre Kinder auf Schritt und Tritt behüten. Aber wie oft schlägst du die Zeitung auf und liest: Seine Drogenkarriere war vorgezeichnet. Mami schmierte ihm die Stullen noch, bis er achtzehn war?«

Also, daher wehte der Wind. »Okay, ich verstehe, worauf du hinauswillst. Du meinst, wir haben eher ein Problem mit U-Boot- als mit Helikoptereltern?«, fasste ich zusammen und zeigte auf die Tür, immerhin waren wir wie gesagt die Letzten.

»Egoistische Erziehungsberechtigte, die permanent abtauchen.« Sie ließ sich nicht aus der Ruhe bringen. »Die ihren Nachwuchs stundenlang vor dem TV alleine lassen. Essen gibt es nur bei McDoof oder WürgerKing. Oder die Kleinen müssen gleich hungrig ins Bett, während Mama und Papa entweder bis in die Puppen arbeiten oder saufen oder beides. Wieso auch nicht, gibt ja einen Babysitter namens Handy oder Playstation mit Spielen drauf, bei denen man nur die volle Punktzahl bekommt, wenn man den Gegner am Boden mit der Keule auch so richtig zermatscht.«

Hm. Da war was dran. Besonders, wenn ich an meine Eltern dachte. Mama und Papa mit einem U-Boot zu vergleichen wäre noch zu viel der Ehre. Ein U-Boot tauchte wenigstens hin und wieder auf. Ich hatte sie seit meinem Ausreißen nicht mehr gesehen, also seit meinem sechzehnten Lebensjahr.

»Gibt es nicht so etwas wie einen Mittelweg?«, wagte

ich einen Kompromiss. »Irgendwas zwischen ›Mein Kind muss seinen Fahrradhelm auch beim Schlafen tragen‹ und ›Papa lässt sein Crack offen auf dem Couchtisch rumliegen‹?«

»Ja, aber Ersteres wäre mir eben lieber«, sagte Wilma und ließ mich stehen.

Na wunderbar. Der Elternabend hatte noch nicht mal begonnen, und wir hatten schon Streit. Und das, ohne überhaupt verheiratet zu sein.

Das kann ja heiter werden, dachte ich in düsterer Vorahnung und folgte ihr.

HERZLICH
WILLKOMMEN
ZUM
ELTERNABEND
DER 5b!

Kapitel 13

Das Mehrzweckgebäude hätte auch Mehrzweckraum heißen können, denn es bestand dem ersten Eindruck nach nur aus einem großen Zimmer, das man durch einen schleusenartigen Garderobengang erreichte, in dem sich die Taschen und Rucksäcke der Eltern stapelten.

Die Einrichtung erinnerte mich an ein Museum für optische Täuschungen, das ich einmal in Amsterdam besucht hatte. Tische, Stühle, alles war so winzig, dass ich mich mit meinen knapp eins achtzig wie ein Riese fühlte. Etwa zehn maximal vorschultaugliche Schreibtischchen waren zu einem Hufeisen angeordnet. Hinter ihnen standen Zwergenstühle, die schon unter meinem mürrischen Blick zu zerbrechen drohten. Trotzdem hatten die Eltern es irgendwie geschafft, Platz zu nehmen, ohne die Puppenzimmermöbel zu zerstören. Sie unterbrachen ihre Unterhaltungen und beäugten uns über die vor ihnen stehenden, mit kindlicher Handschrift bemalten Namensschilder. Dadurch erfuhr ich, dass Ulf und Martha *Toseweit* mit Nachnamen hießen und Theo-Mausi und seine Frau Valentina *Engelbarth.*

Bei der »Unisex oder gemischt«-Dame stand »Tsui« auf

der Karte und in Klammern darunter [Louis]. Erst dachte ich, das wäre ihr Vorname, dann wanderte mein Blick zurück, und ich las bei den Engelbarths in Klammern [Selma] sowie bei den Toseweits [Franziska].

Klar wurde es mir aber erst bei Arnes Namensschild. Genau, jener Arne Brehmer aus der letzten Reihe. Der Typ, über den Ulf zu seiner Frau Martha gesagt hatte, er könne unser Zusammentreffen gar nicht abwarten. Aktuell schien er mich mit seinem stechenden Blick aufschlitzen zu wollen. Was immer da zwischen uns herrschte, Harmonie war das falsche Wort. Jedenfalls, unter seinem Nachnamen stand [Katharina], und da war mir klar, dass die Namen in den Klammern nur die der jeweiligen Kinder sein konnten. (Eine deduktive Höchstleistung, ich weiß. Ich sagte doch schon, Sie können mich Sherlock nennen.)

»Wo sind wir hier?«, fragte ich flüsternd, als das Gemurmel der Anwesenden wieder Fahrt aufnahm. Offenbar hatte der Elternabend noch nicht begonnen, Frau Kloppke und der Herrendutt waren nicht zu sehen.

»Wonach sieht es denn aus?«, zischte Wilma zurück und deutete auf ein Flipchart in der linken Zimmerecke.

Darauf stand: »Herzlich willkommen zum Elternabend der 5B!« – passend zu der Welcome-Buchstabengirlande, die sich diagonal von Ecke zu Ecke spannte. An den Wänden hingen farbenfrohe, vermutlich von Kindern angefertigte DIN-A3-Gemälde. Kurz: Es sah wirklich aus wie in einem Klassenzimmer. Und genau das war es, was mich (neben der Miniaturmöbelgröße) so irritierte.

»Das kann ja wohl nicht Hectors echter Klassenraum sein?«, fragte ich. Und zwar aus mehreren Gründen: Erstens hatte nicht »Schule«, sondern »Freizeitanlage Schilfwerder« auf dem Schild draußen gestanden. Zweitens würde kein Schüler diesen absurden Schulweg auf sich nehmen. Und drittens war die Einrichtung selbst für Fünftklässler völlig falsch dimensioniert. Die einzigen Erwachsenenmöbel standen zwischen den beiden Hufeisenschenkeln: zwei weiße Plastikgartenstühle an einem schwarzen Resopalklapptisch. Sie waren offenbar für Frau Kloppke und ihren, *äh, Assistenten?* reserviert, die in dieser Sekunde durch eine Seitentür den Raum betraten. Frau Kloppke lächelte in unsere Richtung, während sie und der laufende Herrendutt sich setzten. »Sie sitzen dort drüben, Familie Schmolke.« Im Grunde überflüssig, dass sie auf die Stühle im Tal des U-Bogens zeigte, dorthin, wo bei einer Hochzeitsgesellschaft das Brautpaar sitzen würde. Ihrem Platz genau gegenüber.

Na wunderbar.

Wir saßen auf dem Präsentierteller.

ROLEX
31

Kapitel 14

Es war natürlich nicht das erste Mal, dass ich vorgab, jemand anderes zu sein. Um ehrlich zu sein, habe ich das mittlerweile schon so oft getan, dass ich manchmal Probleme habe, mich daran zu erinnern, wer ich wirklich bin.

Das begann schon früh. Als Kind verfügt man noch über feine Empathie-Antennen. Ein ausgeprägtes Einfühlungsvermögen ist laut all den Lebensweisheits-Gurus ja das Erstrebenswerteste, was es gibt (abgesehen von dem Geld, auf das es diese Live-Coach-Beppos mit ihren Carpe-Diem-Plattitüden abgesehen haben). Ich empfand es oft als Fluch, mich in andere Mitmenschen so gut hineinversetzen zu können. Es verschafft einem Vorteile, ja. Aber es führt über die Jahre hinweg auch zur Selbstverleugnung bis hin zur Selbstaufgabe.

Nehmen wir meinen Vater. Bei ihm konnte ich am Kratzen des Schlüssels am Haustürschloss erkennen, ob er lieber in Ruhe gelassen oder mit einer Büchse Dosenbier begrüßt werden wollte. Und so entschied ich je nachdem, ob er bereits hackedicht war oder nur mit ein bis zwei Trägern vorgeglüht hatte, ob ich heute Sascha, den unsichtbaren Sohn, spielen sollte – oder Sascha, den Fürsorglichen, der sich interessiert daran zeigte, wie viele Strikes die alte Suffbirne gerade wieder nur knapp verpasst hatte. Apropos: Dass die Bowlingbahnbetreiber meinem Dad damals kein Hausverbot erteilt haben und ihn immer weiter haben spielen lassen, ist mir noch heute unverständlich. Ich meine, einem Besoffenen würde man auf dem Schießstand doch auch keine Armbrust in die Hand drücken und sagen: »Hey, ziel mal ungefähr in die Richtung.« Aber wenn es darum ging, eine Zwanzig-Kilo-Kanonenkugel durch einen voll besetzten Saal zu schleudern, das war in Ordnung?

Ja, sorry, ich schweife ab. Nur noch eines: Meine Schwester hat diese Empathie-Antennen nicht. Und deshalb hat sie oft Schläge kassiert. Vielleicht wird auch umgekehrt ein Schuh draus, und die vielen Ohrfeigen von Mama und Papa hatten ihre Antennen abgeknickt. Jedenfalls hatte Nikki nie gelernt, sich so zu geben, dass sie von anderen gemocht oder wenigstens in Ruhe gelassen wurde. So wie ich, der schon in jungen Jahren gelernt hatte, was man in welcher Situation von mir wollte und wie ich mich geben musste, um von anderen Menschen das zu bekommen, was mir wichtig war. Als Kind ging es mir im Wesentlichen darum, geliebt zu werden – von den eigenen Eltern, den Mitschülern, den Lehrern. Später, bevor meine private Tragödie mich aus der Bahn warf, wollte ich, dass man mich für einen anständigen Kerl hielt, auch wenn er einen mit albernen Werbesprüchen wie »Von Schönefeld in die schöne Welt« für eine Abrissbude wie den Berliner Flughafen zu begeistern versuchte. Tja, und nachdem ich mich so sehr vom Leben betrogen gefühlt hatte, dass ich fortan keine Skrupel mehr damit hatte, selbst zu betrügen, wollte ich mal für einen geschniegelten Hotelportier gehalten werden, dem man bedenkenlos die Schlüssel für den Aston Martin zum Einparken in die Hand drückt, dann wieder für den erfrischend unkomplizierten Makler, der die Anzahlung für das ihm völlig unbekannte Objekt entgegennimmt.

Ein Nebeneffekt meiner aktuellen Kleinstganoven-Karriere war übrigens der Fakt, dass ich mir mit den Jahren eine gesunde Menschenkenntnis auf der Straße erarbeitet hatte.

Bei Ulf zum Beispiel (schräg links von mir sitzend) war ich mir sofort sicher, dass er Geld brauchte, und das dringend. Das sah ich unter anderem an seiner Uhr. Eine Rolex Daytona mit Datumsanzeige. Ohne wäre sie etwa achtundzwanzigtausend Euro wert gewesen. Mit dem Tagesanzeiger jedoch sank der Listenpreis geringfügig auf etwa zwei Euro achtzig; allerdings nur, wenn es noch einen Kaugummi aus dem Automaten dazu gab, aus dem Ulf sie gezogen haben musste. Merke: Eine echte Daytona zeigt dir nie, nie, niemals an, welcher Tag heute ist.

Okay, nun könnte Mr »Ihr traut euch was« den Fake vielleicht nur zum Spaß tragen und heimlich im Tresor eine ganze Batterie an Schweizer Originalen stapeln. Aber der Eindruck, dass er etwas zu lange in Belek geurlaubt und dort die Hinterhofläden von Designer-Imitaten befreit hatte, zog sich auch durch den Rest seines Outfits. Auf seinen Louboutin-Sneakern etwa (deren rote Sohle er mir an einem Bein entgegenstreckte, das er lässig angewinkelt in meine Richtung auf dem Oberschenkel abgelegt hatte) stand Größe 42,5. *Amateur.* Die echten Zwölfhundert-Euro-Treter, so wie sie zum Beispiel Valentina trug, gaben die Größe immer in ½-Stufen an. Zugegeben, Kleinigkeiten. Aber sie zeigten mir, in welche Gernegroß-Schublade ich Ulf zu stecken hatte. Dass die Abweichungen für ein ungeübtes Auge kaum erkennbar waren, entlarvte ihn als jemanden, der sich große Mühe gab. Der also Wert darauf legte, andere zu täuschen. Und das taten Menschen meiner Erfahrung nach nur, wenn sie … nun ja, so waren wie ich. Wie sagte Omi Lenor immer so schön: Mit dem Betrüger und dem Betrug ist es wie mit einem Furzenden und dem Furz. Den eigenen kann man irgendwie ignorieren. Bei dem eines anderen ist das völlig unmöglich.

Ignorieren ließ sich auch Frau Kloppke nicht, die mehrfach in die Hände klatschte. Da ich kurzfristig mit der Analyse einiger Anwesenden abgelenkt gewesen war, hätte ich nicht sagen können, ob sie schon mehrfach zur Eröffnung des Elternabends angesetzt hatte oder sich erstmalig Gehör zu verschaffen versuchte. Jedenfalls rief sie laut: »Ich danke zunächst Frau und Herrn Schlabbeck. Wie Sie sehen, haben sich unsere lieben Freundeskreis-Vorsitzenden alle Mühe gegeben, dass wir auch an diesem Wochenende unsere Sokrates-Schule nicht allzu sehr vermissen.«

Frau Kloppke zeigte auf ein blassgesichtiges Paar, das anerkennungsheischend sein Namensschild in die Luft hielt, wobei der Mann die rechte und die Frau die linke Kante der *Schlabbeck*-[Henry]-Karte hielt.

»Die Schlabbecks haben gestern alles hier raustransportiert. Dreimal mussten sie dafür pendeln, damit alle Möbel mitkamen sowie die Arbeiten unserer Kinder aus dem Kunstunterricht bei Herrn Loft, die Sie an den Wänden bewundern können. Zudem«, Frau Kloppke zeigte auf die Tür, durch die sie eben gekommen war, »haben sie auch für unser leibliches Wohl gesorgt. Sie können sich später am Buffet im Nachbarraum bedienen.«

Ich rollte mit den Augen. Mann, die waren offenbar noch ne Nummer härter als die Strahlaus.

Die vornehme Gesichtsblässe der Schlabbecks wich während Kloppkes Ansprache immer mehr einem gesunden Wangenrosa. Das war allerdings keine Verlegenheitsreaktion. Auch hier sagte mir meine Menschenkenntnis, dass die Schlabbecks sich nicht schämten, sondern – im Gegenteil – regelrecht aufblühten, weil sie endlich im Mittelpunkt standen.

Als Nächstes lieferte Frau Kloppke die Begründung, weshalb Wilma und ich unser Winztischchen auf den Oberschenkeln balancieren mussten.

»In den Transporter von Schlabbeck-Catering passten leider nur die kleinen Möbel unserer Kitagruppe, aber ich denke, das können wir alle verschmerzen, oder nicht?«

Äh, nein?!

»Ich bitte um großen Applaus.«

Alle Anwesenden klatschten so frenetisch, wie ich es nur vermocht hätte, wenn Frau Kloppke den Abend mit sofortiger Wirkung für beendet erklärt hätte. Frau Schlabbecks Gesichtsfarbe entsprach jetzt der eines behandlungsbedürftigen Sonnenbrands. Ihr Mann sah nicht ganz so gesund aus.

»Zu viel der Ehre«, sagte er, erkennbar traurig, dass der Beifall nicht in Standing Ovations überging.

»Kommen wir zu TOP 1«, fuhr die Klassenlehrerin nach einer Weile fort und setzte sich ihre Lesebrille auf.

»Hat jemand die Tagesordnung *nicht* per Mail oder Post bekommen?«

»Ja, ich!«, hätte ich beinahe gerufen, dann fiel mir ein, dass mir das herzlich egal sein konnte, würde ich mich ohnehin kaum sinnvoll einbringen können. Sollte Wilma doch links neben mir ihre Show abziehen. Ihr hatte ich es schließlich zu verdanken, hier zu sein. Wenn sie es »spaßig« fand, wie eine verdeckt ermittelnde V-Mami die Leute hinters Licht zu führen, bitte sehr. Ich würde mich vornehm zurückhalten. Was anderes blieb mir ohnehin kaum übrig. Ich kannte hier keinen, wusste kaum, wo ich war. Verdammt, mir war noch nicht mal klar, ob mein mir völlig unbekannter Sohn Hector mit der Sokrates-Schule ein Gymnasium oder die Grundschule besuchte. In Berlin war ja in der fünften Klassenstufe noch beides möglich. Meine Lara war erst mit der siebten auf die Oberschule versetzt worden.

»Gut, alle wissen über den Ablauf Bescheid«, befand Frau Kloppke. »Hat jemand irgendwelche Einwände?«

»Die habe ich, in der Tat!«

Arne Brehmer [Katharina] meldete sich. Er punktierte mich kurz mit seinen Pupillen. (Aber wieso nur? Und weshalb nur mich? Hatte Christin ihm denn gar nichts getan?) Ich hatte das dumpfe Gefühl, schneller Antworten zu bekommen, als mir lieb war, und tatsächlich sagte er: »Könnten wir die Angelegenheit ›Hector Schmolke‹ vielleicht vorziehen?«

Mir wurde heiß. Ich schwitzte. Eine eindeutige Angstreaktion.

Wilma und ich schüttelten unabgesprochen den Kopf. *Nein, unter gar keinen Umständen.* Am besten, wir vertagten diese »Angelegenheit«, was immer damit auch gemeint war, auf morgen, wenn ich nicht mehr da war.

Frau Kloppke vertrat zu meinem Glück genau meinen Standpunkt. »Seien Sie versichert, dass wir ihr viel Raum beimessen werden, Herr Brehmer, aber erst später.«

Arne, der alte Streitmichel, gab nicht so schnell auf.

»Entschuldigen Sie bitte, ich finde nicht, dass dieser Skandal so lapidar nach hinten geschoben werden kann.«

Oha. Ein Skandal also.

»Seien Sie gewiss, dass wir hier nichts verharmlosen wollen«, beschwichtigte Frau Kloppke. »Gerade eben habe ich Hectors Eltern zu verstehen gegeben, wie dringlich die heutige Veranstaltung ist, nicht wahr, Frau Schmolke?«

Wilma-Christin nickte Frau Kloppke brav nach dem Munde.

»Und, Herr Brehmer, Sie können es als ein Zeichen nehmen, dass die Familie heute zum allerersten Mal bei einem Elternabend anwesend ist, was ich sehr wertschätze. Wobei Frau Schmolke«, die Klassenlehrerin warf mir einen strengen Blick über den Rand ihrer Brille zu, »ja immer entschuldigt war. Als Pilotin einer großen Fluggesellschaft ist man halt nicht oft im Lande.«

Ich hörte Wilma erschöpft aufstöhnen, drehte mich zu ihr und musste entgeistert feststellen, dass sie mit Frau Kloppke allen Ernstes Blicke austauschte, wie sie meines Wissens nur Frauen wechseln können. Blicke, in denen ganze Unterhaltungen geführt werden, ohne dass auch nur ein einziges Wort gesprochen wird. Der stumme Dialog, der sich zwischen Wilma und der Lehrerin entspann, lautete in etwa:

»Danke, dass Sie mich hier in Schutz nehmen.« (Christin)

»Ich weiß doch, wie anstrengend es ist, gleichzeitig Mutter und berufstätig zu sein. Noch dazu im Ausland.« (Kloppke)

»Besonders, wenn der Vater …« (strafender Blick zu mir), »… keinen Handschlag macht.« (Christin)

»Nicht mal zu den Elternabenden kommt. Ja, Sie haben es nicht leicht. Aber nun sind Sie ja da. Danke dafür!« (Kloppke)

»Ich danke Ihnen.« *(Christin.)*

Das war doch nicht zu fassen. Während ich anstelle eines fremden Vaters gemaßregelt wurde, sonnte sich Wilma in unverdienter Zuneigung.

»An dieser Stelle auch ein großes Lob an unsere Elternvertreter Elias und Jamal Witzleben.« Ich musste mich etwas vorbeugen und nach links schauen, um Wilmas Sitznachbarn zu sehen.

Aha. Die beiden hatten also mit Ulf gegen unser Auftauchen auf dem Elternabend gewettet.

Wenn mich nicht alles täuschte, stand [Tobias] unter dem Nachnamen der zwei Männer. Beide mit Dreitagebart und Siebenachtelhosen, der eine mit sonnengebräunter Haut und blonden Haaren, der andere mit pechschwarzer Mähne, dafür kalkweißem Teint. Aus meiner Perspektive konnte ich sie nur kurz in Augenschein nehmen, ohne mich physiotherapiebedürftig zu verrenken. Aber das genügte mir, um zu erkennen, dass die beiden eine Coolness verströmten, von der ich sofort einen Liter kaufen würde, gäbe es sie als Flüssigextrakt. Ich hätte in ihren zerknitterten Leinenhemden, den Designerjogginghosen und weißen Sneakern einfach nur wie ein Schnösel ausgesehen. Die Witzlebens hingegen hätten selbst in meinem verschwitzten Anzug eine gute Figur gemacht. Beide basketballspielergroß und mit markant vorspringendem Kinn ausgestattet, hätte ein flüchtiger Beobachter sie für Brüder halten können, aber nur, wenn er die zueinander passenden Eheringe an ihren Händen ignorierte.

»Unsere Elternvertreter haben mir sehr bei der Organisation und dem Einsammeln der Gelder für dieses Wochenende geholfen. Das ist ebenso schön, wie es enttäuschend ist, dass am Ende doch nicht alle Eltern unserer 5B bereit waren, sich die Zeit zu nehmen.« Frau Kloppkes Augen musterten mich wieder über ihre Brille hinweg. Ich versuchte, ihr mit meinem Blick ein trotziges »Was denn?« zuzuwerfen. Immerhin war ich ja jetzt da, oder etwa nicht?

Sie sprach weiter, mir aber wurde gerade eines ihrer Worte bewusst.

»*Wochenende?*«

Wollten die etwa gleich mehrmals hier übernachten?

Ich wusste noch nicht einmal, wie ich mich die nächste halbe Stunde als Vater eines fremden Sohnes ausgeben sollte, der offenbar als Streitthema zur Top-Prio der Elternabend-Tagesordnung geworden war.

Rückblickend hätte ich übrigens wohl besser dafür votiert, die »Angelegenheit Hector Schmolke« vorzuziehen, wie es Arne gefordert hatte. Punkt eins sollte sich nämlich noch als sehr viel unangenehmer entpuppen. Frau Kloppke moderierte ihn mit folgenden Worten an:

»So, nachdem das nun geklärt ist *(was auch immer)*, starten wir zur Auflockerung wie geplant mit TOP 1. Einige von Ihnen kennen sich schon gut, andere weniger, und wir haben ja auch völlig neue Gesichter in unserer Runde wie die Familie Schmolke.« Ein wohlwollender Blick zu Wilma, ein unterkühlter zu mir. »Daher machen wir jetzt eine Vorstellungsrunde. Jeder möge sich bitte mit Namen, Beruf, Alter, Hobbys und sonstigen Dingen vorstellen, die dem besseren Kennenlernen dienen.«

MEGA SOUND

Kapitel 15

Gut. Das ging schnell.
Ich war aufgeschmissen.

Wilma wusste immerhin, dass sie in die Tarnidentität einer Pilotin geschlüpft war. Doch was sollte ich tun? Aufstehen und mich den Eltern lächelnd mit den Worten vorstellen: *»Hallo, Sie kennen mich unter dem Namen Lutz Schmolke, eigentlich heiße ich Sascha Nebel und habe keinen blassen Schimmer, wer die Frau neben mir ist. Wäre ich wirklich mit ihr verheiratet, würde ich dann einen seit heute drastisch verbeulten Pseudo-Geländewagen fahren und sie mit einem Flittchen in der Heerstraßensiedlung betrügen?«*

Da mir das ein wenig absurd erschien, überlegte ich, aufzustehen und nachzusehen, ob Gitter vor den Fenstern der von mir im Nachbarraum vermuteten Toilette waren oder ich mich problemlos aus den Nasszellen ins Freie zwängen konnte.

Frau Kloppke machte die Lage derweil noch schlimmer, indem sie sagte: »Marek hat sich etwas ulkig Raffiniertes überlegt, wie wir uns zwanglos besser kennenlernen können.«

Oje. Mir schwante Übles. Gleich würde der unrasierte

Männerdutt, der jetzt wenigstens einen Vornamen hatte, Zettel mit Tiersymbolen vor uns ausbreiten. Jeder müsse sich eine Karte seiner Wahl nehmen und den anderen verraten, weshalb genau diese. Und Mr Herrendutt würde mir dann erklären, dass ich mich nur wegen meiner mangelnden Ich-Kraft für den Bären entschieden habe: das mächtige Tier als Ausdruck meiner geringen Selbstliebe, die heftig unter der mangelnden Grundschul-Fürsorge meiner Eltern gelitten habe. Die hätten mir vermutlich nicht einmal etwas zum Essen mit in die Schule gegeben (tatsächlich war mein Vater nur ein einziges Mal auf die Idee gekommen, mir etwas in meine Frühstücksbox zu packen, da Mama das zeitlich vor ihrer Schicht schon nicht hinbekam – mit dem Ergebnis, dass ich eine Packung Sauce hollandaise statt eines Vanilledrinks im Ranzen fand).

»Es ist sehr amüsant und interaktiv.« Frau Kloppke lächelte, und ich versuchte, mich gegen noch Schlimmeres zu wappnen. Würden wir uns eine Wutpuppe zuwerfen?

Nein. Viel grauenhafter.

»So eine Vorstellungsrunde ist ja immer etwas spröde«, meldete sich Marek zum ersten Mal zu Wort. Erstaunlicherweise sprach er nicht hochnäsig, sondern mit einer angenehmen Vorlesestimme. Weniger angenehm war das, was er sagte. Es war der blanke Horror. »Deshalb habe ich mir etwas ausgedacht, das ich Tanz-Begrüßung nenne.«

Schon diese Bezeichnung erzeugte in mir ein Gefühl, so angenehm wie das Geräusch von Mücken im Schlafzimmer.

Apropos. Von den Viechern gab es hier mehr als am Amazonas. Ein Blutsauger mit dem Tank eines A380 hatte sich bereits an meinem Hals bedient, natürlich an der unangenehmsten, weil kragenscheuerndsten Stelle.

Ich sah zum Ausgang. Eine instinktive Fluchtreaktion, die sich kaum noch unterdrücken ließ, als Frau Kloppke eine mobile Lautsprecherbox aus der unter ihrem Klappstuhl liegenden Tasche zog.

»Hat jemand Musik auf seinem Handy?«, fragte sie.

Ich betete zu Gott, dass jeder der Anwesenden vorhin in einer ähnlichen Situation wie ich gewesen war, die dazu geführt hatte, das eigene Handy in den Wald zu werfen, aber dem war natürlich nicht so. Vier Hände schossen in die Luft, einer stand sogar auf und verkündete stolz: »Ich hab Spotify. Hab mich über Bluetooth bereits mit Ihrer Box verbunden, liebe Frau Kloppke.«

Streber. Ich versuchte, ihn mit meinen Blicken zu töten. Er mich auch mit seinen, denn es war schon wieder Arne.

»Sehr schön, Herr Brehmer. Suchen Sie uns doch bitte was fürs Tanzbein raus. Wir anderen stehen schon mal auf und machen uns locker.«

Die Ersten erhoben sich.

»Wir werden gemeinsam in den Elternabend schwofen.« Frau Kloppke lächelte in die Runde. »Wild, befreit, lassen Sie alles raus.«

Ich wollte nur noch eines rauslassen. *Mich.* Aus diesem Albtraum.

»Herr Brehmer?« Sie trat an seinen Platz, und Arne, der nun ebenfalls aufgestanden war, reichte ihr sein Handy.

»Hab meine Liste mit Lieblingsliedern geöffnet«, sagte er. »Handverlesene, flotte Tanzrhythmen: Brehmers Beste Beats heißt die Playlist. Die können Sie einfach durchlaufen lassen, Frau Kloppke.«

Flotte Tanzrhythmen? Ernsthaft? Wer unter neunzig sprach so?

»Wunderbar, vielen Dank.«

Die Klassenlehrerin wanderte in die Mittelfläche des Hufeisens und nickte Marek zu, der sich zu ihr gesellte.

»Irgendwann stoppe ich die Musik, und dann …« Sie stieß Arnes Handy wie die Fackel der Freiheitsstatue in die Höhe.

»Wird das so eine Art Reise nach Jerusalem?«, fragte ein Mann augenrollend rechts von mir, was ihn mir auf Anhieb sympathisch machte. Ich notierte mir seinen Namen (Chernizky [Jule]) auf meiner imaginären »Sascha bewertet die Teilnehmer des Elternabends«-Tabelle und trug ihn ganz oben in der Spalte *Freund* ein.

»Nein.« Frau Kloppke lachte. »Viel besser. Sie tanzen alle möglichst energetisch wild durcheinander. Und wenn ich die Musik stoppe, bleiben Sie einfach stehen.«

»Also Stopptanz?« Frau Schlabbeck klatschte verzückt in die Hände. Ihr Name wanderte in die »Feind«-Spalte.

Frau Kloppke ging auf den Zwischenruf nicht ein, sondern erklärte: »Genau der Person, vor der Sie stehen, der reichen Sie die Hand. Und dann stellen Sie sich einander vor. So lernen wir uns besser kennen. Warten Sie. Ich mache Ihnen das mal mit Herrn Gärtner vor.«

Sie tippte auf das Handy und startete Brehmers Beste Beats über ihre viel zu laut aufgedrehte Box. Ich hörte die ersten Takte des ersten Songs und fragte mich kurz, ob ich auf meiner Flucht in den Wald nicht doch von einem der beiden Polizisten in den Rücken geschossen worden war und hier meine Nahtoderfahrung erlebte. Denn als Bestrafung für alle meine irdischen Sünden hörte ich »Schnappi, das kleine Krokodil« im Disco-Mix. Der schlimmste Ohrwurm der frühen Zweitausender. Auf den letzten Metern meines Lebens.

War ich tatsächlich ein so schlechter Mensch gewesen, dass ich das verdient hatte? Nicht nur diese sogenannte Musik, sondern als i-Tüpfelchen folgender Anblick, der definitiv gegen die Genfer Konventionen verstieß: Frau Kloppke lächelte verzückt und streckte die Arme von sich, als wollte sie einen griechischen Sirtaki aufs Linoleum legen. Dabei schüttelte sie ihren Oberkörper auf eine Art, die faszinierend und irgendwie obszön zugleich war. Ihre Füße wiederum bewegten sich wie bei einer russischen Polka. Es war, als wollte sie mehrere Volkstänze gleichzeitig parodieren, und das so wild, dass ich Angst bekam, ihre an der Kette rotierende Lesebrille würde gleich wie ein abgerissener Hubschrauberpropeller durch den Mehrzweckraum fliegen.

Derweil sah Marek ihr gegenüber so aus, als wollte er einem unsichtbaren Angreifer im Viervierteltakt die Stirn ins Gesicht rammen. Die Füße wie festgenagelt, schwang sein Oberkörper wie eine Boje bei heftigem Wellengang. Herrenduttheadbanging de luxe. Dabei spielte er andeutungsweise Luftgitarre, und, ja, er sang sogar mit.

Schni-schna-schnappi, schnappi, schnappi, schnapp!

Niemals zuvor hatte ich etwas vergleichbar Bizarres gesehen und gehört.

Plötzlich spielte Frau Kloppke wieder Freiheitsstatue, die Musik stoppte. Sie legte das Handy auf den nächstbesten Winztisch und reichte Marek die Hand.

»Guten Tag, ich bin Henrietta Kloppke«, keuchte sie etwas außer Atem. »Ich unterrichte Latein und Deutsch und bin die Klassenlehrerin der 5B des Sokrates-Gymnasiums. Meine Hobbys sind Wandern, Kochen und Barfuß-Ausdruckstanz.«

»Sehr erfreut, ich bin Marek Gärtner«, antwortete ihr Beitänzer, ohne mit dem Schütteln von Frau Kloppkes Hand aufzuhören. »Ich bin vierundzwanzig Jahre alt und Erzieher in der 5B. Die Arbeit mit den Kindern bereitet mir sehr viel Spaß. Ich freue mich auf einen regen Austausch mit den Eltern. Nach der gemeinsamen Klassenputzaktion verspreche ich mir von unserem Gemeinschaftsausflug heute ein interaktives Integrationserlebnis.«

Aha. So weit, so irrsinnig.

»Haben alle das Prinzip verstanden?«, fragte Henrietta in die Runde.

Ja. Ich sollte mich zum Affen machen und dann, wenn die akustische Folter eine gnädige Pause machte, einer mir unbekannten Person so etwas sagen wie: *»Hallo, mein Name ist angeblich Lutz Schmolke. Ich weiß weder, was ich für einen Beruf habe, noch, wie mein Sohn aussieht. Von dem Abend erhoffe ich mir eine Nachrichtenmeldung, die mit dem Satz endet: ›Und dann richtete er die Waffe gegen sich.‹«* (Um es mit Charlie Harpers Worten aus »Two and a Half Men« zu sagen.)

Die Vorzeichen dafür standen ganz gut. Immerhin forderte Henrietta uns alle auf, zu ihr auf die »Tanzfläche« zu kommen.

Und niemand schien sich zu weigern, weswegen das Unheil seinen Lauf … also … Tanz nehmen konnte.

Kapitel 16

Die meisten Anwesenden hatten nur einen großen Schritt über die Kindergartenmöbel machen müssen, um in die Mitte des Mehrzweckraumes zu gelangen, der seinem Namen nun sehr schnell schon alle Ehre machte. Jetzt lächelten sie angemessen geniert, als der zweite Song mit der Atmosphäre eines Livekonzerts begann, bei dem der Sänger sein euphorisch jubelndes Publikum aufforderte, einige Buchstaben in die Menge zu rufen.

Mit Ausnahme von Chernizky [Jule], der immerhin aufgestanden war, aber nicht mal die herabhängenden Mundwinkel bewegte, wackelten alle wenigstens mit den Beinen oder machten etwas anderes, das im weitesten Sinne als Verlegenheitstanz-Vorbereitung durchgehen mochte. Lediglich Herr und Frau Schlabbeck, auch hier Vorreiter, waren voll in ihrem Element und hatten sich in eine Discofox-Ausgangsposition begeben. Jetzt setzte eine stampfende Bassdrum ein. Mareks Kopf begann wieder zu kreisen, als wäre er ein Walzerbahnwaggon auf dem Rummel, der mit jeder Rotation weiter an Fahrt aufnahm. Frau Kloppke hüpfte derweil vergnügt wie ein junges Mädchen durch die Menge und versuchte sich als Animateurin: »Los, alle durcheinander, bewegen Sie sich. Das macht Spaß.«

Ich zuckte mit dem rechten Mundwinkel zu dem stampfenden Takt.

»Wieso lächelst du so bescheuert?«, fragte mich Wilma misstrauisch, die neben mir aufgetaucht war. Sie schwang tatsächlich ihre Hüfte. Für etwas, was bei mir wie der Vorbote eines Schlaganfalls ausgesehen hätte, kam mir bei ihr das lang nicht mehr benutzte Wort »anmutig« in den Sinn.

Außer mir schien niemand das zweite Stück auf der Playlist zu kennen. Auch Arne nicht, der erst irritiert, dann zunehmend nervöser, schließlich sogar hektisch wurde, als er schließlich doch bemerkte, was sein Handy da von sich gab.

Ich verstand den Grund seiner wachsenden Panik. Die Klassenlehrerin hatte während ihrer Vorführung mit Marek ihr Handy auf dem nächstgelegenen Platz deponiert, und das war zufällig meiner gewesen. Was mir die Möglichkeit eröffnet hatte, einen unbeobachteten Blick auf die Folgelieder von Arnes flotter Playlist zu werfen. Spontan hatte ich beschlossen, das musikalische Niveau des Abends geringfügig zu erhöhen. Mit der Folge, dass Arne sich jetzt wie ein Wahnsinniger benahm, kaum dass das Intro vorbei war, in dem der Sänger »Was heißt das?« gerufen und die begeisterte Menge ihm die Buchstabenabfolge G M B H zurückgeschrien hatte.

Arne rastete aus. Noch vor wenigen Minuten hatte er ja verkündet, dass Brehmers Beste Beats ausschließlich von ihm handverlesene Lieblingsstücke enthielten. Jetzt schien es, als wollte er zu ebenjenen flotten Rhythmen Pogo tanzen, so heftig, wie er die Eltern auf der improvisierten Tanzfläche aus dem Weg stemmte. Dabei wollte er nur das Handy wieder in seinen Besitz bringen, um es schnellstmöglich zum Schweigen zu bringen. Was ihm nicht gelang, obwohl Henrietta Kloppke, die Arnes Telefon in den Händen hielt, schon in Reichweite gewesen war. Doch zu spät: Die Klassenlehrerin wandte sich ekstatisch drehend, ganz dem Rhythmus des von mir ausgesuchten Liedes hingegeben, im letzten Moment von ihm ab. Arne griff ins Leere, stolperte über die Füße eines der beiden Witzlebens und landete bäuchlings auf dem Linoleum, just in dem Moment, in dem der Refrain begann und Mickie Krause seinen Ballermann-Hit grölte: »Geh mal Bier holen. Du wirst schon wieder hässlich.«

Kapitel 17

Es war vermutlich die kürzeste Vorstellungsrunde in der Geschichte von Elternabenden des Sokrates-Gymnasiums. Frau Kloppke hatte nicht bedeutend länger als Arne benötigt, um zu merken, dass Textzeilen wie »*Geh mal Bier holen, du wirst schon wieder hässlich. Ein, zwei Bier, und du bist wieder schön*« den politisch korrekten Ansprüchen der Grunewalder Lehranstalt nicht so ganz gerecht wurden. Eine Weile lang starrte die Lehrerin entsetzt auf Arnes Handy, als hätte es sich in ihren Fingern in eine Vogelspinne verwandelt. Dann hämmerte sie wie ein Specht auf das Display ein, um die Musik endlich zu stoppen. Zuvor hatte Marek Gärtner versucht, die Bluetooth-Box auszuschalten, an dem straußeneiförmigen Ding aber weder Knopf noch Schalter gefunden. (Wären wir tatsächlich in einem Klassenzimmer gewesen, hätte er den Lautsprecher unter Garantie im Tafelwassereimer versenkt.)

Als Mickie Krause dann plötzlich verstummte, nahm das nur ein einziges Pärchen zum Anlass, um mit der Vorstellung zu beginnen (Frau Tsui und ein komplett durchschnittlicher Typ, an dessen Namensschild ich mich nicht mehr erinnern konnte). Die beiden hörten allerdings sehr schnell auf, sich voreinander Hände schüttelnd zu verbeugen, als Marek Gärtner zeigefingerfuchtelnd auf Arne losging.

»Finden Sie das lustig? Also wirklich, Herr Brehmer!!! So etwas sexistisch Vulgäres, nein. Dass Sie sich hier wie ein alter weißer Mann aufführen, das hätte ich von Ihnen nicht erwartet.«

Beschämt rappelte sich Arne vom Boden hoch. »Das war ich nicht.«

»Ist das Ihr Handy?«, wollte Marek wissen.

»Ja, aber …«

»Infantil, wirklich.« Marek schimpfte weiter auf Arne ein, der nach seinem linken Flipflop suchte, den er beim Hechtsprung verloren hatte.

»Also ich fand's amüsant«, murmelte jemand in meiner Nähe, den ich mangels Kenntnis seines Namens (logischerweise hatte er das Schild nicht mit auf die Tanzfläche genommen) »Frosti« nannte. Ein durchschnittlich großer Mann mit einem Kopf, der nicht so recht zum Rest des Körpers passen wollte. Oben aufgeplusterte Wangen, Rotweinnase, mehrlagiges Doppelkinn und Stiernacken, der untere Körper hingegen schlank wie bei einem Radrennprofi nach der letzten Tour-de-France-Etappe. Auf dem Hemdkragen seines roten Poloshirts prangte das Logo eines Fertigessen-Lieferservice. Entweder er arbeitete bei Frost&Go, oder er war ein großer Fan von Eisgemüse und Tiefkühlhähnchen.

»Auch wenn ich nicht wüsste, wie viele Biere ich saufen müsste, damit dieser Elternabend hier schön wird.«

Ich nickte ihm wissend zu. Wo er recht hatte, hatte er recht.

Marek hatte unterdessen aufgehört zu schimpfen, Arne seinen Flipflop wieder am Fuß und Frau Kloppke ihr Lehrerlächeln wiedergefunden, das Pädagogen immer dann aufsetzen, wenn sie eigentlich lieber schreien wollen, aber keine Lust auf die daraus resultierenden Gespräche mit der Schulaufsicht haben.

»Ich denke, wir könnten jetzt alle eine kurze Pause gebrauchen«, sagte sie. »Sagen wir zwanzig Minuten, bis sich die Gemüter etwas abgekühlt haben?«

Die Raucher unter den Eltern ließen sich das nicht zweimal sagen und spurteten zum Ausgang, dabei war Frau Kloppke noch gar nicht fertig: »Die Pause können wir auch gleich für unser Abendessen nutzen. Familie Schlabbecks Catering-Firma organisiert ja, wie Sie alle wissen, bald die Schulspeisung für unsere Klasse. Von der Qualität des Essens für unsere Kinder dürfen Sie sich jetzt im Nachbarraum am Buffet überzeugen.«

Kapitel 18

Ich reihte mich in die Schlange derer ein, die zu dem versprochenen Buffet strebten, in der Hoffnung, dass sich in den angrenzenden Räumlichkeiten auch die Toiletten befanden.

Während ich also mit verkniffener Miene abwartete, bis sich etwa ein Dutzend Eltern gleichzeitig durch die Tür ins Nebenzimmer gezwängt hatten, hörte ich ein Flüstern neben mir.

»Muss sich gut anfühlen, andere bloßzustellen!«

Wilma.

Sie stand so nah, dass ich die Hoffnung hatte, wenigstens etwas von ihrem guten Duft würde auf mich abfärben.

»Das war hundsgemein von dir.« Sie sah mich an, als wäre ich ihr Sohn und hätte ihr eine Sechs in der Mathearbeit verschwiegen. »Hast du Arnes Abgang gesehen?«

Er war als einer der Ersten zum Essen verschwunden.

»Der hatte Tränen in den Augen.« Wilma klang enttäuscht, traurig und womöglich sogar etwas hilflos. »Du hast ihn zum Weinen gebracht.«

»Das war Notwehr«, flüsterte ich zurück und kratzte nervös meinen Mückenstich am Hals. »Du weißt jetzt, dass du Pilotin bist. Aber ich? Was hätte ich denn sagen sollen, sobald die Musik stoppt? *Äh, ich glaube, ich bin Giftlack-Tester im Labor, deswegen kann ich mich wegen der Dämpfe, die ich inhaliert habe, im Moment gar nicht so recht erinnern, was ich eigentlich für einen Job habe?*«

»Sag doch einfach: Ich bin hauptberuflich gemein und demütige gerne andere.«

Damit ließ sie mich stehen und ging Richtung Ausgang.

Na wunderbar. Man ließ sich doch gern von Menschen Benimmregeln beibringen, die einen kurz zuvor aus einem Hundertzwanzigtausend-Euro-Wagen geprügelt hatten.

»Unverschämtes Pack«, sagte Frau Tsui, die Wilmas Platz in der Schlange eingenommen hatte. Da ich nicht davon ausging, dass sie meine Gedanken lesen konnte, fragte ich, wen oder was sie meinte.

»Die bringen nicht nur sich, sondern auch uns um.«

»Wer?«

Frau Tsui sah mich an, als wäre ich ihr Sohn [Louis], der ihr bei den Hausaufgaben gesteht, er habe vergessen, wie man einen Hefter aufschlägt.

Sie zeigte zum Raucherausgang hinter uns. »Nicht mitbekommen, wie trocken es da draußen ist? Akute Waldbrandgefahr. Die können sich ja gerne Krebs holen«, sie sprach es wie Krepps aus, »aber bitte, ohne uns abzufackeln.«

Langsam verstand ich, worauf sie hinauswollte.

»Wegen solcher Bekloppten muss ich dann wieder Überstunden machen.«

»Sie sind bei der Feuerwehr?« Womöglich eine nützliche Information über meine Elternabendleidensgenossin.

»112. Lagezentrum Spandau. Hab nur deshalb heute zugesagt, weil Freitag ist. Freitags flüchte ich ganz gerne. In der Einsatzzentrale ist heute die Hölle los. Zur Oberbaumbrücke könnten wir eine Standleitung aufbauen oder gleich zwei, drei Rettungswagen für die Alktouris aufstellen. Na ja, und dann sind da noch die Badeunfälle.«

»Schlimm«, bestätigte ich.

»Kennen Sie das?«

Ich war mir sicher, sie hatte den Verstand verloren, denn sie legte los: »Ha, ha, ha, ha … staying alive.«

Dabei hatte sie die Finger mit nach unten offenen Handflächen verschränkt, wie eine Schlägerin, die zur Vorbereitung für den Straßenkampf noch mal alle Gelenke durchknackt. Oder – die Alternative war mir lieber – wie eine in den Achtzigerjahren stehen gebliebene Discomaus, die in der nächsten Sekunde eine Robot-Dance-Armwelle machen wollte.

»Ha, ha, ha, ha …«, sang sie weiter und sah mich aus weit auseinanderstehenden, nachtdunklen Augen an. Die Robo-Welle blieb aus, dafür drückte sie die verschränkten Arme nach unten.

»Bee Gees?«, fragte ich, einfach nur, um etwas zu sagen. So viel zum Thema: »Sascha hat auf der Straße genug gesehen, um jedem Menschen hinter die Fassade zu blicken.« Ich hatte keinen blassen Schimmer, was hinter Frau Tsuis komplett faltenfreier Stirn gerade vor sich ging.

Umso überraschter war ich, dass sie mir dann doch noch eine sinnvolle und sogar nützliche Erklärung gab. »Das ist exakt der Rhythmus für eine funktionierende Wiederbelebung.«

»Staying alive?«

»Passt nicht nur vom Text«, sagte sie, etwas außer Atem durch den Gesang und die luftgitarrenähnliche Herzdruckmassage.

»Aber nicht zimperlich«, klärte sie mich auf. »Die meisten denken ja, eine gebrochene Rippe würde die Lunge perforieren. Papperlapapp. Immer schön feste. Sechs Zentimeter runter, bis es knackt. Ha, ha, ha, ha, pammpammpammpamm!«

»Gut zu wissen«, sagte ich und betrat den Nachbarraum, der fast so groß wie das provisorische Klassenzimmer war, nur ohne Fenster.

Die Eltern, die sich hier mittlerweile fast vollzählig versammelt hatten, hätten ausreichend Platz gehabt, sich in coronakonformem Abstand zu verteilen. Tatsächlich aber standen sie wild und in meinen Ohren eher wütend schwadronierend in einem Pulk zusammen, direkt vor dem Buffet. Das war vor einer Einbauküchenzeile auf einem Tapeziertisch aufgebaut und war, nun ja, übersichtlich, was wohl der Grund des Unmuts war.

Fragen wie »Das soll alles sein?« oder »Und dafür haben wir geklatscht?« schnappte ich auf, während ich über die Schultern des wütenden Mobs hinweg einen Blick auf die Auslage erhaschte.

Es gab eine Handvoll Schüsseln und mit Häppchen drapierte Schieferplatten. Fleisch, Wurst und Käse waren auf den ersten Blick nirgends auszumachen. Auch nicht auf den zweiten und dritten. Bestimmt sehr zur Freude der Vegetarier und Veganer, die in der Elternschaft allerdings nur spärlich gesät waren. Aktuell gab es offensichtlich nur zwei, und die standen hinter dem Tapeziertisch, während die aufgebrachten Eltern auf sie einredeten. Herr und Frau Schlabbeck.

»Wo gibt es denn was Richtiges?« oder »Unsere Kinder sind doch keine Hasen!« waren noch zwei der freundlicheren Bemerkungen, die ihnen an den Kopf geworfen wurden.

»Es stand alles in der Einladung«, antwortete Herr Schlabbeck. »Unser Catering hat nur gesunde Bio-Ernährung im Angebot.«

»Da hätte besser dringestanden: Esst daheim, auf der Insel gibt's nur Tierfutter«, schimpfte Frosti, der zwischen Tofuspießen, Kürbisbaguette und Süßkartoffelwraps seine Fischstäbchen und Chicken Wings offenbar schmerzlich vermisste.

»Ich finde es gar nicht schlecht, mal was Gesundes zu essen«, versuchte ich zu schlichten. Mister Diplomatie im Einsatz.

»Es gibt gar keine ungesunden Lebensmittel«, klärte mich eine Stimme auf, die mir unter all den Anwesenden hier mittlerweile die vertrauteste war. Wilma. Schon wieder.

»Dein Ernst?«, machte ich den Fehler, das Streitgespräch mit ihr zu suchen. »Es gibt keine ungesunden Lebensmittel?«

Sie blieb dabei. »Nein!«

Die hat sie echt nicht mehr alle, dachte ich. Vielleicht hatte sie vor ihrem SUV-Ausraster den Baseballschläger an sich selbst ausprobiert; als Härtetest am eigenen Schädel.

»Das ist lächerlich. Es gibt Hunderte Lebensmittel, die auf die rote Liste gehören«, sagte ich.

»Ach ja? Dann nenn mir doch nur mal eins«, forderte sie mich heraus.

Zimt, dachte ich kurz. Sagte dann aber: »Zucker!« Erst letztens hatte ich gelesen, dass das weiße Pulver eine ähnliche Wirkung wie Kokain hatte und genauso abhängig machte.

»Davon ernährt sich unser Gehirn, und zwar fast ausschließlich!«

»Aber doch nicht in den Mengen, in denen wir ihn in uns reinschütten.«

Sie rollte mit den Augen. »Mit dem Argument müsstest du auch Wasser verbieten. Paracelsus: Die Dosis macht das Gift. Ab einer gewissen Menge bringt dich alles um.«

Mittlerweile hatte sich ein Kreis um uns gebildet wie bei einer Keilerei auf dem Pausenhof. Ich wähnte mich nach Punkten vorn und höhnte: »Hör jetzt bitte auf mit dem Quatsch. Du wirst doch nicht allen Ernstes abstreiten, dass es Nahrung gibt, die weniger gesund ist als andere.«

»Doch, *Schatz.*«

»Rotes Fleisch ist also genauso gut wie weißes, *Liebling?*«

»Das kann man so nicht sagen.«

»Ha!« Ich lachte siegessicher in die Gesichter der Zuschauer.

»Kann man so nicht sagen? Es gibt Dutzende Studien …«

»Falsch, Mööp.« Wilma imitierte einen roten Buzzer. »Nicht eine einzige.«

»Zumindest keine, die was taugt«, kam ihr Chernizky aus dem Zuschauerkreis zu Hilfe. Sein Name wanderte von der Freundes- auf meine Feindesliste. So schnell ging das.

»Schauen Sie. Ich arbeite in der Pharmaforschung«, klärte er mich und die Umstehenden auf. Genauso gut hätte er sagen können: *»Ich schieße in meiner Freizeit gerne auf Babyelefanten«*, seine Beliebtheit hätte kaum größeren Schaden genommen.

»Wenn wir ein neues Medikament testen, müssen wir eine Doppelblindstudie durchführen.«

»Und?«, fragte ich.

»Wir haben immer eine Kontrollgruppe, die ein Placebo zu sich nimmt. Und keine der beiden Gruppen weiß, welches das wirksame Mittel ist und welches das Scheinmedikament.«

»Beide Gruppen sind blind«, erklärte mir Wilma, als wäre ich begriffsstutzig.

»Gut, wie hilft uns das jetzt in Sachen Rind versus Hühnchen weiter?«

Der Boxkampf ging weiter. Wilma tänzelte um mich herum.

»Denk doch mal nach, Schatz. Du willst wissen, ob rotes Fleisch gesünder ist als weißes. Also hast du eine Gruppe, die nur rotes isst, eine andere isst nur weißes. Jetzt wissen wir, dass die Wirkung von Lebensmitteln ja nicht über Nacht eintritt, sondern erst über Jahre. Du müsstest also zwei Gruppen finden, die jahrelang nur eine einzige Sache im Leben ändern, den Fleischkonsum. Sport, Bewegung, Stress, Libido – all das bleibt auf demselben Niveau, damit man später nicht sagen kann: ›Nun gut, Herr Schmolke hat zwar nur noch Truthahn gefuttert, aber wer weiß, ob seine guten Blutwerte nicht daher rühren, dass er mit dem täglichen Onanieren aufgehört hat.‹«

Aha, ab sofort kämpfte sie unsauber und unter der Gürtellinie.

Ich hörte Martha und Valentina kichern. Theo, Ulf und dieser Chernizky lachten sogar laut. Ich fühlte mich angegriffen. Aber wollte ich hier ernsthaft den mir ebenso unsympathischen wie unbekannten Herrn Schmolke am Veganerbuffet verteidigen?

»Ach ja, und innerhalb der Testgruppen müssten dann noch Menschen, ohne es zu wissen, Placebo-Fleisch essen«, sagte Christin noch.

»Was soll das sein?«

»Es müsste genauso aussehen wie rotes Fleisch, genauso schmecken, wäre aber keins.«

»So etwas gibt es doch gar nicht«, rutschte es mir heraus.

»Eben.« Wilma klatschte mir ihren triumphierenden Blick förmlich vor die Stirn. »Deshalb gibt es keine einzige ernsthaft belastbare Ernährungsstudie – schon gar nicht, wenn es um Fleisch geht. Allein aus ethischen Gründen nicht, denn man müsste, um die Bevölkerung ernährungstechnisch statistisch korrekt abzubilden, auch Vegetarier und Veganer in einer der Doppelblindgruppen haben. Die würden dann jahrelang Fleisch essen, ohne es zu wissen.«

Da war was dran.

»Wir brauchen doch aber keine Studie, um herauszufinden, dass für Kinder Süßigkeiten schlechter sind als Gemüse.«

»Nein, brauchen wir nicht.« Ihr nächster Argumentationshaken schickte mich auf die Bretter zurück. »Wir brauchen gar keine Studien. Wir sollten einfach nur das essen, was uns schmeckt. Jeder Körper ist einzigartig. Was dem einen guttut, sorgt bei dem anderen für Magenkrämpfe und Blähungen. Lasst uns alle auf unseren Körper hören. Er sagt uns, was gut und was schlecht ist.«

Einige in der Menge klatschten. Ich war angezählt. Ein letztes Mal bäumte ich mich auf. »Na wunderbar, dann sag doch Hector, er kann ab sofort selbst entscheiden, was auf den Teller kommt. Und dann freu dich schon mal auf die Rechnung vom Pizzadienst, denn ab heute wird unser Sohn nichts anderes mehr essen, *Christin.*«

»Niemand isst freiwillig jeden Tag dasselbe, *Lutz*«, keifte sie zurück.

Ich taumelte mental zu Boden. Und ich lernte: Auf einem Elternabend ist es wie in der freien Wildbahn. Wenn die Starken merken, dass es mit dem geschwächten Tier des Rudels zu Ende geht, stürzen sie sich am Ende alle gemeinsam auf die leichte Beute.

In diesem Fall war es der gebräunte der beiden Witzlebens, der meinte, Wilma zu Hilfe kommen und mir den Todesstoß versetzen zu müssen. »Da muss ich Ihrer Frau recht geben«, sagte er. »Wenn Hector über Wochen ausschließlich nur Pizza konsumiert, sollte er mal in unserer Praxis vorbeischauen. Dann hat er nämlich ein psychologisches und kein ernährungstechnisches Problem.«

Womit auch der Beruf der beiden Witzlebens geklärt war. Psychologen oder Psychiater. *Verdammt.*

Gut aussehend, Akademiker und eloquent. Was für ein Glück, dass sie schwul waren. Mehr von ihrer Sorte und Heten wie ich würden überhaupt keine Frau mehr abbekommen.

All das realisierte ich, als ich schon längst k.o. gegangen war.

Die Gaffer um uns herum wollten ihren Platz im Kreis aber noch nicht verlassen, hofften vermutlich auf eine Zugabe.

»Hier!«

Ich dachte erst, Wilma reichte mir die Hand, um mir hochzuhelfen, dabei stand ich ja noch, auch wenn ich mich ausgeknockt fühlte. In Wahrheit reichte sie mir einen Pappteller mit etwas, das ich im ersten Moment für einen Donut hielt. »Probier mal, die Dinkelbagels schmecken fantastisch.«

Ich war ähnlich perplex wie die Schlabbecks hinter dem Tapeziertisch ob der unerwarteten Wendung unseres Schlagabtauschs.

»Ich dachte, du magst das vegane Essen nicht?«

Sie schüttelte den Kopf. »Hab ich mit keinem Wort gesagt, *Schatz*. Im Gegenteil: Ich habe gesagt, wir sollten das essen, was uns schmeckt.«

Sie lächelte in die Runde und schaffte es mit nur zwei Sätzen, die Laune aller deutlich zu heben. »Also Leute, löst euch mal von euren Vorurteilen und langt zu. Das Essen ist echt der Hammer.«

Während die echten Eltern sich das nicht zweimal sagen ließen und zur Freude der Schlabbecks nun doch etwas auf die Pappteller häuften, kam die falsche Frau Schmolke näher an mich heran. Sie tat so, als wollte sie verliebt an meinem Ohrläppchen knabbern, in Wahrheit flüsterte sie:

»Schau mal in den Spiegel. Natürlich gibt es ungesundes Essen, du Trottel. Ich wollte dich nur auch mal vor versammelter Mannschaft bloßstellen.«

Kapitel 19

Einen Wimpernschlag später stand ich nicht mehr im Mittelpunkt. Ignoriert von den Hungrigen, die Wilmas Ruf zum Buffetsturm gefolgt waren, sah ich mich um. Den trockenen, allerdings überraschend gut schmeckenden Dinkelbagel mümmelnd, machte ich mich auf die Suche nach Toiletten.

Da rempelte mich Arne von hinten an. »Das wirst du mir büßen!« Er hatte rot geränderte Augen. Sein Atem roch, als hätte er ihn durch eine Mettwurstmaske gefiltert, was angesichts der Buffetauswahl einigermaßen erstaunlich war. »Büßen!«, wiederholte er und drehte ab.

Oje. Hatte er mich dabei beobachtet, wie ich seine Playlist manipulierte? *Aber Moment,* weshalb war er dann nicht sofort eingeschritten?

Nein, nein. Es musste um Hector gehen. Um die Angelegenheit, den »Skandal«, dessen Besprechung er hatte vorziehen wollen.

Ich starrte Arne hinterher und spürte, wie ich zornig wurde.

Na warte, Freundchen. Wenn du was gegen meinen Sohn sagst, gibt's warme Ohren, dachte ich, zugegeben etwas irrational. Jetzt verstand ich, weshalb Wilma vorhin so in ihrer Rolle der ach so hart arbeitenden Pilotin aufgegangen war. So musste Method-Acting funktionieren. Erst eine knappe Stunde auf dem Elternabend, und schon hatte man sein altes Ich abgelegt.

Ich warf meinen Pappteller in einen bereitgestellten Mülleimer, da tippte mir jemand auf die Schulter. Ich drehte mich um und sah in das Gesicht eines Mannes, den ich dunkel am äußersten Schenkel des Hufeisens wahrgenommen hatte.

»Mathias Brincks. Sie können mich Matze nennen. Susi und ich«, er zeigte auf eine Platinblondine in einigen Schritten Abstand, »sind die Eltern von Malte. Wir leiten das Westend-Hotel in der Länderallee«, sagte er, als müsste mir das so vertraut sein wie das Adlon am Brandenburger Tor. Doch ich wollte nicht meckern. Endlich ein Mensch mit Manieren. Jemand, der sich vorstellte und mir sogar die Hand schüttelte. Er hatte Pranken wie Bratpfannen, nur nicht so weich. Seine Frau stolzierte derweil auf silbern funkelnden High Heels mit einem noch unberührten Teller zum Tapeziertisch. Sie trug ein an den Beinen geschlitztes, schwarzes Abendkleid. Klar, was man für einen Elternabend eben so aus dem Schrank nahm. So ernährungsbewusst, wie sie aussah, würde sie nicht mehr als ein Salatblatt und ein halbes Tictac drauflegen.

»Ich soll Sie von Pepe grüßen und Danke sagen«, fuhr Matze fort.

»Ah ja. Pepe«, sagte ich in der Hoffnung, dass Pepe kein mexikanischer Drogenbaron und »Danke« nicht das Synonym für *»Wo bleibt die Lieferung?«* war.

»Den Unfall mit seinem Cabrio haben Sie ja prima wieder hinbekommen.« *Na bitte, endlich.* Jetzt kamen wir der

Sache auf die Spur. Lutz Schmolke hatte also was mit Autos zu tun. Vermutlich gehörte ihm eine Werkstatt.

»Ja, ist prima geworden«, stimmte ich Matze zu.

Der lachte, als hätte ich den Witz des Jahres gerissen. Er klang wie eine bronchitische Ziege. Ich lachte mit und musste aufpassen, vor lauter Verlegenheit nicht seine meckernde Lache zu imitieren.

»Mann, Mann, Mann. Einmal nicht aufgepasst, wumms!« Er schlug die rechte Faust in seine linke Handfläche, die sich daraufhin wie eine gewaltige fleischfressende Pflanze um seine Finger schloss.

»Ja, so ein Unfall passiert schnell.«

»Nicht, wenn man weiß, wie man richtig einparkt«, widersprach er mir. »Der Idiot hat sich mit der Garage einfach völlig verschätzt.« Er kicherte. »Ich sach ihm noch, fahr da nicht rein. Aber nee, er hört ja nicht auf mich.« Nun zwinkerte er mir zu. »Zum Glück haben Sie das repariert, bevor Helene was von dem Unfall mitbekommen hat. Die wär so was von ausgerastet …«

Helene war wahrscheinlich Pepes emanzipierte Ehefrau. So wie es den Anschein hatte, verwaltete sie das Geld.

»War am Ende ja auch nicht billig«, versuchte ich einen Schuss ins Blaue.

Treffer!

»Das kann man wohl sagen.«

Matzes Frau Susi machte einen Schritt auf uns zu. Ihr Teller bog sich unter zwei Lauchstangen.

»Sagen Sie mal.« Matze rückte konspirativ näher. Er senkte die Stimme »Haben Sie Ihr Werkzeug dabei?«

»Klar. Hebebühne steht draußen.«

Er lachte schallend. Dann flüsterte er: »Im Ernst, vielleicht könnten Sie sich mal mein Diktiergerät ansehen?«

»Ihr was?«

»Keine Ahnung, was mit dem los ist.«

Wer zum Geier benutzte heutzutage noch Diktiergeräte? Und wieso sollte sich ein Mechatroniker – oder was immer Lutz auch war – mit technischen Antiquitäten auskennen?

Bevor ich nachfragen konnte, trat Susi näher. »Na, hast du einen neuen Freund gefunden?«, fragte sie ihren Mann.

»Ja, und wir haben sogar schon einen Deal ausgehandelt«, lachte er und zwinkerte mir verschwörerisch zu. »Das haben wir doch, oder?«

»Ja, ja. Ich schaue es mir an«, versprach ich. Ich war technisch nicht unbegabt, schließlich hatte ich schon Autos kurzgeschlossen und iPhones geknackt, da würde ich vielleicht auch mit einem Diktiergerät klarkommen. Weshalb auch immer.

»Danke, Mann. Weiß ich sehr zu schätzen«, sagte Matze, und Susi schüttelte ihre Platinmähne. »Dass du immer nur an Geschäfte denken musst«, wies sie ihren Mann nicht sehr energisch zurecht. Auch sie zwinkerte mir zu, keine Ahnung, warum. Vielleicht hatten die beiden zufällig gleichzeitig was im Auge, oder der eine hatte einen angeborenen Tick des anderen über die Jahre der Partnerschaft hinweg übernommen, so was sollte es ja geben.

»Wissen Sie, wo die Toiletten sind?«, fragte ich.

Matze zeigte zum Zwischengang Richtung Mehrzweckraum und lachte schon wieder. »Wir sehen uns«, rief er mir glucksend hinterher. Vielleicht war Westend-Hotel ja der Insider-Name einer Irrenanstalt, die von ihren eigenen Insassen geleitet wurde?

Ich ging zurück ins improvisierte Klassenzimmer, das verwaist war.

Froh, die beiden und für den Moment sogar alle hinter mir gelassen zu haben, ging ich auf die einzige Tür zu, durch die ich heute noch nicht gegangen war. Sie war kaum sichtbar direkt hinter unseren Plätzen rahmenlos in die Rigipswand eingelassen, und ich betete zu Gott, dass sich dahinter tatsächlich die Waschräume befanden.

Auf meinem Weg um das Hufeisen herum wurde ich von den aufgehängten Kunstcollagen der 5B abgelenkt. Einige waren erstaunlich gut, andere so wirr und unverständlich, dass ich bestimmt irgendwo einen neureichen Millionärserben finden würde, dem ich sie als moderne Kunstwerke für einen sechsstelligen Betrag verhökern könnte.

Ich nahm eines der besseren (sprich: für mich verständlicheren) Bilder in Augenschein. Es zeigte einen großen Baum, dessen Stamm von Nebel umhüllt war, während seine Krone durch dichte, graue Wolken in die Sonne stieß. Ein Zweig ragte aus dem Wipfel hinaus. Von ihm schien sich eine menschengroße, blutige Träne zu lösen.

Am Stamm des Baumes kauerte ein kleines Mädchen mit einem schwarzen Herz auf dem Rücken. Ihre roten Haare umrahmten ihren Kopf. Das Herz-Mädchen sah nach oben, doch anders als dem Betrachter war es ihr wegen des Nebels und der Wolken unmöglich, die blutige Träne zu sehen, die direkt neben ihr zu Boden fallen würde.

Ich hätte nicht sagen können, was mich so berührte,

aber mir war ein Kloß im Hals gewachsen, den ich nicht einfach hinunterschlucken konnte. Erst recht nicht, als ich die Buchstaben in der Bildecke rechts entdeckte.

Nicht jede Collage hatte eine Unterschrift.

Diese hier schon: **Hector.**

Ich kam nicht dazu, die Arbeit meines »Sohnes« noch intensiver zu studieren, da ich plötzlich von hinten an der Schulter gepackt wurde und eine heisere Stimme sagte: »Jetzt bist du fällig!«

Kapitel 20

In der ersten Schrecksekunde wähnte ich Arne hinter mir, der sich in der Zwischenzeit mit einer Axt oder Schlimmerem bewaffnet hatte. Doch als ich mich umdrehte, sah ich Platin-Susi, die mich offenbar verfolgt hatte. Und das ohne ihren Matze-Ehemann.

»Hallo!«, hauchte sie mit eigenartig glasigem Blick.

Dabei blickte sie verstohlen über ihre Schulter.

»Äh, hallo«, sagte ich, beruhigt, dass wir alleine waren und niemand Zeuge dieses doch äh … seltsamen Verhaltens von Susi Brincks [Malte] wurde. Sie griff mir nämlich gerade beherzt in den Schritt. Ich wollte ebenso beherzt von ihr weichen, hatte aber Angst, ein mir sehr wichtiges Körperteil könnte das nicht überleben.

»Äh, was wird das?«, wagte ich zu fragen. Gleichzeitig erschrocken und beschämt. Zum ersten Mal in meinem Leben erhielt ich einen winzigen Einblick in das, was Frauen statistisch gesehen andauernd an sexuellen Belästigungen erleben mussten, und war mit der Situation völlig überfordert.

»Tu nicht so prüde!«, hauchte Susi mir Ohrläppchen knabbernd ins Ohr. »Mr TinderLoverXXL. Ich weiß, wer du bist.«

Herr im Himmel, auch das noch!

Lutz Schmolke betrog seine Frau mit Internet-Affären!

»Ich bin Polysusi69«, bestätigte mir die offenbar völlig hemmungslos gewordene Genitalmasseurin. »Wir haben online auf BerlinSex.de gechattet.«

»Ich fürchte …«, *das war jemand anderes. Nicht ich, auch wenn ich mich hier für ihn ausgebe,* dachte ich und fragte mich, wie ich ohne Testikelverletzungen aus der Nummer hier rauskommen konnte.

Polysusi69, die ihrem Atem nach schon polytoxische Mengen an Alkohol intus hatte, drückte mich mittlerweile an die Klassenzimmerwand. Hectors Collage löste sich und segelte zu Boden. Ich hielt die Arme ausgestreckt nach oben, bemüht, Susi nicht aus Versehen an einer intimen Stelle zu berühren.

»Und das macht dich wirklich an?«, hauchte sie.

»Äh …«

»Rollenspiele?«

»Na … ja … Öhm.«

Es waren bestimmt nicht meine geistreichen Antworten, die sie dazu brachten, ihren Griff zu lockern und einen Schritt zurückzutreten. Eher der Umstand, dass einer der Raucher von draußen zurück ins »Klassenzimmer« kam. Er würdigte uns keines Blickes und marschierte schnurstracks zum Buffet in den Nachbarraum.

Als er außer Sicht- und Hörweite war, rückte Polysusi wieder näher. »Ich war ja erst geschockt. Ich meine, wir sind auf dem Erotik-Portal nicht umsonst unter Pseudonym und ohne Fotos unterwegs. Doch als wir dann beim Chatten festgestellt haben, dass unsere Kinder in dieselbe Klasse gehen …«

Sie lachte kehlig. Ich war so fassungslos, dass ich am liebsten geweint hätte.

»Mann, ich war so enttäuscht, als du geschrieben hast, du kommst nicht, weil du Elternabende nicht ausstehen kannst.«

»Na ja, wer kann das schon?«, versuchte ich tapfer, unsere Unterhaltung auf ein unverfängliches Thema zu lenken.

»Doch jetzt bist du da, und wir haben die Möglichkeit, unsere Fantasien wahr werden zu lassen!«

Sie schob mir das Knie zwischen die Beine und hielt mich im Klammergriff, als wäre ich ein nasses Handtuch, das es möglichst schranktrocken auszuwringen galt.

»Tut mir sehr leid, ich fürchte, ich habe es mir anders überlegt.«

Sie lachte kehlig. »Oh, du bist schon in deiner Rolle. Harte Geschäftsfrau trifft auf schüchternen Angestellten. Nun gut …«

»Nein, ich meine es ernst, ich will wirklich nicht …«

»Halt die Klappe. Mami weiß, was gut für dich ist«, schnauzte sie mich an. Dann schob sie mich ein Stück nach rechts, drückte mich wieder gegen die Wand, genauer gesagt, gegen die Tür darin. Mit einer Geschicklichkeit, bei der Ensemblemitglieder des Cirque du Soleil vor Neid erblasst wären, schaffte sie es, sie zu öffnen und uns beide in den dahinterliegenden Raum zu schieben, ohne mich aus ihrem Anakonda-Griff zu entlassen.

»Hier sind wir ungestört!«

Abrupt ließ sie von mir ab und sah sich entgeistert in dem bunt gefliesten Raum um.

Ich verstand ihren plötzlichen Gefühlsumschwung.

»Was ist *das* denn?«, fragte sie, ähnlich perplex, wie ich mich fühlte.

Immerhin, sie hatte die Waschräume gefunden, wenn auch auf den ersten Blick völlig unbrauchbare. Die Toilette war weder für Susis sexuelle Übergriffe noch für meine Notdurft geeignet, denn sie hatte etwas mit den Sitzmöbeln im Mehrzweckraum gemein. Alles war winzig und allenfalls für Kitakinder ausgelegt.

Links von uns hingen zwei spucknapfgroße Waschbecken in Kniehöhe an der Wand, direkt vor uns befand sich eine Toilette. Die hatte einen Sichtschutz, der mir aber nur bis knapp über den Bauchnabel ging. Dahinter präsentierte sich, für jeden Menschen mit mitteleuropäischer Durchschnittsgröße gut sichtbar, eine tischtennisschlägergroße Toilettenschüssel mit Dino-Toilettenpapier im Halter daneben.

Einen kurzen Moment überlegte ich, ob die Schlabbecks in einem Anfall spontanen Irrsinns alle sanitären Anlagen hier abgerissen und durch Kindergarten-Porzellan ersetzt hatten, einfach, damit es besser zu der von ihnen mitgeschleppten Klassenzimmereinrichtung passte. Ein Schild, das ich statt eines Spiegels über dem Baby-Waschbecken entdeckte, belehrte mich eines Besseren.

»Dieser Waschraum ist eine Spende der Kita ›Stöpsel-Storch‹ für alle Mini-Menschen, die hier auf Schilfwerder ihren ersten Übernachtungsausflug erleben dürfen.«

»Also nee, hier vergeht einem ja alles«, schimpfte Susi.

»Ja, leider«, sagte ich und wurde vor Erleichterung fast ohnmächtig. *Danke, lieber Gott.*

Innerlich sank ich vor den edlen Spendern des Puppenhaus-WCs auf die Knie. Der unerwartet skurrile Kinder-Toiletten-Anblick hatte Susi offenbar ausgenüchtert und wenigstens für den Moment zur Besinnung gebracht. Sie war vielleicht sexuell ausgehungert, möglicherweise sogar nymphoman, aber zumindest nicht komplett geistesgestört. Niemand, der auch nur noch einen seiner sieben Sinne beisammenhatte, wäre beim Anblick dieser Einrichtung auf erotische Gedanken gekommen. Zudem war unsere Zeit abgelaufen. Ich hörte durch die Spanholztür der Fingerhut-Toilette, wie Frau Kloppke nebenan gegen ein immer lauter werdendes Gescharre und Gemurmel anrufen musste: »So, ich hoffe, alle sind gestärkt, es geht weiter!«

»Glück gehabt«, zwinkerte Susi mir zu und leckte mir zum Abschied über die Nase. »Nachher bist du aber dran, TinderLoverXXL!«

Vielleicht war das mit dem einen von sieben Sinnen doch übertrieben, und sie hatte nur noch einen halben.

Himmel.

Ich atmete tief durch und gab ihr zwei Minuten. Dann schlich auch ich mich wieder zurück zum Elternabend, um mich, ohne die so dringend notwendige Biopause gemacht zu haben, in das bislang größte Fettnäpfchen des Tages zu setzen.

Kapitel 21

Es ist jetzt 18.55 Uhr. Für heute steht noch so einiges auf dem Plan, das wir nicht auf morgen verschieben wollen, weshalb ich vorschlage, dass wir jetzt zügig weitermachen.«

Allgemeines Nicken.

Eine Hand hob sich.

»Bitte nicht so vorschnell!«, sagte ein Mann, der einen so perfekt gezogenen Seitenscheitel hatte, wie ich ihn noch nie gesehen hatte. Das Namensschild wies ihn als Herrn Hohenlohe [Gideon] aus, neben ihm saß vermutlich seine Frau, die einen Goldherzanhänger mit Kette über einer straff am Hals anliegenden Stehkragenbluse trug. Gut möglich, dass ich sie schon mal vor meiner Haustür gesehen hatte, wo sie mich mit einer selbst geschriebenen Bibel vor dem drohenden Weltuntergang warnen wollten.

Frau Hohenlohe fasste ihren Mann ergriffen an der Hand, als er sich zu Wort meldete, als wollte sie ihm vor einer wichtigen Prüfung Glück zusprechen.

»Wir haben ein großes Problem!«, fuhr er fort.

Da ich nicht davon ausging, dass er einem Königshaus entstammte, in dem es üblich war, von sich in der Mehrzahl zu sprechen, vermutete ich, dass ich mit den Hohenlohes den Prototyp der »Zwischen uns passt kein Blatt, wir machen alles gemeinsam«-Elternversion vor mir hatte.

An Mareks und Henriettas Synchron-Augenrollen sah ich, dass das harmonische Duo sein Anliegen nicht zum ersten Mal vorzubringen versuchte.

»Lassen Sie mich raten, es geht noch immer um die Schulspeisung?«, fragte Frau Kloppke leicht genervt.

»In der Tat. Wir begrüßen den Wechsel des Ausrichters« (ein gnädiger Blick zu den Schlabbecks), »kritisieren aber aufs Schärfste …«, Herr Hohenlohe blickte zu seiner Frau, die drückte ihm wieder die Hand, »… aufs Schärfste die Unregelmäßigkeit der Speisezeiten.«

Ich lernte, dass es Strickwesten mit Innentasche gab, denn Herr Hohenlohe nestelte aus derselben eine Lesebrille hervor. Mit ihr auf der Nase las er von einem Zettel ab:

»Montags und mittwochs gibt es das Mittagessen um 12.15 Uhr, dienstags und donnerstags erst um 12.45 Uhr. Dafür steht am Freitag das Essen in der Mensa schon zehn nach zwölf bereit.«

»Echt jetzt?«, fragte Frosti. Sie merkten nicht, dass seine Empörung nur gespielt war.

»Ja. Das ist ein Skandal.«

»Wieso?«, rutschte es mir heraus.

Die Hohenlohes sahen mich an, als hätte ich sie gefragt, weshalb man nicht mit Chlorreiniger gurgeln sollte.

»Da kommt der Biorhythmus doch völlig durcheinander«, empörte sich die Ehefrau. »Welcher junge Organismus soll das verkraften?«

Ich fragte mich, welcher alte Organismus das hier durchstehen konnte, ohne größere pathologische Ausfälle zu erleiden. Auf jeden Fall war es den Hohenlohes gelungen, in nur wenigen Sekunden mehr oder minder subtile Anzeichen von Stress und Unwohlsein unter den Eltern zu provozieren. Ich rutschte nicht nur wegen meiner Blase unruhig auf meinem Stuhl herum, Christin neben mir tippte sich gegen die Stirn. Und Frau Kloppke gab sich keine Mühe mehr, den Riss ihres Geduldsfadens zu kaschieren.

»Frau und Herr Hohenlohe, es mag Sie erstaunen, aber wie ich Ihnen bereits schriftlich erklärt habe, ist unsere Klasse nicht die einzige auf der Schule, nicht einmal die einzige in der Jahrgangsstufe. Wir müssen also auch auf die Unterrichtspläne der anderen Kinder Rücksicht nehmen, die eben nicht alle zur selben Zeit Pause haben.«

»Ha!« Frau Hohenlohe sah aus, als wollte sie gleich auf den Tisch spucken. »Heute heißt es Rücksichtnahme, aber morgen bekommen wir als Gesellschaft die Quittung, wenn eine ganze Generation hochnervöser, unruhiger Menschen mit mangelnder Sozialkompetenz ihr verlottertes Leben in Prinzipienlosigkeit fristet.«

»Wie war das?«, fragte Frau Tsui, die den Zusammenhang zwischen regelmäßigen Mahlzeiten und dem Untergang der westlichen Zivilisation genauso gut verstanden hatte wie ich, nämlich gar nicht.

Herr Hohenlohe versuchte es uns zu erklären: »Gideon bekommt sein Abendessen bei uns immer exakt um achtzehn Uhr fünfzehn. Nicht früher. Nicht später. Denn regelmäßige Mahlzeiten fördern die soziale Bindung und sind gut für das menschliche Wohlbefinden. Halten wir sie ein, befinden wir uns im Einklang mit uns und unseren Mitmenschen. Wenn das gestört wird, laufen wir Gefahr, zu egoistischen, selbstsüchtigen Objekten heranzuwachsen, die dem reinen Lustprinzip frönen und ihre aus dem Gleichgewicht geratenen Körper und Seelen mit immer neuen frivolen Verlockungen füttern.«

Es war vermutlich das Wort »frivol«, das das Interesse von Mathias Brincks geweckt hatte. »Moment mal, verstehe ich das richtig?«, fragte er. »Wenn Ihr Sohnemann [Gideon] nicht jeden Tag pünktlich zur selben Zeit seine Nudeln auf dem Tisch hat, wird er später Stammgast im Saunaclub?«

»Oder Schlimmeres!«, sagten Herr und Frau Hohenlohe unisono. Ich wollte keiner ihrer Finger sein, die sie sich jetzt gegenseitig zerquetschten.

»Gut, dann kommen wir zu TOP 2, Schülerpraktika«, sagte Frau Kloppke, und alle, bis auf die protestierenden Hohenlohes, nickten erleichtert. Sie hätte auch sagen können: »Gut, stimmen wir darüber ab, ob Jesus unser neuer Elternvertreter wird«, und wir hätten dem abrupten Themenwechsel begeistert zugestimmt.

»In den Herbstferien stehen sie an, und noch immer haben einige Schülerinnen und Schüler keinen Platz. Gibt es unter uns noch jemanden, der hier ein Praktikum anbieten könnte?«

Ihr forschender Blick musterte alle Anwesenden. Und blieb an mir hängen.

Kapitel 22

Allerdings nur kurz, was mich, wie ich erstaunt feststellte, irgendwie ärgerte. Gab sie mir damit doch indirekt zu verstehen, dass ich, also ich meine Herr Schmolke, für ihre Bitte nicht mal in die nähere Auswahl kam.

Frechheit. Sie begann von einem Blatt abzulesen:

»Bislang stehen bei mir die Schlabbecks auf der Liste *(natürlich),* die gleich zwei Kinder *(aber selbstverständlich)* hinter die Kulissen ihres Catering-Betriebs schauen lassen. Herr Brehmer will unseren Schülern Einblicke in seine … äh … Wasser-Abteilung geben.«

»Klärwerktechnik«, korrigierte Arne die Klassenlehrerin. »Wir kontrollieren täglich die Qualität unseres Abwassers. Wichtiger Job. Mein Chef hatte Sicherheitsbedenken, aber ich hab ihn überzeugen können, einen Praktikumsplatz auszuschreiben. Leider hat sich niemand gemeldet.«

Ach was?! Dabei ist Vorkoster im Klärwerk doch allgemein ein so beliebter Job.

»Dafür haben *wir* mehr Bewerber als Plätze«, lachten die Engelbarths.

»Ja, wobei mir immer noch nicht ganz klar ist, was unsere Kinder bei Ihnen als Influencer lernen werden?«, fragte Frau Tsui mit abfälligem Unterton. Bei ihr klang *Influencer* wie etwas Ansteckendes.

»Ach, da gibt es Dutzende spannende Inhalte«, sagte Valentina. »Wir zeigen ihnen, wie man die richtigen Beiträge erstellt, wie sie die Videos gut ausleuchten, passende Texte und Filter auswählen.« Und Theo-Mausi ergänzte: »Das Ergebnis können Sie dann auf unserem Instagram-Eigenmotivations-Kanal bewundern.«

»Deine innere Mitte findest du nur, wenn du aus dir rausgehst!«, rief jemand in den Raum.

»Hört, hört, da hat jemand unseren Selbsterfüllungs-Workshop gesehen.«

»Ja, dreihundertfünfzig Euro fürn Arsch!«

»Eher für die Tankfüllung meines Ferraris«, lachte Theo den Rufer aus.

Ungläubiges Schweigen.

Theo grinste. »Kleiner Scherz, wir fahren Maserati. Aber nun hat sich der Elternabend für alle doch schon gelohnt. Lektion fünf: Offenheit, Ehrlichkeit, Selbsteingeständnis. Nichts entwaffnet mehr. Ja, wir verdienen unverschämt viel Geld mit unserem Job. Aber wir lieben ihn. Wir lieben das Leben. Wir lieben euch alle hier.«

Vor allen Dingen liebte der Festivalarmbandsüchtige, sich selbst reden zu hören, wie ich ja nun schon seit der Hasengeschichte wusste.

»Vielleicht lieben Sie es auch, eine Spende in unserer Klassenkasse zu hinterlassen?«, fragte Frau Kloppke unerwartet schlagfertig.

»Nur, wenn Sie uns alle abonnieren und ein Like dalassen.« Theo lachte, und Valentina prustete ebenfalls los.

Erfrischend ehrliche Hochstapler, die – anders als ich –

ihre Gaunereien offen zugaben, mit den Erträgen prahlten und dennoch keine Gefängnisstrafe fürchten mussten. Wieso hatte ich nicht früh genug das Verarschungspotenzial der sozialen Netzwerke erkannt?

Frau Kloppkes Überbrillenrand-Blick wanderte weiter von Platz zu Platz und blieb bei Ulf und Martha hängen. »Was ist mit Ihnen, Familie Toseweit? Bei Ihrem boomenden Unternehmen können Sie doch sicher ein, zwei Kinder für drei Wochen unterbringen?«

»Na ja. Wir expandieren.«

»Wie schön!«

»Ja, aber …« Ulf fuhr sich nervös mit den Fingern durch die Haare. Seine Fake-Rolex schlackerte am Handgelenk. »Nur, äh, ist das leider das Problem. Wir eröffnen unsere erste Spaghetti-Burger-Filiale in New York und sind daher gerade so mit Reisen und Verhandlungen eingespannt, da, äh, wollen wir niemanden hier bei uns alleine lassen. Verstehen Sie?«

Äh, nein. Ich zumindest tat es nicht und wandte mich flüsternd an Wilma. »Was zur Hölle ist ein Spaghetti-Burger?«

»Lange Nudeln zwischen zwei labbrigen Brötchenhälften?«

»Klingt nach einem unverkäuflichen Kohlenhydrat-Schock«, raunte ich. »Obwohl, es gibt ja kein ungesundes Essen.« Sie kicherte, und zum ersten Mal schienen wir auf so etwas wie einer Wellenlänge zu liegen.

»Nun gut.« Frau Kloppkes Blick schob sich weiter, streifte mich erneut nur kurz. »Frau und Herrn Schmolke brauchen wir ja nicht zu fragen …«

»Moment!«, warf ich ein. *Was soll denn das?* Mein Ego

war jetzt mehr als angekratzt, so übergangen zu werden. Was war denn gegen gute, ehrliche Arbeit in einer Autowerkstatt einzuwenden?

»Wieso kommen wir für Praktikumsplätze nicht infrage?«

Ich meinte zu bemerken, dass Wilma neben mir etwas nervös wurde. »Gut, okay. Christin kann als Pilotin aus Sicherheitsgründen nicht ständig Kinder mit ins Cockpit nehmen. Aber mir können die kleinen Racker doch ruhig über die Schulter schauen.«

Henrietta Kloppke und Marek Gärtner rutschten synchron auf die vorderste Kante ihrer Plastikstühle.

»Ich biete gerne etwas an.«

»Ist das Ihr Ernst?«, wollte Frau Kloppke wissen.

»Klar.« Auch wenn ich nicht der echte Lutz Schmolke war, tat es irgendwie gut, Pluspunkte für ihn einzuheimsen. Logisch, dass Frau Kloppke so verdattert wirkte. Hätte sie nicht erwartet, dass der olle Stinkstiebel, der bislang jeden Elternabend schwänzte, nun plötzlich Werkstatt-Praktikumsplätze zur Verfügung stellte.

»Ja, das ist mein voller Ernst.«

Wilma rüttelte mich am Arm. Während ich weiterredete, sah ich nach links. Sie schüttelte langsam, aber energisch den Kopf und bedeutete mir mit dem Kinn, nach unten zu schauen. Auf das, was sie in der Hand hielt.

Ein Handy!

Offenbar hatte sie unter unserem Bonsai-Tisch etwas sehr Sinnvolles getan und einfach mal »Lutz Schmolke« gegoogelt. Dabei war sie offenbar auf eine Ärzte-Website gestoßen. Der Eintrag lautete: »Dr. Lutz Schmolke, Grunewald.« Den Zusatz »Spezialist für männliche Geschlechtskrankheiten, nur Privatpatienten« las ich, als ich gerade zu Frau Kloppke sagte: »Die Kleinen können bei meinen Kunden auch gerne mal mit Hand anlegen.«

»Mit Hand anlegen? Finden Sie das lustig?« Marek Gärtner war vor Empörung aufgestanden. Viele Anwesende schüttelten empört den Kopf. Ich sah zu Matze, der belustigt grinste. Noch breiter als seine polyamouröse Gattin Susi. Was hatte der Idiot denn vorhin von Cabrio und Garage gequatscht?

Oh, Gott ... hatte er damit etwa ein beschnittenes Glied und das weibliche Geschlechtsteil gemeint? In das Pepe nicht hätte »einparken« dürfen? Ich erinnerte mich daran, wie Matze verstohlen zu flüstern begonnen hatte, als sich Susi uns näherte. Wie er meinte, dass Pepes Ehefrau Helene ausgerastet wäre, wenn sie von dem »Unfall« erfahren hätte.

Herr im Himmel, aber was hatte er denn von einem Diktiergerät gefaselt?

Die Frage war allerdings eher unbedeutend im Vergleich zu der, wie ich aus der Nummer hier wieder rauskommen sollte. Hatte ich gerade vor der gesamten Elternschaft verkündet, wie toll ich es fände, wenn mir die Hände ihrer Kinder bei der Behandlung einer Syphilis oder einem Genitalherpes behilflich wären?

»Äh, also mit ›Hand anlegen‹ meinte ich ›am Empfang sitzen‹«, sagte ich, doch das Kind war in den Brunnen gefallen.

PAR
FUM

Kapitel 23

Da sehen Sie doch, wes Geistes Kind dieser Mann ist«, wütete Arne. »Kein Wunder, dass Hector so ist, wie er ist. Der Apfel fällt nicht weit vom Stamm.«

Ich hörte Raunen und sah Kopfnicken. Arne zog die Meute mehr und mehr auf seine Seite. Selbst Marek schien ihm den »Geh mal Bier holen«-Song verziehen zu haben und all seine Verachtung nun auf mich projizieren zu wollen. Wäre ich Rechtsmediziner gewesen und hätte vorgeschlagen, dass mir die kleinen Racker dabei helfen sollten, im Sektionssaal die Maden aus verwesenden Wasserleichen zu pulen, wäre sein Blick freundlicher ausgefallen.

Frau Kloppke putzte nervös mit einem Blusenzipfel ihre Brille. »Gut, bevor das hier noch gänzlich aus dem Ruder läuft, ziehen wir den nächsten Punkt vor. Wir wären demnach bei TOP 3.«

Alle nickten. Ich nicht. Einmal, weil ich ja nicht wusste, was mit TOP 3 gemeint war. Bei meinem Glück hatte sich Lutz Schmolke verpflichtet, einen halbstündigen Vortrag zur Einführung in die Dermatologie zu halten, weshalb auch immer. Das lag nicht im Bereich des Wahrscheinlichen, wohl aber, dass der nächste Besprechungspunkt etwas mit mir zu tun hatte. Blieben doch alle Augenpaare, vor allem die von Frau Kloppke und Marek, mit aufforderndem Blick auf mich gerichtet.

»Äh, ja?«, fragte ich meisterhaft eloquent, was ein Seufzen der Klassenlehrerin provozierte.

»Herr Schmolke. Das Wort gehört Ihnen.«

»Ach ja? Äh, das ist furchtbar nett, aber zu viel der Ehre.« Ich räusperte mich. »Vielleicht will ja erst jemand anderes …«

»Lassen Sie den Unsinn. Und nutzen Sie lieber die Gelegenheit.«

Ich nickte langsam und bedeutungsvoll, was den Pfeifton der Leere in meinem Kopf allerdings nicht verstummen ließ.

»Ja, Sie haben sicher recht«, stammelte ich.

Ich sah Hilfe suchend zu Christin, die mir freundlich die Hand tätschelte. »Komm, gib dir einen Ruck!« Diese Verräterin.

Immerhin, Jamal sprang mir zu Seite, wenn auch nicht hundertprozentig hilfreich, denn er sagte: »Vielleicht wollen Sie es noch einmal mit Ihren eigenen Worten schildern?«

Nein, eher nicht. Lieber wollte ich meine Unterhose mit Honig einreiben und die Nacht auf Schilfwerders größtem Ameisenhügel verbringen.

Natürlich hatte ich in meinem Leben schon oft über Themen referiert, ohne Ahnung von der Materie zu haben. Wie etwa bei dem von mir ins Leben gerufenen Parfumdiät-Seminar für problemzonenfrustrierte Millionärsgattinnen. Die wenigsten wissen nämlich, dass alleine die Wahl des richtigen Parfums das Körpergewicht um mehrere Kilos reduzieren kann. Im Grunde genommen weiß das keiner, weil es natürlich vollkommener Blödsinn ist. Aber die Seminarplätze in dem von mir unter falschem Namen angemieteten Waldorf-Saal waren schneller weg als ein klimatisiertes Dreizimmerdachgeschoss im Prenzlauer Berg für unter dreihundert Euro warm. Zwei Dutzend Teilnehmer, die sich für einen Parfumkostenbeitrag von zwölfhundert Euro zwei Tage lang Aldi-Düfte in die Haare sprühten, um beim Aromayoga (auch eine Erfindung von mir) absurde, selbst ausgedachte Verrenkungen zu machen.

Sie merken, aus dem Stegreif über etwas zu sprechen, von dem ich keinen blassen Schimmer hatte, überforderte mich normalerweise nicht. Nur – und das war der Unterschied – hatte bei Parfumdiät und Aromayoga keiner der Anwesenden Kenntnis, wovon ich redete. Hier aber gab es offenbar zwei Dutzend Eingeweihte, und nur ich war der Ahnungslose. Es war wie eine Prüfung zu einem Thema, von dem ich nur die Überschrift kannte: *Hector*.

Konnte es noch schlimmer kommen?

Ja. Konnte es. Etwa, wenn jemand wie Marek Gärtner zu einem sagte: »Vielleicht ist es besser, wenn Sie dabei aufstehen. Immerhin geht es um Ihren Sohn!«

Kapitel 24

Aha. TOP 3 war nun also die »Angelegenheit«. Der »Skandal«.

Verdammt, Hector, mein Sohn, was hast du nur ausgefressen?

Ich stand auf und versuchte mich an meine eigenen Schulsünden zu erinnern.

Ich hatte einmal einem Mitschüler fünf Euro geboten, wenn er sich während der Englischarbeit die Fußnägel schneiden würde. Das Gesicht von Frau Kisowank, die gerade Hausaufgaben der Parallelklasse korrigierte, während wir über unseren Aufsätzen schwitzten, war unbezahlbar. Sie hatte routinemäßig von ihrem Lehrerpult aufgesehen. Ihre Argusaugen waren auf der Suche nach einem Täuschungsversuch; rechneten vielleicht damit, dass Spickzettel ausgetauscht wurden. Nicht aber, dass Jürgen Schischan direkt vor ihr in der ersten Reihe seine Käsemauken entsockt hatte und mit einem Nagelknipser den großen Zeh bearbeitete.

Tja, fragen Sie mich nicht, wieso, aber mein Bauchgefühl sagte mir, dass Hectors Verfehlungen in einer anderen Liga spielten. Ich quetschte ein weiteres Verlegenheitsräuspern hervor und begann mich langsam und vorsichtig auf dem unbekannten Gesprächsterrain voranzutasten. Mit kleinen Schritten, wie ein Spaziergänger auf einem zugefrorenen See, der die Tragfähigkeit der Eisdecke nicht richtig einschätzen kann.

»Nun, wir alle wissen, dass es mit Hector manchmal nicht einfach ist.«

Alle nickten. Gut. Das Eis trug so weit.

»Eigentlich ist es nicht meine Art, Privates offenzulegen. Familienangelegenheiten genießen bei mir den gleichen Status wie Patientengeheimnisse.«

»Ihr Sohn *ist* ein Patient«, fauchte Arne.

Ich sah ihn ernst an. »Ja. Er ist krank.«

Erstmals nickte mir mein Gegner zustimmend zu.

»Das erklärt auch seine schlechten schulischen Leistungen«, wagte ich mich einen Trippelschritt weiter vor.

»Da sehen Sie es. Totale Überforderung«, raunte Marek. »Sie triezen ihn zu Hause. Sind nie zufrieden mit ihm, was?«

Ich zuckte mit den Achseln. »Es könnte besser sein.«

»Besser als lauter Einsen im Zeugnis?«

»Krass«, entfuhr es mir. Mein Sohn war hochbegabt?

»Was meinen Sie mit *krass?*«, fragte Frau Kloppke und blinzelte verwirrt.

Das Eis unter mir knirschte bedenklich.

»Na ja, äh, also Eins plus, ähm, ist krass besser, äh, oder?«, stotterte ich.

Frau Kloppke sah noch immer so aus, als wäre ihr etwas ins Auge geflogen. »Ja, aber diese Note gibt es in dieser Klassenstufe nicht auf den Zeugnissen.«

»Das ist das, was Sie sagen«, sagte ich. Eine Entgegnung, mit der ich Menschen manchmal zum Spaß in den

Wahnsinn treibe, weil sie so sinnlos ist und auf jede Aussage passt. Müssen Sie mal ausprobieren. Meistens lachte jemand, wenn ich das sagte. Hier lachte niemand.

»So, das erklärt doch aber, weshalb er bei Frau Rottlöffler-Brodel ins Klassenzimmer eingestiegen ist und die Mathearbeit für den Folgetag aus der Tasche klauen wollte«, sagte Arne triumphierend. Er hatte die Muskelanspannung eines Sprinters, der auf dem Startblock auf den Pistolenschuss wartet. Nur, dass er sich offensichtlich wünschte, der Schuss des Wettkampfleiters würde *mich* treffen.

»Also, unser Sohn hat eine Mathearbeit geklaut«, murmelte ich.

Dabei hat er sich erwischen lassen? Bei einem einfachen Diebstahl? Strebernoten, aber keine Langfingerqualitäten! Hector war definitiv nicht mein Sohn.

»Wir haben uns die ganze Zeit gefragt, weshalb ein so guter Schüler die Aufgaben stibitzen will.« Marek riss die Gesprächsführung wieder an sich. Der junge Erzieher sprach wie ein Staatsanwalt beim Anklageplädoyer. »Hector hätte das doch gar nicht nötig gehabt. Aber nun ist klar: Er hatte zu große Angst, mal eine Zwei nach Hause zu bringen. Der arme Junge wollte auf Nummer sicher gehen.«

»Der arme Junge?« Arne sprang auf. »Der arme Junge gehört der Schule verwiesen!«

»Was stimmt denn nicht mit Ihnen?«, fragte ich. »Für diese kleine Verfehlung?«

»Eine kleine Verfehlung, die Ihnen sogar tausend Euro Schweigegeld wert war!«

»*Waaaas?*«, fragten mehrere Stimmen aus mehreren

Kehlen, darunter Frau Kloppke, Herr Gärtner und einige Eltern. Selbst Wilma hatte sich mit einem ungläubigen Ausruf dazugesellt.

Ich selbst war vielleicht auch darunter. Weshalb sollte ich, also Lutz, Arne tausend Euro bieten? Und was hatte das mit einer fast geklauten Mathearbeit zu tun?

»Das ergibt doch gar keinen Sinn«, sagte ich.

»Sie leugnen es?« Arne sprang auf. »Hier. Ich hab noch die WhatsApp: Tausend Euro, wenn Sie den Antrag auf Schulverweis zurückziehen.«

»Für so etwas Läppisches gibt es auf der Sokrates-Schule gleich einen Verweis?«, empörte ich mich.

»Läppisch? Immerhin hat er sie geschlagen.«

Rechtschreibfanatiker pochen ja gerne darauf, wie wichtig korrekte Orthografie und Grammatik sind, weil bereits winzige Abweichungen den Sinn eines Satzes auf den Kopf stellen können. Wie etwa das Komma bei »Ich komme, nicht erschießen!« im Unterschied zu »Ich komme nicht, erschießen!«. Kleiner, aber feiner Unterschied. Ich verstehe also alle, die sich für eine korrekte Schreibweise einsetzen. Das Problem jedoch ist: Beim gesprochenen Wort hilft der Duden oft nicht weiter. Man hört zum Beispiel nicht, ob der Sprechende ein großes oder kleines s benutzt. Zur Erinnerung, Arne sagte: »Immerhin hat er *sie* geschlagen!« Und ich fragte verblüfft: »Wer hat *mich* geschlagen?«

Sie erkennen natürlich, weshalb das maximale Verwirrung auslöste. Kleiner Buchstabe. Großer Unterschied.

»Hector natürlich«, sagte Arne.

»Hector hat mich wegen einer Mathearbeit geschlagen, und ich biete Ihnen jetzt tausend Euro, damit er deswegen nicht von der Schule fliegt?«

»Haben Sie etwas getrunken?«, wollte Marek wissen.

»Es ist heiß heute. Er scheint verwirrt«, wagte der Dunkelhaarige der Witzlebens eine psychotherapeutische Diagnose.

Arne konkretisierte derweil: »*Ihr* Hector hat *meine* Katharina geschlagen!«

Dem Namen auf seinem Namensschild nach war das seine Tochter. Das Eis unter meinen Füßen hatte sich in Wasser aufgelöst. Ich war endgültig eingebrochen und machte es mit meinem nächsten Rettungsversuch nicht besser.

»Wohl eher geschubst«, fabulierte ich.

»Geschubst? Sieht das für Sie nach *geschubst* aus?«

Arne sprang über den Kitatisch und hielt mir ein Handy vor die Nase. Das Foto, das er mir zeigte, war übel.

»Ach du Scheiße«, entfuhr es mir.

»Jetzt tun Sie nicht so, als ob Sie das zum ersten Mal sehen. Das ist aus unserem Chat-Verlauf.«

Arne zog es mit zwei Fingern größer.

Das Auge des Mädchens mit elfenbeinfarbener Porzellanhaut, deren Haare komplett unter einer Baseballmütze verschwunden waren, war extrem geschwollen. Geplatzte Äderchen im weißen Augapfel, ein Riss, der sich von der Augenbraue bis zum Unterlid zog. Sie hatte heftig geweint, blickte wütend, verletzt und schockiert in die Kamera.

Verdammt. Mit allem konnte ich umgehen, über vieles konnte ich Scherze machen. Nicht aber, wenn Kinder litten. Wenn ihnen Gewalt angetan wurde.

»Es tut mir leid«, sagte ich. »Ich … ich weiß nicht …«

Ich ertrank. Am liebsten hätte ich um mich geschlagen

in der Hoffnung, dass mir jemand einen Rettungsring zuwarf, den ich greifen konnte. Aber nicht einmal Wilma kam mir zu Hilfe. Immerhin sagte sie nicht so etwas wie: »Ganz der Papa, der alte Schläger. Mich hat er heute auch schon vermöbelt«, was ich meiner durchgeknallten Schicksalsgefährtin ohne Weiteres zugetraut hätte. Sie schien eher genauso sprach- und hilflos wie ich.

»Ich sehe es so«, begann Arne mir und der versammelten Elternschaft seine Theorie auszubreiten, »Ihr Sohn Hector wollte meiner Tochter die Mathearbeit verkaufen. Sie hatte in letzter Zeit, also seitdem ihre Mutter uns verlassen hat, Probleme. Die Leistungen sind abgesackt. Deshalb braucht sie dringend gute Noten, um versetzt zu werden. Aber Hector hat zu viel verlangt.«

Er ging an dem rechten Schenkel des Hufeisens auf und ab wie ein Staatsanwalt vor den Geschworenen in einem amerikanischen Justizthriller.

»Katharina hat nicht so viel Taschengeld wie der Arztsohn. Ich bin jetzt alleinerziehend, kann mir als Bürokaufmann kaum was leisten. Meine Kleine konnte oder wollte nicht zahlen. Und da hat Hector zugeschlagen.«

»Woher wissen wir, dass er es war?«, schaltete sich Wilma endlich auch ein. »Ich will Ihrer Tochter nichts unterstellen, Herr Brehmer, aber …«

»Hector selbst hat es gestanden«, klärte Frau Kloppke uns auf.

Mist.

»Letzte Woche. Hat Ihr Mann Ihnen das nicht erzählt?«

Wilma ließ die Frage unbeantwortet. Was sollte sie darauf auch sagen? Vielleicht hatte sich die echte Mama Christin mal wieder im Ausland befunden und wusste wirklich nicht, was Hector in ihrer Abwesenheit angestellt hatte. Lag ja nahe, dass der Fremdvögler-Papa Lutz sich mehr um seine Tinder-Affären als um die Zukunft seines Sohnes kümmerte.

»Der Schuldige hat es gestanden.« Arne fixierte abwechselnd mich und Frau Kloppke. »Und ja, deswegen fordere ich, dass unsere Klasse geschlossen bei der Elternkonferenz den Schulverweis von Hector Schmolke beantragt.«

Ich sah hilflos zu Wilma. Sie schien sprachlos. Auch ihr schien es nicht gut zu gehen. Sah ich da Tränen in den Augen? Seltsam, dass uns das Thema so berührte, obwohl wir beide keinerlei Verbindung zu Hector, seinen Problemen und diesen Familien hatten. Ich musste an Hectors Collage denken und an den Kloß im Hals, den ich beim Betrachten verspürt hatte. Mir wurde etwas schwindelig, und das Bedürfnis, so schnell wie möglich abzuhauen, wurde übermächtig.

»Entschuldigen Sie, ich müsste mal auf die Toilette«, sagte ich mit matter Stimme.

»Ausgerechnet jetzt?«, höhnte Arne.

Nein, schon eine ganze Weile. Aber jetzt ist mir auch noch schlecht.

»Gut, aber bitte beeilen Sie sich«, sagte Frau Kloppke.

Ich versprach, mir nicht zu lange Zeit zu lassen. In der festen Überzeugung, keinen der Anwesenden hier jemals wiederzusehen, sobald ich einen Notausgang gefunden hätte, erkundigte ich mich nach der Lage der Waschräume.

Zu meiner absoluten Verwirrung zeigte Herr Gärtner exakt auf die rahmenlose Tür, durch die mich Polysusi69 vor nur wenigen Minuten ins Kinderklo hatte bugsieren wollen.

»Dort?«, fragte ich verwirrt.

Mehrere Eltern und Herr Gärtner nickten.

»Ähm, gibt es hier keine andere Örtlichkeit?«

»Nicht in der Nähe. Halten Sie es noch eine Stunde aus, bis wir die Bungalows beziehen?«

Frau Kloppke hätte auch als Alternative vorschlagen können, mir auf dem Klapptisch einen Einlauf zu verpassen.

»Nein, wohl eher nicht.«

»Gut, dann sind die Toiletten hinter Ihnen am nächsten.«

Kapitel 25

Es ist ja bekanntlich ein Anzeichen von Wahnsinn, wieder und wieder das Gleiche zu tun in der Hoffnung, dass das Ergebnis irgendwann mal ein anderes ist. So gesehen hatte ich die Grenze zur Unzurechnungsfähigkeit wohl überschritten, als ich durch die Tür ging und mir dahinter eine Erwachsenentoilette erhoffte.

Natürlich war dem nicht so. Ich stand noch immer in einem Raum, der an eine etwas zu groß geratene Modellbaukastenarbeit erinnerte. Eine von der Art, mit der Architekten sich bei Ausschreibungen bewerben nach dem Motto: »Und wenn das gefällt, dann bauen wir euch das in Originalgröße.« Nur, dass man diesen Arbeitsschritt hier vergessen hatte. Toiletten und Waschbecken waren noch immer im Maßstab eins zu zehntausend.

»Das kann ja wohl nicht deren Ernst sein!«, murmelte ich und suchte die gefliesten Wände nach versteckten Türen ab. Nichts, außer einem Putzmittelschrank direkt gegenüber der Klokabine für die U-50-Generation (= unter 50 Zentimeter Körpergröße).

»Nicht euer Ernst«, wiederholte ich etwas lauter und gab mir einen Ruck. Ich öffnete die Tür zum Mehrzweckraum und steckte den Kopf durch.

»… ich meine, was will man auch erwarten. Hector ist immer auf sich alleine gestellt, nie begleitet ihn jemand zu Schulaufführungen …«, sagte Frau Schlabbeck gerade mit weinerlicher Stimme. Sie stoppte abrupt im Satz, als sie mich in der Tür bemerkte.

»Herr Schmolke?«, fragte Frau Kloppke. »Ist das Papier alle?«

Das wäre mein kleinstes Problem.

»Nein, ich frage mich nur …«

»Was?«

»Also, mit Toiletten, da meinten Sie wirklich diese hier?«

»Welche denn sonst?«, fragte Marek süffisant nach.

»Die sind Ihnen wohl nicht luxuriös genug«, zählte Arne mich von der Seite an.

»Nichts gegen Luxusklos mit beheizten Klobrillen.« Valentina lachte. »Wir wollen zu Hause nicht mehr drauf verzichten, nicht wahr, Theo-Mausi?«

»Solange Idioten diesen Rabattcode-Mist aus Ihrer Internet-Werbung kaufen, müssen Sie das ja auch nicht«, fauchte Frau Tsui.

Ich schloss die Badezimmertür wieder, um die gute Stimmung unter den Eltern nicht zu stören, und wischte mir die Schweißperlen von der Stirn. Einzelheiten erspare ich Ihnen, aber meine Hitzewallungen waren mittlerweile nicht mehr nur den Temperaturen geschuldet.

»Also gut, wo ein Wille ist, ist auch ein Weg«, sagte ich und bahnte mir denselben zur Toilette.

Um in die unter dem Mikroskop gewiss gut sichtbare Kabine zu gelangen, musste man eine brusthohe Pressholztür öffnen. Für Dreijährige war das bestimmt ein lustiges

Unterfangen. Für einen Erwachsenen stellte sich einzig die Frage, wie man es schaffte, nicht bewusstlos zu werden, während man gezwungen war, beim Betreten die Luft anzuhalten, wollte man nicht mit seinem Bauch beim Ausatmen die Kabinenwände sprengen.

Und jetzt?

Ich sah zu Boden und suchte die Schüssel. Trickpinkler, die aus fünfzehn Meter Entfernung eine Fliege treffen, würden die Herausforderung annehmen. Ich aber zähle mich zu den Menschen, denen Hygiene auch in öffentlichen Einrichtungen kein Fremdwort ist, weswegen ich mich grundsätzlich setzte, wenn kein Urinal vorhanden war. Und hier lag das Problem. Würde ich versuchen, mich zu setzen, hatte ich Angst, dass es Stunden dauern würde, bis man alle winzigen Emaille-Splitter der Schüssel aus meinem Hintern gezogen hätte.

Nun, was blieb mir übrig, also zog ich die Hose samt Unterwäsche über den Po, ließ die Klamotten bis zu den Knöcheln fallen und versuchte, in die Knie zu gehen. Ein in dieser Enge hoffnungsloses Unterfangen.

Ich stand in diesem Telefonzellenklo, das Kinn auf die Türkante abgelegt (die Spülwasserleitung an der Hinterwand klemmte mir zwischen den Pobacken) und hielt den Allerwertesten etwa einen Meter über dem Ziel.

»Das hat doch keinen Sinn«, gestand ich mir ein. So groß meine Not auch war, ich musste meine Grenzen anerkennen, und die hatte mir der Innendesigner der Kita »Stöpsel-Storch« aufgezeigt.

Was zu viel war, war zu viel. Und was zu klein war, zu klein.

Ich öffnete die Tür, zog meine Hose wieder hoch und

tat danach etwas, was wohl so ziemlich zum Dümmsten zählt, was ich in meinem Leben je getan habe.

Ich spülte.

Eigentlich logisch. Immerhin war ich jetzt so lange hier im Waschraum gewesen, da wäre es für die Eltern im Nachbarzimmer wohl etwas seltsam, wenn sie keine Sanitärgeräusche hören würden. Dachte ich. Und zog an der Kette für die Spülung.

Nein, ich riss sie nicht ab. Ich zerrte auch nicht den Spülkasten aus dem Putz und überflutete den Mehrzweckraum.

Ich erhielt Applaus. Tosenden!

Aus einem Lautsprecher. Direkt über meinem Kopf, in der Toilettendecke.

»Super, das hast du ganz, ganz toll gemacht!«, lachte eine übertrieben fröhliche Männerstimme über das fröhliche Geklatsche einer mittelgroßen Menschenmenge hinweg.

Ich weiß, Kinder brauchen Lob und Bestätigung. Da war ich mir mit Laras Mutter immer einig gewesen. Negative Sprache führt zu negativem Denken. Positive Kommentare motivieren. Und auch ich habe mich über das erste volle Töpfchen statt der gefüllten Windel wie Bolle gefreut. Nur habe ich damals meine Anerkennung darüber nicht in megafongleicher Lautstärke über Boxen in die ganze Nachbarschaft hinein verteilt.

So wie das eben geschehen war.

Ich betete, dass die Wände schallgedämmt waren oder zumindest die Gemüter im Mehrzweckraum so überhitzt, dass die Elternabendschaft vor gegenseitiger Anbrüllerei die Ansage nicht gehört hatte. Mein Gebet war ebenso kurz wie erfolglos und wurde rasch durch Wilma unterbrochen. Sie riss energisch die Tür auf, kam herein und sah mich an wie etwas, das man am liebsten in eine Zwangsjacke stecken würde.

»Hast du sie noch alle?«

»Äh, wieso?«, fragte ich scheinheilig.

»Warst du das?«

»Was?«

»Bist du eben aufs Kinderklo gegangen?«

Ich schüttelte den Kopf und wusste jetzt, wie ein Kind sich fühlt, das auf die wütende Frage seiner Eltern »Hast du auf unserem schneeweißen Flokati eine Nutellastulle gegessen?« sich mit verneinender Geste die Schokolade aus dem Gesicht wischt.

»Nein, ich, äh …«

Wilma stemmte die Hände in die Hüfte. »Frau Kloppke hat doch alle ermahnt, dass das nur für die Kleinen ist.«

»Wann?«

»Vorhin, beim Buffet.«

Zu dem Zeitpunkt, als Polysusi69 im Klassenzimmer versucht hatte, mit mir Rollenspiele zu spielen.

»Ich hab wirklich nichts gemacht«, sagte ich die Wahrheit. »Nur die Spülung getestet, die klingt lustig, oder?«

Wilma sah an mir nach unten.

»Und was macht das da an deiner Hose?«

Ich machte eine ähnliche Bewegung wie ein Hund, der seinen eigenen Schwanz fangen will.

»Das ist … öhm … Toilettenpapier?«

Mit Dino-Muster. Ich musste es beim Hochziehen meiner Unterhose abgerissen haben. Nun hing es mir neckisch aus dem Bund bis zu den Knien.

»Was stimmt denn nicht mit dir?«, fragte sie und öffnete den Putzmittelschrank.

Ich dachte nur: *Ah. Sieh mal einer an*. Und dann: *Ist ja gar kein Schrank*. Sondern der Zugang zum Erwachsenenklo.

Ich versuchte erst gar nicht, den Sinn dahinter zu suchen, weshalb der Schreiner oder die Tischlerin oder wer auch immer sich so viel Mühe gegeben hatte, den Zugang zu den eigentlichen Waschräumen besser zu verstecken als den Panikraum in der Hochsicherheitsvilla eines paranoiden Milliardärs.

»Wasch dir wenigstens die Hände«, raunte sie mir zu. »Und dann komm. Wir sind kurz vor der Abstimmung.«

Kapitel 26

Gut gemacht, Lutz«, lachte Matze seine Ziegenmeckerlache, als ich mit Wilma zurück ins Klassenzimmer kam. Einige stimmten ein. Unnötig zu erwähnen, dass mir selbst nicht zum Lachen war. Nicht nur, weil ich ausgelacht wurde, sondern hauptsächlich, weil ich nicht zu dem gekommen war, worüber die anderen sich jetzt lustig machten.

»Super, großes Geschäft, ganz große Leistung!«

Mein Kopf war also aus mehreren Gründen knallrot, und es sah auch nicht danach aus, als könnte sich meine Gesichtsfarbe in allzu naher Zukunft ändern.

»Bitte Ruhe«, ermahnte Frau Kloppke die Eltern und erklärte mir dann, welche Abstimmung Wilma gerade gemeint hatte.

»Wir haben die Einholung eines Mehrheitsbildes, wie nach Empfehlung der Elterngemeinschaft mit Ihrem Sohn zu verfahren sei, kurz zurückgestellt und stimmen über die Aussetzung der Schulnoten im nächsten Schuljahr ab. Eine Option, die der Senat uns angeboten hat.«

»So ein Blödsinn«, murrte Frau Tsui, von der ich (wie von Wilma übrigens auch) den Vornamen nicht kannte.

»Das ist kein Blödsinn«, widersprach Herr Schlabbeck.

»Wie heißt es doch? Wer vergleicht, wird unglücklich. Und was sind Noten anderes als Unglück bringende Vergleichsmaßstäbe?«

»Ich bitte um Ruhe«, mischte sich nun auch Marek ein, doch weder Frau Tsui noch Herr Schlabbeck beachteten ihn, und auch nicht der Typ namens Chernizky, der sich jetzt zu Wort meldete: »Sie wollen also keinen Wettbewerb zwischen den Kleinen. Alle sind gleich, ja? Das ist Bullshit. Und das wissen Sie. Es sind nicht alle gleich. Einige sind schlauer, andere sportlicher, wieder andere haben einfach bessere Startvoraussetzungen, mehr Geld oder gesündere Gene. Meine Jule zum Beispiel hat von Geburt an ein schwaches Herz und wird nie so schnell laufen können wie Ihr Henry. Aber was bringt ihr das, wenn wir für ein Jahr die Noten aussetzen und stattdessen zu schriftlichen Bewertungen wie in der ersten Klasse zurückgehen?«

»Sie hat wenigstens ein Jahr keinen unnötigen Leistungsdruck«, meinte Frau Schlabbeck.

»Aber der kommt zurück. Selbst wenn wir die Noten bis zum Abi abschaffen. Denn ich verrate Ihnen mal was: Die Welt da draußen …«, er zeigte zur Fensterfront, hinter der außer Bäumen, einem entfernt stehenden Bungalow und dem verstaubten Pfad, der zu ihm führte, relativ wenig Welt zu sehen war, »… diese Welt ist eine knallharte Leistungsgesellschaft, die sich einen Dreck darum schert, ob unsere Kids für eine Weile in einer rosaroten, notenfreien Blase gelebt haben. Denn die zerplatzt bei der ersten Jobbewerbung, wenn – Überraschung – der- oder diejenige mit den besseren Noten genommen wird.«

Die meisten im Raum nickten. Frau Tsui und Frosti

spendeten sogar Applaus, indem sie mit den Fingerknöcheln auf den Tisch klopften wie Studenten am Ende einer guten Vorlesung. Die Abstimmung verlief mit überwältigender Mehrheit für die Beibehaltung des Notensystems auf der Sokrates-Schule, vielleicht auch, weil ich mich nicht gemeldet und meinen Senf dazugegeben hatte.

»Du stimmst gegen Noten?«, hatte Wilma mich verwundert gefragt, als ich die Hand bei der Abstimmung hob. »Wieso?«

Ich musste an meine Tochter und ihre Seepferdchenprüfung denken und dass das eine lange Geschichte war, weshalb ich ihre Frage jetzt nicht beantwortete. Denn die nächste Abstimmung stand an.

Die über Hector.

»Also, Herr Schmolke, wie ist es? Wollen Sie noch etwas zu der Diskussion hinzufügen?«, fragte Frau Kloppke und blickte abwechselnd zu mir und zu Wilma.

»Ja«, sagte ich, und zum zweiten Mal in Folge traf mich der entsetzt-verblüffte Blick meiner Sitznachbarin, als ich aufstand.

»In der Tat, das will ich.«

Kapitel 27

Manchmal ist es nicht so, wie es scheint«, begann ich meine Rede, die ich weder vorbereitet noch eingeübt hatte. Ich folgte einer Eingebung, was, um ehrlich zu sein, nicht immer klug war. So hatte ich schon mal einer Eingebung folgend versucht, mir einen abgebrochenen Zahn mit der Nagelfeile zu glätten und danach den dentalen Notdienst googeln müssen.

»Er hat eine Mathearbeit geklaut und eine Schülerin verletzt. Beides hat er gestanden«, sagte der blonde Witzleben, wobei er nicht anklagend wirkte. Er schien ehrlich an meinen Ausführungen interessiert. »Wie soll da der Anschein trügen?«

»Ich will Ihnen von Frieder Baumknecht erzählen.«

»Wer ist das denn?« Arne lehnte sich mit hinter dem Kopf verschränkten Händen zurück und grinste abschätzig. Wenn er anfangen würde zu kippeln, hätte ich auch was zu lächeln gehabt. Der winzige Stuhl knirschte unter dem langbeinigen Gewicht bereits bedenklich. »Frieder ist ein Bekannter von mir. Ich bin mit ihm zur Schule gegangen.«

In Wahrheit hatte ich ihn im Wartezimmer eines Strafverteidigers getroffen, er prahlte mit seinen Vorstrafen und lachte mich aus, dass ich noch nicht einmal im Bau gesessen hatte, doch das zu erwähnen hätte das vertrauensbildende Ziel meiner improvisierten Rede gefährdet.

»Frieder ist durch ein Attentat ums Leben gekommen«, sagte ich, fast wahrheitsgemäß.

»Echt jetzt?«, fragte Frosti.

»Stand sogar in der Zeitung, war aber nicht mehr als eine Randnotiz.«

»Wer hat ihn denn ermordet?«, hakte Frau Tsui mit professionellem 112-Interesse nach. Mich hätte es nicht gewundert, wenn sie ein Headset aufgesetzt und mit strenger Miene nachgefragt hätte: »Wo befand sich der Einsatzort? Adresse? Wie viele Verletzte?«

»Er wurde das Opfer einer Paketbombe. Dazu müssen Sie wissen: Der Konstrukteur der Bombe war sehr geizig und auch etwas doof. Für sich alleine schon unschöne Eigenschaften. In Kombination aber tödlich.«

Arne plusterte die Wangen auf. »Ich verstehe noch immer nicht, was das mit Hector und Katharina …«

Ich hob die Hand und brachte ihn zum Schweigen. »Geben Sie mir einen Moment. Schließen Sie die Augen. Und denken Sie an einen technikverrückten Pfennigfuchser, der bei der Paketbombe am Porto spart. Was passiert?«

»Die Post hat sie nicht zugestellt«, rief Chernizky.

»Genau. Das Paket ging zurück zum Absender«, verriet ich die Pointe.

Die Toseweits grinsten, sie hatten es verstanden. Marek musste nachfragen: »Und dieser Frieder …?«

Ich nickte. »Ich sagte doch, er war nicht ganz helle. Er hatte seine Adresse auf das Paket geschrieben. Und vergessen, was drin war, als es wieder auf seiner Fußmatte lag. Er öffnete es und …«, ich schlug in die Hände, »… peng!«

Wilma zuckte neben mir zusammen.

»Glaub ich nicht«, sagte Valentina, lächelte aber. Sie dachte, ich würde ähnlich flunkern wie ihr Mann mit der Geschichte von dem geduschten, geföhnten und zurückgelegten weißen Hasen.

»Aber so war's. Ich schwöre.« Und nein, ich beging hier keinen Elternabend-Meineid. Genauso war es tatsächlich gewesen, aber wie so oft wurden die echten Geschichten, die das Leben schrieb, als an den Haaren herbeigezogen abgetan.

»Noch mal: Was hat das mit Hector zu tun?«, fragte Arne angriffslustig.

»Frieder wurde mit einer Paketbombe in die Luft gesprengt. Lange Zeit hat man seinen Erzfeind verdächtigt, mit dem er jahrelang im Streit lag. So könnte es bei Hector doch auch sein …«

»Verstehe ich nicht.«

Ich nickte. Denn zugegebenermaßen ging es mir ähnlich.

Ich hatte den Faden verloren. Worauf wollte ich noch mal hinaus, *ach ja …*

»Manchmal sehen wir die Fakten und bewerten sie falsch. Weil wir die Motivation nicht kennen. Und dann biegen wir uns die Wahrheit zurecht. Den Ermittlern war es anfangs egal, dass die Umstände irgendwie nicht passten, sie hatten sich auf den Erzfeind von Frieder eingeschossen. Denn wieso sollte ein Paketbombenbauer durch sein eigenes Paket getötet werden?«

»Ich nehme an, Sie sagen uns gleich, worauf dieser Vortrag hinausläuft«, seufzte Frau Kloppke.

»Bei Hectors Geschichte gibt es eine ähnliche Unstimmigkeit. Wieso sollte ein sehr guter Schüler eine Klassenarbeit klauen?«

»Um sie zu verkaufen!«, wandte wieder einer der Witzlebens ein. Diesmal der dunkelhaarige.

»Aber wieso sollte er das tun? Die Schmolkes … äh, also wir … wir verdienen nicht schlecht. Sie haben es von Arne selbst gehört. Hector hat solche Geschäfte nicht nötig. Er bekommt ein gutes Taschengeld.«

Wilma nickte, als würde sie dem kleinen Wonneproppen tatsächlich wöchentlich das Geld in nicht nummerierten Scheinen zustecken.

»Und dann ist da noch etwas …«

Ich sah zu der Wand mit den Bildern. Aber … Ich stutzte. Hectors Collage fehlte.

Mir fiel ein, dass sie sich gelöst hatte, als Polysusi69 zum Frontalangriff übergegangen war.

»Was ist da noch?«, wollte Frau Kloppke wissen.

»Er, äh, unser Junge, er ist sensibel. Die Art und Weise, wie er malt und zeichnet … Das passt nicht zu einem Schläger.«

»Samuel Little hat von seinen Opfern auch sehr hübsche Aquarelle angefertigt«, sagte Arne.

Ich wusste nicht, wen er meinte. Wilma schon. Sie fuhr regelrecht aus der Haut und vom Stuhl hoch. »Wollen Sie jetzt ernsthaft meinen Sohn mit dem schlimmsten Serienmörder aller Zeiten vergleichen?«

Arne zuckte mit den Achseln. »Irgendwann fängt es bei allen Psychos mal an.«

Wilma machte Anstalten, Brehmer über die Kitamöbel hinweg an die Gurgel zu springen. Ich hielt sie mit meiner Hand, Frau Kloppke mit Worten auf.

»Bitte, bitte beruhigen wir uns doch alle und atmen einmal tief durch.«

Ihr Vorschlag wurde in etwa so geflissentlich befolgt wie die Aufforderung einer Stewardess: »Bleiben Sie ruhig sitzen, es ist gar kein Problem, dass die Tragfläche brennt.«

Alle riefen, gestikulierten und schwadronierten durcheinander.

So wild, dass es mir unmöglich war, die Kakofonie dahin gehend zu sezieren, wer im Team Arne und wer im Team Hector spielte. Immerhin gab es einige, die zwar die Taten »unseres« Jungen verurteilten, dennoch aber ein Problem damit hatten, wenn ein Kind als Psycho abgestempelt wurde.

Weder Frau Kloppkes Rufen noch ihr wildes Getrommel auf den Tisch halfen ihr, sich Gehör zu verschaffen. Das gelang kurioserweise erst einem Klimpern. Kaum dass sie mehrere Schlüssel mit roten Anhängern vor sich auf den Tisch gelegt hatte, verstummten nach und nach die Anwesenden, und Henriettas Stimme traf wieder auf interessierte Ohren. »Ich schlage vor, dass wir jetzt erst mal unsere Bungalows beziehen und eine Nacht über das Vorgebrachte schlafen.«

Sie deutete auf die Schlüssel. »Wir haben die einzelnen Gebäude nicht extra zugeteilt, da alle baugleich und jeweils für zwei Personen sind. Nehmen Sie sich einfach einen Schlüssel. Die Nummer auf dem Anhänger ist die Hausnummer. Im Schaukasten finden Sie einen Lageplan.«

Ich atmete erleichtert aus. Endlich. Ich konnte erst auf die Toilette. Dann irgendwie abhauen. Der Wahnsinn hatte bald ein Ende.

Frau Kloppke lächelte. Ihr Blick wanderte über die Runde.

»Schön. Sie können ja schon mal auspacken und sich frisch machen.«

Sie machte eine Pause. Dann sagte sie den bislang für mich verwirrendsten Satz an diesem Abend: »Da fällt mir ein: Ich hoffe doch, Sie alle haben an Ihre Bettlakenkostüme gedacht?«

Kapitel 28

Bettlakenkostüme?

Meine Verwunderung wäre kaum größer gewesen, wenn sie gefragt hätte, ob alle ihre Eimer fürs Trockenangeln dabeihatten. Glücklicherweise half mir die Reaktion des mutmaßlichen Gefrierwagenfahrers weiter.

»Oje.« Frosti kniff die Augenbrauen zusammen, zog die Mundwinkel nach unten und signalisierte so komplett zerknirschte Selbstverachtung. »Unsere Verkleidung für die Nachtwanderung!« Er schlug sich gegen die Stirn. »Hab das Geisterkostüm im Auto liegen lassen.«

»Nachtwanderung?«, flüsterte ich in Wilmas Richtung. War das eine weitere »Team bildende« Schwachmatenidee von Marek gewesen? Dass wir Hui Buh rufend mit einer Bettlakenkapuze überm Kopp bei Stockfinsternis über die Insel huschen sollten?

»Wann geht es denn los?«, fragten die Witzlebens synchron.

»Die Nachtwanderung beginnt eine halbe Stunde nach Einbruch der Dunkelheit. Wir haben also noch etwas Zeit, bevor wir uns alle im Wald auf die Lauer legen.«

»Wie, gehen wir jetzt auch noch auf die Jagd?« Diesmal vergaß ich zu flüstern, weswegen Frau Kloppke meine

Frage zum Anlass nahm, mir eine gepfefferte Standpauke zu halten.

»Herr Schmolke, bei Ihrem Plädoyer gerade keimte in mir die Hoffnung, dass in Ihnen doch noch so etwas wie ein emotionaler, empathischer Mensch steckt. Jetzt erwecken Sie wieder den Eindruck, als ob Sie entweder den Verstand verloren haben oder sich über uns lustig machen wollen.«

»Nichts liegt mir ferner …«, setzte ich hilflos an. Ich hatte keine Ahnung, was ich schon wieder Dummes gesagt haben sollte. Es war ja nicht davon auszugehen, dass die Wörter »Nachtwanderung«, »Geisterkostüm«, »auf die Lauer legen« und »Elternabend« regelmäßig von Lehrerinnen und Lehrern in einem Satz verwendet wurden. Meine Ahnungslosigkeit wurde von nackter Angst abgelöst, als Frau Kloppke sagte:

»Mein Vorschlag: Wir treffen uns«, sie sah auf eine Sportuhr, die Marek ihr an seinem Handgelenk zum Ablesen hinhielt, »sagen wir in dreißig Minuten, um etwas Dringendes nachzuholen, das uns in der Aufregung durchgeflutscht ist: die Abstimmung, wer heute das Protokoll führt! Und gleich danach machen wir uns auf den Weg zu unseren Kindern.«

18

Kapitel 29

Unsere Kinder?, dachte ich mit einem Pfeifton im Ohr. Ein nur für mich hörbares Zeichen mentaler Überlastung. Im ersten Impuls wollte ich schreien. Dann flüstern, damit Frau Kloppke mich nicht schon wieder verbal kreuzigte, doch angesichts der tosenden Geräuschkulisse, die nach ihrem letzten Satz eingesetzt hatte, wäre ich auch nicht verstanden worden, selbst wenn ich brüllte.

Es war, als hätte in einem ausschließlich mit hyperaktiven Kindern gefüllten Klassenzimmer die Schulglocke zur großen Pause geklingelt. Die Bungalows zu beziehen schien keinen Aufschub mehr zu dulden, vielleicht wollten sie auch nur rechtzeitig vor der Protokollführer-Wahl fliehen – auf alle Fälle wurden Stühle und Tische gerückt, Rucksäcke und Taschen geschultert, Türen und Fenster aufgerissen (Letztere für die Frischluft; so verzweifelt, aus dem Fenster in den Wald zu fliehen, war außer mir noch keiner) und der Tisch von Henrietta und Marek gestürmt wie ein Freibierstand auf dem Oktoberfest. Wilma, die sich schneller als ich aus ihrer Schockstarre gelöst hatte, war bereits im Besitz von Schlüssel Nummer achtzehn.

Ich folgte ihr nach draußen, zog sie außer Hörweite derer, die sich um den Schaukasten scharten, um auf dem

Lageplan nach ihrem Bungalow zu suchen, und fragte sie: »Was soll das heißen? Sind die Kinder aus der Klasse etwa hier …?«

»… vor Ort.«

»Und Hector …«

»… hätte niemals erlaubt werden dürfen, hier mitzufahren«, raunzte mich Arne von der Seite an, der im Vorbeigehen zumindest Wortfetzen unserer Unterhaltung aufgeschnappt haben musste. »Wenn's nach mir gegangen wäre, hätte ich Ihren Sohn ausgeschlossen. Mir wird ganz schlecht bei dem Gedanken, dass er in Katharinas Nähe ist, aber Frau Kloppke wollte keine vorgezogene Bestrafung, bevor wir das nicht im Klassenkreis diskutiert und entschieden haben.« Er wedelte mit seinem Zeigefinger vor meiner Nase, der genauso lang und behaart war wie seine Beine. »Aber das sage ich Ihnen: Nach diesem Elternabend wird das Hectors letzter Schulausflug gewesen sein.«

Mit diesen Worten flipflopte er wütend davon.

Wilma lächelte mich an. »Schätze, das war die Antwort auf deine Frage.« Sie formte mit deutlich hübscheren, komplett unbehaarten Fingern Gänsefüßchen in die Luft. »›Unser Kind‹ ist mit uns auf der Insel.«

Unerklärlicherweise schien sie das zu amüsieren. Wäre ich nicht selbst in einer emotional so angespannten Situation gewesen, hätte ich mir ernsthaft Sorgen um ihren Gemütszustand gemacht. Halluzinierte Wilma? Sah sie die Welt anders als ich? Erschien ihr eine Müllkippe als Wildblumenwiese und ein Leichenkühlschrank in der Pathologie als Kuschelbett? Ich gewann zunehmend den Eindruck, dass sie sich umso köstlicher amüsierte, je bedrohlicher das Ausmaß der Katastrophe wurde.

Was dachte sie wohl, wie Hector auf uns reagieren würde, wenn er uns gleich sah? Wenn wir ihm ein fröhliches »Hallo, Sohnemann« zuwinkten, ihn mit einer gewaltsamen Umklammerung in die Arme schlossen und ihm mit einem Taschentuch den Mund zuhielten, damit er nicht um Hilfe schrie?

»Hast du Chloroform im Rucksack?«, fragte ich sie.

»Wozu?«

»Stimmt, das brauchen wir ja nicht. Hector wird den Unterschied zu seinen wahren Eltern gar nicht bemerken. Wir müssen nur sagen: ›Hey, wir sind es doch. Mami und Papi. Komm her, lass dich knuddeln. Wie, du erkennst uns nicht? Ach, menno, stimmt, haben wir glatt vergessen, heute Morgen beim Frühstück zu erwähnen. Deine lieben Eltern waren beim Drive-in-Schönheitschirurgen, das geht ratzfatz, wie gefällt dir unser neues Aussehen?‹«

Sie lachte.

Immerhin, Wilma kam trotz ihrer manischen Fröhlichkeit noch zu logischen Schlussfolgerungen. »Das hier wird eine Kombination von Elternabend und Wochenendklassenausflug sein. Ich gehe davon aus, dass die Schülerinnen und Schüler mit anderen Aufsichtspersonen die Fähre vor uns genommen haben.«

Ich ging zur Gießkanne und nahm die Hortensie wieder an mich. »Ach was. Gut, dass du mich aufklärst. Ich dachte bis eben noch, die Eltern hätten ihre Kleinen in den Rucksäcken versteckt und vor meinen Augen unbemerkt in die Bungalows geworfen.«

Ich nahm ihr den Schlüssel ab und stapfte zum Schaukasten.

»Wo willst du hin?«

»Zuerst zum Bungalow!«

In dem es hoffentlich eine Toilette gab.

Mist, wo zum Geier war die Nummer 18? Natürlich fand ich auf der Karte nur 1 bis 17.

Ich sah auf die Uhr, dafür musste ich die Hortensie von einer Hand in die andere nehmen. »Meine Tochter hat noch gute vier Stunden Geburtstag. Ich mache mich kurz frisch, und dann fahre ich zu ihr.«

Endlich hatte ich die Nummer 18 auf dem Plan gefunden. Eine trockene Staubwolke wirbelte auf, als ich mich auf den Weg machte.

»Du willst also zur Feier deiner Tochter«, rief Wilma mir hinterher. »Wie, bitte schön, willst du das schaffen? Ohne Boot?«

»Das geht einfacher, als du denkst …«, motzte ich sie an, ohne mich umzudrehen.

»Na, das will ich sehen!«, sagte sie, blieb aber dankenswerterweise beim Mehrzweckgebäude stehen. Sonst hätte sie womöglich beobachtet, wie ich mich auf den Weg zu Lara machte.

Und den Anblick wollte ich ihr gerne ersparen.

Niemand sollte einem anderen dabei zusehen müssen, wie er sich das Leben nimmt.

ANRUFEN
0800
1110111
0800-
1110111

Kapitel 30

Sagen Sie jetzt nicht, das hätte Sie überrascht.

Ich habe Ihnen doch schon mit dem ersten Satz einen Hinweis auf meinen Gemütszustand und meine daraus folgenden Pläne gegeben: »*Lassen Sie mich diese Geschichte an der Stelle beginnen, an der sie hätte enden sollen.*«

Genau. Lara, über die ich eigentlich nie reden wollte (auch das hatte ich auf Seite 9 doch sehr deutlich gemacht), feierte heute ihren sechzehnten Geburtstag. Nicht bei uns. Nicht in meiner, vermutlich auch nicht in Ihrer Welt. Sondern irgendwo anders, *hoffentlich.*

Ja, ich bin gläubig, wenn auch – das gebe ich offen zu – erst, seitdem meine Tochter vor drei Jahren gestorben ist. An einem Teelöffel Zimt. Ich habe es bis heute nicht geschafft, mir das Video anzusehen. Anders als etwa eins Komma zwei Millionen Menschen, denn die missglückte Mutprobe ging viral. Lara hatte sie vor laufender TikTok-Kamera gemacht. Was war schon dabei? War doch nur Zimt. Gibt es in jedem Haushalt.

Leider auch in unserem, obwohl – und das ist einer von vielen Gründen für meine nicht enden wollenden Selbstvorwürfe – meine Ex mich inständig gebeten hatte, das »ungesunde Zeugs« wegzuschmeißen. »Zimt schädigt die

Leber«, hatte sie mir wieder und wieder gepredigt, und ich hatte ihre Mahnungen als übertriebene Panikmache abgetan, so wie all die anderen Lebensmittel-Warnstudien, von denen es täglich eine neue gab, die einer früheren widersprach. Außerdem hatte ich mir die Weihnachtsstimmung nicht vermiesen lassen wollen und ein kleines Päckchen hinter dem Mehl für meine Streuselschnecken versteckt, wo es bis zum Sommer stehen blieb und ich es völlig vergaß. Fünfzehn Gramm davon hatten gereicht, und Lara musste so husten, dass das feine Pulver in ihre Atemwege gelangte. Was viele nicht wissen: Zimt ist biologisch nur schwer abbaubar und trocknete buchstäblich Laras Luftröhre aus. Sie erstickte schneller, als ihre beste Freundin Hilfe holen konnte.

Ha, ha, ha, ha … staying alive. Auch Frau Tsui hätte da nichts mehr machen können. Ein verdammter Teelöffel, und ich hatte alles verloren, was mir im Leben etwas bedeutete: meine Tochter, meine Frau, die mich direkt nach der Beerdigung verließ, meinen Lebenswillen.

Wenn Sie jetzt sagen: »Mensch, das hätten Sie doch auch schon mal früher sagen können«, antworte ich: »Was zum Geier dachten Sie denn, hatte ich mit dem Ledergürtel vorgehabt, der mir, wie ich ausdrücklich erwähnte, im SUV um den Hals schlackerte?«

Ich bin zwar keine Hohlbirne, was technische Abläufe betrifft, hab aber keine Ahnung, wie man einen Fahrerairbag ausschaltet. Mein Plan war es gewesen, den gestohlenen Geländewagen unangeschnallt gegen den Pfeiler einer stillgelegten Bahnbrücke zu lenken. Mein Plan war es *nicht*, vom Airbag aufgefangen, danach an blinkenden und piepsenden Geräten angeschlossen auf der Intensivstation aufzuwachen, die meinen Zustand als atmendes Gemüse bis in alle Ewigkeit verlängerten. Ein um den Hals gewickelter, mit der Kopfstütze verbundener Gürtel hätte bei einem Aufprall mit Tempo achtzig für klare Verhältnisse gesorgt.

Und ja, klar. Der Brief, den ich hatte schreiben wollen und dessen erste Zeilen ich in dem SUV aus bekannten Gründen liegen gelassen hatte, war ein Abschiedsbrief.

Gut, der Hinweis mit meinem Anzug war vielleicht etwas subtil. Es gibt Suizidenten, die ziehen sich für den besonderen Anlass etwas Besonderes an. Ich falle wohl in diese Kategorie. Und die blaue Hortensie zählt zu Laras Lieblingsblumen. Unter gar keinen Umständen durfte ich mein Geschenk aus der Hand geben. Sicher, die Wahrscheinlichkeit, dass ich sie Lara im Jenseits irgendwo übergeben konnte, war gering. Andererseits: Wie wahrscheinlich war es, dass jemand, der so kaputt und beschädigt war wie ich, ein so wunderschönes, vollkommenes Lebewesen zuwege gebracht hatte? Gott, Sie hätten sie sehen sollen. Allein die Art, mit der Lara den Nachbarsjungen getröstet hatte, wenn der im Hof mal wieder vom Puky-Rad gefallen war. Das hätte Ihnen alles gesagt. Wenn Sie nur mitbekommen hätten, wie sie ihm die Tränen mit dem Ärmel ihrer Bluse trocknete; wie sie sich nicht zu schade war, ihm mit ihren zarten Klavierspielerinnenfingern die Rotze aus dem Gesicht zu wischen und dabei dieses bescheuerte »Aramsamsam« zu singen, was den Kleinen sofort tröstete – es hätte Ihnen gezeigt: Da war jemand, der so anders war als so viele Idioten, die sehr viel Schlimmeres als nur einen Teelöffel Zimt zu sich nahmen, die sehr viel ignoranter und egoistischer durchs

Leben gingen und noch immer weiterleben durften. Menschen wie ich.

Mir ist klar, dass Sie meine drastische Entscheidung jetzt nicht verstehen können. Und das ist auch gut so. Können Sie meine Lebensmüdigkeit jedoch nachvollziehen, muss ich Sie bitten, sofort diese Nummer anzurufen: 0800 1110111

Denn dann sind Sie ähnlich hilfebedürftig wie ich und brauchen eine vertrauenerweckende Stimme der Telefonseelsorge.

Wenn Sie aber zu der Mehrheit derer zählen, die sich jetzt fragen: »Wieso wählt er keinen anderen Ausweg?«, dann sage ich Ihnen: »Herzlichen Glückwunsch. Sie sind gesund.« Zumindest leiden Sie nicht an meiner mentalen Krankheit. Sie können nicht nachempfinden, wie es ist, Tag für Tag in einer dunklen Nebelwolke durchs Leben zu waten. Sich wie ein Schwamm zu fühlen, der, wie sehr man ihn auch auszudrücken versucht, die Schwermut nicht aus sich herauspressen kann.

Ich will nicht sterben. Ich fürchte das Leben nur mehr als den Tod. Das ist ein wesentlicher Unterschied, den ich Ihnen – glücklicherweise – vielleicht nie werde begreiflich machen können.

Wenn Sie bei der Nachricht, dass sich wieder einmal ein Prominenter das Leben genommen hat, die Frage stellen: »Wieso denn bloß, der war reich und berühmt und hatte doch alles?«, beglückwünsche ich Sie ebenso. Sie sind naiv und unwissend, ja. Aber das schützt Sie. Natürlich würden Sie niemals zu einem Mann mit einer akuten Blutvergiftung sagen: »Wieso machst du das? Gibt es keinen anderen Weg für dich, als hier leidend im Krankenhaus zu liegen?« Sie würden keinen Asthmakranken auffordern, mit dem Husten aufzuhören, weil sein Tag doch heute eigentlich ganz schön gewesen war. Sie würden niemals einem Krebspatienten sagen, er solle sich einfach mal zusammenreißen, das Wetter sei doch so herrlich. Nun, ich leide unter seelischem Krebs. Ich habe jede Therapie versucht, das schwöre ich. Ich kann mich nicht einfach zusammenreißen. Und wie ein Gelähmter kann ich nicht einfach aus dem Rollstuhl aufstehen und den Marathon des Lebens weiterlaufen. Wie gesagt, Sie müssen das nicht verstehen. Ich bete sogar, dass Sie das nicht tun und Ihnen nichts widerfahren ist, was Sie das Leben nicht als das wertvollste aller Güter schätzen lässt.

Nur bitte ich Sie, mich nicht zu verurteilen auf meinem Weg, der mich in diesen letzten Sekunden rasch noch einmal in den Bungalow führte in der Hoffnung, dass Wilma sich etwas Zeit damit lassen würde, mir zu folgen. Denn ja, auch das mag seltsam anmuten: Zu dem Wunsch eines todgeweihten Menschen, die Dinge vor seinem Ableben bestmöglich zu regeln und mit sich und allem im Reinen zu sein, zählt auch, alle irdischen Angelegenheiten zu einem ordentlichen Ende zu führen.

Sprich: das letzte Geschäft auf Erden in Ruhe auf einer ordentlichen Toilette zu verrichten.

POMMES

Kapitel 31

ZUR SELBEN ZEIT
BERLINER FESTLAND
KOSCHNICK

Die SMS von einer unbekannten Nummer ging ein, als Koschnick gerade das letzte Stück Currybulette kaute. Vermutlich kam sie von einem Wegwerfhandy wie dem, von dem der Polizist die eingehende Nachricht ablas. Der flüchtende Komplize der Joggerin hatte es mitsamt Sakko und Brieftasche im Wald entsorgt und damit den Boden für den Schlamassel bestellt, in den Trottel-Tratto sie hineinmanövriert hatte. Von der Frau fehlte jede Spur. Aber immerhin war dank Ausweis im Portemonnaie die Identifizierung des männlichen Täters ein Kinderspiel gewesen: Sascha Nebel. Ein Sechsunddreißigjähriger mit einer Strafakte, die seltsamerweise erst in der jüngeren Vergangenheit die ersten Einträge bekommen hatte und nicht wie bei den meisten Kriminellen schon vom ersten Schultag an gefüllt worden war.

»Was gib neuer Erkenntnis?« Die SMS war in hanebüchenem Deutsch verfasst, aber wenigstens nicht in kyrillischen Buchstaben.

»Sind dran«, antwortete Koschnick schnell, dann drehte er sich am Stehtisch zum Geräusch schlurfender Stiefel hinter ihm.

Na endlich!

»Schön, dass du dir nicht noch länger Zeit gelassen hast, dann wär ich nämlich in Rente«, schnauzte Koschnick den Polizeianwärter Tratto an. Sie hatten sich vor einer Stunde an Frankys Curry Station am Theo verabredet, und mittlerweile hatte er so ziemlich alles von der Speisekarte durch, was man für eine gepflegte Herzkranzverfettung so brauchte.

Ihr Tisch stand als einziger isoliert am hinteren Ende der Imbissbude und bot die unspektakuläre Aussicht auf einen Taxistand. Hier waren sie ungestört, und niemand konnte sie bei der anstehenden »Polizeibesprechung« belauschen.

»Sie meinen Pension«, sagte Tratto.

»Hä?«

»Wir als Beamte werden pensioniert und nicht verrentet … Aua.«

War doch immer wieder schön, von jemandem mit erfolgreicher IQ-Diät in der Öffentlichkeit korrigiert zu werden.

»Jetzt ist Ketchup in meinem Haar«, beschwerte Tratto sich über die Kopfnuss.

»Dann bestell dir Pommes dazu.« Koschnick lachte. »So, was hast du für mich?«

Noch am Tatort hatte er die Arbeitsteilung geregelt. Er selbst werde sich um die Einsatzstrategie kümmern, Tratto werde den Rest übernehmen, also im Grunde alles von der Recherche bei Holiday-Charter über die Auswertung des Sakko-Inhalts bis hin zur nochmaligen Untersuchung des zerstörten Wagens. Immerhin hatte der tschetschenische Mafioso was von »Ware« erzählt, die der laut Ausweis auf den Namen »Sascha Nebel« hörende Anzugtyp für ihn besorgen sollte.

»Ich hab mit denen von Holiday-Charter gesprochen. Der Bus ist zum Parkplatz Havelchaussee gefahren.«

»An den Wannsee?«

»Ja. Ist von der Sokrates-Schule für einen Eltern-Lehrer-Kind-Elternabend angemietet worden.«

»Was soll das sein?«

Eine lärmende Hupe unterbrach ihr Gespräch. Der Besitzer eines Kleinstwagens hatte es gewagt, sich an die hinterste Stelle des verwaisten, hundert Meter langen Taxistands zu stellen, und wollte gerade aussteigen. Der einzige sich nähernde Taxifahrer hätte ihn seinem Gesichtsausdruck nach am liebsten mit einer Schallkanone vom Stand Richtung Reichsstraße weggeblasen.

»Das hat die Dame von der Busvermietung auch nicht so genau gewusst«, sagte Tratto, als die Hupe nach gefühlt zehn Minuten erstarb. »Anscheinend verbringen die Eltern gemeinsam mit ihren Kindern eine Nacht auf Schilfwerder in einer Freizeiteinrichtung. Das verbinden die dann gleich mit einem Elternabend. Klingt irgendwie spannend.«

»Für Masochisten vielleicht.« Ein Elternabend war ja schon Horror. Und zudem die Bälger dabei? Da würde er eine Woche Einzelhaft in der Revierzelle vorziehen.

»War da noch was in der Karre?«

»Ja. Hier.«

Tratto räumte eine Cola und mehrere Pappschachteln zur Seite und schüttelte den Inhalt eines Beweissicherungsbeutels auf dem Stehtisch aus: Feuerzeug, Kondome, Taschentücher, abgelaufene Parktickets, Mundspray, eine leere Energydrink-Dose, Kleingeld …

»Na prima.« Koschnick klatschte in die Hände und sagte übertrieben freudig: »Da haben wir doch das, was der Tschetschene will.«

»Echt?« Tratto grinste glücklich von einem Ohr zum anderen.

»Ja, na klar.« Koschnick sprach jetzt in einem Tonfall, den Tratto absolut verdiente und den er sich von seinem Nachbarn abgeschaut hatte. Der redete mit seinem erblindeten, halb toten Hund auch immer so, als wäre das arme Tier ein Psychiatriepatient.

»Eine leere 25-Cent-Pfanddose. Kenne keinen, der dafür nicht ein Auto zu Brei kloppen und die Polizei bedrohen würde.«

»Ach so, das war ein Scherz.«

Deine Zeugung war ein Scherz, lag Koschnick auf der Zunge. Er schluckte die bissige Bemerkung nur herunter, weil Tratto ihm zuvorkam. »Dann ist der Brief wohl auch nicht wichtig.«

»Was für ein Brief?«

»Eher ein Zettel.«

»Gut, was für ein Zettel?«

»Na ja, es ist eher eine Notiz.«

»Verdammt, und wenn es eine Marmorplatte mit Keilschrift wäre …« Koschnick griff sich eine mayobeschmierte Labberpommes und wedelte mit ihr in Trattos Richtung: »WAS STEHT DRAUF???«

Ein langsam vorbeispazierendes Rentnerpärchen warf ihnen verstörte Blicke zu und ging kopfschüttelnd weiter.

»Das geht auch freundlicher«, maulte Tratto, zog aber

ein in der Mitte mehrfach gefaltetes DIN-A4-Blatt aus der Hosentasche, öffnete es und las vor:

An den, der mich findet:
Es tut mir leid, aber ich konnte nicht anders. Niemand außer mir trägt hierfür irgendeine Verantwortung oder gar Schuld. Ich musste es tun, denn ...

»Das ist alles?«

»Ja.«

»Und was soll das bedeuten?«

»Keine Ahnung. Sieht so aus, als ob der Brief nicht fertig wurde. Oder die Notiz. Oder ...«

»... der Zettel, ja, ich weiß.«

»Aber schauen Sie mal hier.« Tratto hielt Koschnick das Blatt direkt vor die Nase, der es sich instinktiv wie eine lästige Fliege mit der Hand vom Gesicht wischte.

»Was wird das?«

»Haben Sie das Wasserzeichen gesehen?«

Koschnick hielt das Blatt ins Gegenlicht der langsam untergehenden Sonne.

»SN.« Zwei durchsichtig eingeprägte Initialen im Papier. »Und was sagt uns das?«, fragte er Tratto.

»Ich denke, das ist das Briefpapier von Sascha Nebel.«

»Hm. Möglich.« Auch ein lobotomisiertes Huhn fand ja bekannterweise mal ein Korn.

»Also hat unser Verdächtiger, der für den Tschetschenen eine Ware besorgen soll, diesen Brief verfasst«, sagte Koschnick. Aber wo war da die Logik? Seine Komplizin zerstört die Karre von diesem Arnold, und Sascha Nebel schreibt Entschuldigungsbriefe?

Nach dem Motto: *Du, sorry, dass du jetzt einen neuen Wagen brauchst, aber ich konnte nicht anders. Und irgendwie hat ja keiner die Schuld, denn … meiner Mittäterin ist einfach die Hand ausgerutscht* … oder wie auch immer diese Brief-Zettel-Notiz weitergehen sollte.

»Vielleicht ist es keine Entschuldigung.«

»Sondern?«

»Ich habe Nachforschungen angestellt. Sascha Nebels Tochter Lara ist heute auf den Tag genau vor drei Jahren gestorben.«

»Woher weißt du das?«

»Ich hab so meine Kontakte«, brüstete sich Tratto.

Eine Sekunde nach diesem Satz steckte er in Koschnicks Schwitzkasten. »Du hast keinen Zugang zum Polizeicomputer, also verrat mir jetzt sofort deine Quellen.«

»Guh…«, stöhnte der Polizeianwärter erstickt.

Koschnick lockerte den Griff. »Was?«

»Google«, keuchte Tratto.

Ach so. Das gab's ja auch noch.

»Okay, was weißt du noch?«

Sein Kollege rieb sich den Hals und räusperte sich. »Lara wäre heute sechzehn geworden. Die Zeitungen haben das Drama damals groß ausgeschlachtet. Ihre große Feier wäre erst am Wochenende gewesen. Sie hing nach der Schule nur kurz bei einer Freundin ab, bevor sie später mit ihren Eltern ins Kino wollte. Doch dazu ist es nicht mehr gekommen. Denn bei der Freundin waren noch andere Mitschüler, und die kamen auf die Idee, Lara für eine Mutprobe einen Löffel Zimt essen zu lassen.«

»Wusste gar nicht, dass das Zeug so gefährlich ist.«

»Ja, das ist erst seit einigen Jahren bekannt, dass in Zimt

Phenylpropanoide wie Cumarin drin sind, die starke gesundheitsschädigende Wirkungen …«

Koschnick ballte die Fäuste. »Wenn du nicht *meine* starken gesundheitsschädigenden Wirkungen erleben willst, dann schlage ich vor, du vertrödelst unsere Zeit nicht mit auswendig gelernten Wikipedia-Artikeln. Sie hat also Zimt gegessen und ist daran gestorben?«

»Ja.«

»Weil ihre Mitschüler sie dazu angestiftet haben?«

»Ja.«

»Verdammt.«

»Ja, so sinnlos«, stimmte Tratto ihm zu. »Da stirbt jetzt zwar nicht jeder dran, aber Zimt bündelt den Speichel und …«

Koschnick unterbrach ihn. »Das meine ich nicht. Ich meine, klar ist das tragisch. Aber noch schlimmer ist der Brief.«

»Wieso?«

»Mann, Mann, Mann … alles muss man selber machen! Du hast die Hinweise auf dem Silbertablett und kannst nicht eins und eins zusammenzählen?«

Tratto zuckte hilflos mit den Achseln, also klärte Koschnick ihn auf: »Diese Lara hat heute Geburtstag. Sie ist wegen ihren Mitschülern gestorben. Also wegen Schulkindern. Und wohin ist ihr Vater am Geburts- und Jahrestag des Todes gerade unterwegs?«

»Zu einem Elternabend!«

»Auf dem Weg zu Kindern einer Schule. Radikalisiert von der tschetschenischen Mafia. Das hier«, er wedelte mit Sascha Nebels Papier, »ist keine Entschuldigung. Das ist ein Abschiedsbrief.«

»Oh, Gott, er wird doch nicht …«

»Doch. Er will sich rächen. Und so viele Kinder wie möglich mit in den Tod nehmen.«

»Himmel, wir müssen Unterstützung anfordern«, sagte Tratto.

»Damit wieder andere die Lorbeeren einsacken? Quatsch, wär doch gelacht, wenn wir den Anschlag nicht alleine verhindern könnten. Wo, sagte die Reisebustante noch mal, sind die mit dem Bus hingefahren?«

Kapitel 32

SCHILFWERDER

Was für eine Wohltat!

Die Bungalows mochten von außen wie renovierungsbedürftige Pförtnerhäuschen wirken. Im Inneren aber war einiges an EU-Fördergeldern verbaut worden. Es sah zwar nicht aus wie in einem Fünfsternehotel, aber zumindest das Interieur war tadellos und neu: ein Etagenbett, bunte Sofawürfel und eine gebogene Standlampe füllten den frisch gewischten Laminatboden des kombinierten Wohn- und Schlafzimmers. Das Bad in Nummer 18 war einfalls-, aber nicht geschmacklos hell gefliest, mit bodentiefer Dusche und Wandspülbecken ausgestattet und – das war die Hauptsache – groß genug dimensioniert.

Nachdem ich mich im wahrsten Sinne des Wortes erleichtert und mir die Hände gewaschen hatte, dachte ich darüber nach, welche Möglichkeiten es auf der Insel gäbe, um mein Zusammentreffen mit Lara möglichst schnell und schmerzfrei zu arrangieren. Als Erstes platzierte ich die Hortensie im Waschbecken. Dann ging ich ins Wohn-/Schlafzimmer des Bungalows und – schrie auf, wähnte ich mich doch mit einem Mal unfreiwillig in einer Probe für die Neuverfilmung von »Das Schweigen der Lämmer«, diesmal mit weiblichem Hannibal Lecter.

Vor mir stand Wilma. Zumindest war sie es mit einiger Wahrscheinlichkeit. Ich erkannte sie weder an ihrer Stimme noch an ihrem Gesicht, mutmaßte aber rasch, dass niemand anderes so schnell die brombeerfarbenen Yogahosen und das »Save our Planet«-Shirt mit ihr getauscht haben durfte. Der Grund, weshalb ich mir dennoch nicht hundertprozentig sicher war, wer da in Zimmer Nummer 18 vor mir stand, war die Tatsache, dass der Kopf der Dame mit Malerkrepp-Klebeband umwickelt war. Ihr Mund war verschlossen. Sie war sozusagen stumm geklebt. Ach ja, womöglich ist das Detail auch nicht ganz unwichtig, um das Bild zu komplettieren: Sie stand neben ihrem geöffneten Rucksack in einem Berg zerkrumpelter Herrenunterhosen.

»Was ist passiert?«, fragte ich.

»Hmhmhm!«

Ich sah mich um, konnte aber keine Geiselnehmer erkennen, die sich Wilma ausgesucht hatten, um was auch immer zu erpressen.

»… Nickerchen machen«, hörte ich sie keuchen, als ich mich wieder zu ihr umdrehte. Sie hatte den Klebestreifen des Knebels auf einer Seite abgelöst und hielt ihn wie die Hälfte eines Pflasters, das man nur kurz angehoben hat, um den Wundheilungsprozess darunter zu begutachten.

»Wie bitte?«, fragte ich in der Hoffnung, eine Erklärung für die Gesamtsituation zu erhalten.

Sie aber sagte nur: »Ich mache jetzt einen Powernap.«

»Äh …«, warf ich geistreich ein.

»Ja. Viertelstunde. Gibt nichts Besseres als einen Erfrischungsschlaf, um die Pause zu nutzen.«

»Das mag sein. Aber wieso knebelst du dich dafür?«

»Ach so, ja, ganz einfach: Ich schnarche. Es hört sich echt widerlich an. Ich will nicht, dass du das mitbekommst.«

»Aha.«

»Und das hier ist die Lösung dagegen.«

Es sieht eher aus wie die Lösung meiner *Probleme,* dachte ich.

Wilma machte Anstalten, auf die obere Etage des Hochbetts zu klettern.

Ich schüttelte ungläubig den Kopf: »Also, nur damit ich es nicht falsch verstehe: Es gibt auf der Welt einen Antischnarchmarkt, auf dem Milliarden umgesetzt werden. Mit Produkten wie Nasenzäpfchen, Gaumenschienen, Schlaf- und Hypnoseseminaren, chirurgischen Eingriffen, Besser-Atmen-Sprays, Nachtkapseln und was weiß ich alles … und du willst mir sagen, das ist alles Quatsch. Man braucht nur ein 2,99-Euro-Tape aus dem Baumarkt, wickelt sich das um die Birne, und schon hört das Gesäge auf?«

»Weil man dann nur noch durch die Nase atmet. Genau.«

Sie lächelte mir auffordernd zu: »Solltest du auch machen.«

»Ich schnarche nicht.«

»Ganz egal. Wir Menschen sollten generell von Mund- auf Nasenatmung umstellen. Wer mit offenem Mund schläft, ist infektanfälliger. Bei der Nasenatmung wird die Luft befeuchtet, erwärmt und gefiltert, das ist viel gesünder: Daher gibt es in Apotheken sogenannte Mouth-Tape-Pflaster.«

»Die du leider nicht dabeihast.«

Sie nickte. »Nee, nur die dreckige Unterwäsche meines Mannes. Die wollte ich ihm eigentlich in den Briefkasten seines Flittchens stecken. Wenn die mit ihm bumst, kann sie auch seine Schlüpper waschen, finde ich.« Sie zuckte mit den Achseln. »Mit dem Tape wollte ich den Briefkasten zukleben, damit nichts rausfällt. Na ja, ist irgendwie anders gekommen.«

Ach, was du nicht sagst.

»Musst mich nicht wecken, ich hab ne innere Uhr.«

Wohl, um zu verhindern, dass ich sie mit Fakten nerven könnte, die ihr Hausmittel zumindest in Zweifel zogen (wie etwa, dass mit ihrer Methode nicht das Gaumenzäpfchenflattern verhindert werden kann), presste sie sich das Klebeband wieder fest ans Gesicht, kletterte die Leiter des Etagenbetts hoch und legte sich hin.

Sie war eingeschlafen, bevor ich den Fehler machte, auf das Klopfen an der Tür unseres Bungalows zu reagieren.

Kapitel 33

Passt es gerade?«

Mathias Brincks' Kopf steckte in einem Schwarm winziger Fliegenviecher, die sich unter der leuchtenden Außenlampe im Eingang sonnten. Eigenartigerweise schien ihn das nicht zu stören. Während ich wild mit der Hand wedelte, um sie zu verscheuchen, lächelte er mich seelenruhig und erwartungsfroh an.

»Wofür?«

»Sie wollten doch mal nachsehen.«

Ach ja, das Diktiergerät.

»Also, äh …«

Indem ich ihm auf den Fuß trat, versuchte ich Matze subtil zu verstehen zu geben, dass ich am liebsten gemeinsam mit ihm nach draußen gehen würde. Doch der Hotelier rückte keinen Millimeter zurück. Im Gegenteil.

»Wo wollen wir denn?«, fragte er und schob sich an mir vorbei.

Hektisch schaffte ich es, die Zimmertür zu schließen. Bei meinem Glück hätte er Wilma geknebelt und stöhnend auf dem Hochbett gesehen und die Polizei gerufen. Oder seiner aufgeschlossenen Ehefrau Bescheid gesagt, dass sie rüberkommen solle, weil die SM-Party der Schmolkes schon in vollem Gange wäre.

»Gut, dann also im Bad«, kommentierte Matze die verschlossene Zimmertür. »Ist eh mehr Licht.«

Mir blieb nichts übrig, als seinen zielstrebigen Schritten zu folgen.

»Hübsch hier, oder?«, fragte er und sah sich um.

»Ja, kann man so nennen«, antwortete ich, Meister des Small Talks. Zu meiner Verteidigung muss ich sagen: Weder gehe ich oft mit Zufallsbekanntschaften aufs Klo, um mich dort mit ihnen zu unterhalten. Noch öffnen diese dann unvermittelt den Gürtel ihrer Jeans.

»Müssen Sie mal?«, fragte ich ihn hoffnungsvoll. Alle anderen denkbaren Begründungen, die mir für sein Verhalten in den Sinn kamen, waren weitaus weniger angenehm.

»Ist das notwendig vorher?«

»Vor was?« Jetzt lag etwas Angst in meiner Stimme.

»Vor der Behandlung.«

Er fingerte an den Knöpfen seines Hosenstalls herum.

»Ich dachte, es geht um ein Diktiergerät?«, fragte ich naiv.

Matze lachte. »Ja, sagte ich doch.« Er griff sich in den Schritt. »Wie heißt das Tier mit dem riesigen Rüssel?«

»Elefant?«, fragte ich, und Panik durchflutete mich.

Elefant = großer Rüssel = dickes Tier = …

»Nein!«, hauchte ich erstickt, während Matze die Hose zu den Knöcheln sinken ließ.

Bitte nicht auch das noch.

Mir sackte die Kinnlade runter. Mein Mund blieb mir offen stehen. So schmerzhaft weit aufgerissen, dass ich mir gewünscht hätte, Wilmas Mouth-Tape in Reichweite gehabt zu haben – oder wenigstens das Kreppband.

Ich war mir nicht sicher, ob er sich vor mir vollständig entblößt hatte, weil ich panisch die Augen zupresste, aber seine Worte legten es mir nahe:

»Schauen Sie bitte mal hier. Ich zeige Ihnen das nur im Vertrauen, ja? Kann das was Schlimmes sein?«

Ich blinzelte kurz.

»Öh ...«

Ja. Ja, das ist etwas Schlimmes. Und zwar für mich.

Weniger die Tatsache, dass ein nackter Mann vor mir stand. Ähnliche Anblicke sind jedem Kerl, der schon einmal in einem öffentlichen Pissoir zufällig zur Seite geblickt hat, nicht völlig fremd.

Nur hat mir in den seltensten Fällen dabei jemand die Pranke auf die Schulter geschlagen und mich zu einer besseren Begutachtung seines Geschlechtsteils in die Sitzposition auf dem Klodeckel gezwungen.

»Sehen Sie da unten was?«

Nein. Ich hielt die Augen wieder fest geschlossen. Und nein, das hatte nichts mit Homophobie zu tun. Sicher, ich war so langweilig heterosexuell, dass es krachte, dennoch erfüllte mich die Vorstellung zweier Männer, die sich einvernehmlich nähern, einander sinnlich begegnen und sich begehren, mit Freude. So wie es mich immer freute, wenn ich auf gegenseitige Liebe, Begierde und Zuneigung traf, egal zwischen welchen Vertretern welchen Geschlechtes. Nur hatte diese Situation hier weder mit Sex und Liebe zu tun, noch war sie einvernehmlich – und das war es, was mich zutiefst beschämte. Ich hatte Matze angelogen. Und weil er mich wegen meiner Lügen für Dr. Lutz Schmolke hielt, ergo eine zur Verschwiegenheit verpflichtete, hochprofessionelle Vertrauensperson, vertraute er mir bedenkenlos ein sehr, sehr intimes Geheimnis an.

»Wissen Sie, ich war nicht ganz artig. Könnte das ein Puff-Souvenir von vor zwei Wochen sein?«

»Hm, schwer zu sagen«, krächzte ich zu ihm hoch.

»Ich hab gegoogelt. Also, wenn man die Bilder vergleicht, dann sieht das für mich nach, äh, na kommen Sie, wie heißt das?«

»Ähh …«

»Na, Dingsda, Sie wissen schon …«

»Öhm.«

»Sehen Sie jetzt aber nicht so, Doktor?«

»Na ja …«

»Vielleicht sollten Sie näher rangehen.«

»Äh nein, ich …«

Ich tat eher das Gegenteil und rutschte zur Seite blickend auf dem Klodeckel zurück. Pech gehabt, dafür kam Matze halt näher.

»Vielleicht ist es ja auch nur ne Allergie?«, fragte er hoffnungsvoll. »Neurodermidingsbums.«

»Tja …«

Es mochte vielleicht irgendwo auf der Welt einen Arzt für Haut- und Geschlechtskrankheiten geben, der noch unfähigere Diagnosegespräche führte als ich, aber ich bezweifelte es stark.

»Sie haben nichts dabei?«

»Was denn?«

»Eine Creme. Ein Mittel. Ein Antibiotikum.«

»Leider nein.« Ich hatte noch nicht einmal Wechselunterwäsche, es sei denn, ich wollte die benutzten Buxen von Wilmas Mann auftragen.

»Kommen Sie. So ein Doc wie Sie, der ist doch nicht ohne Munition auf Reisen. Irgendwas müssen Sie in Ihrem Arztkoffer haben …«

»Ich bin nicht davon ausgegangen, dass das nötig sein würde«, sagte ich, und das entsprach der Wahrheit. Wie hätte ich auch? Im Grunde sprengte die Entwicklung, die der Tag genommen hatte, in jeglicher Hinsicht meine Vorstellungskraft. Aber wer weiß, vielleicht hätte ich nur mein Tageshoroskop lesen müssen, und in dem stand tatsächlich: *»Liebe Waage-Geborene, Sie müssen heute damit rechnen, dass Ihre suizidalen Vorbereitungshandlungen darin münden, dass Sie auf dem Elternabend einer Ihnen völlig fremden Schule die Geschlechtsteile unbekannter Männer abtasten werden. Viel Spaß dabei.«*

»Gut, dann stellen Sie mir wenigstens ein Rezept aus.«

»Ich habe auch meinen Block nicht dabei. Wirklich.« Ich tat so, als würde ich meine Taschen durchsuchen, und stand auf. In dieser Sekunde geschahen nacheinander drei folgenschwere Dinge, die für sich allein betrachtet relativ harmlos waren, auch wenn die meisten tödlichen Unfälle im Haushalt geschehen. Ereignis Nummer eins war nämlich: Ich rutschte beim Aufstehen auf einem Blatt Dinoklopapier aus, das mir seit meiner Toilettenakrobatik im Mehrzweckraum noch immer am Hacken klebte, und sackte schmerzhaft auf die Knie zurück.

Ereignis Nummer zwei: Die Badezimmertür öffnete sich.

Wilmas Powernap war vorbei. Oder sie schlafwandelte. Dafür sprach, dass ihr Kopf noch immer mit Kreppband umwickelt, der Mund also weiterhin geknebelt war. Dagegen sprach, dass sie die Augen weit aufriss, als sie mich vor Matzes Penis knien sah.

Ereignis Nummer drei verleitete auch Matze dazu, einen bereits von mir panisch gekeuchten Satz zu wiederholen. Denn nun hatte sich auch noch die Eingangstür geöffnet, und Susi erschien auf der Schwelle zu Bungalow Nummer 18. Mit einem guten Blick auf mich (halb kniend), ihren Mann (untenrum nackt) und Wilma (nach perfekter Fetisch-Art geknebelt).

Ach ja, der Satz lautete natürlich:

»Das ist jetzt nicht das, wonach es aussieht.«

NICHT
BETRETEN

Kapitel 34

Raus hier. Nichts wie weg.

Selten hatte ich mein Ziel klarer vor Augen gesehen als heute. Und selten war ich auf meinem Weg so oft falsch abgebogen.

Allein der von mir geplante SUV-Abgang mit dem Ledergürtel. Viel zu kompliziert. Wieso nur hatte ich nicht etwas Einfacheres gewählt als diesen martialischen Exitus?

Als Strafe, ganz sicher. Dafür, dass ich im Leben alles gehabt und doch noch viel mehr verloren hatte, wollte ich mir mein Ende nicht leicht machen. Auf meinem Weg ins Jenseits hatte ich mir noch einen letzten Arschtritt verpassen wollen. Doch wenn ich schon kein eigenes Auto hatte, wieso hatte ich mir dann für meine letzte Reise keinen Wagen gemietet, sondern mich auf diesen hirnlosen Möchtegern-Tschetschenen eingelassen? Nur, weil ich noch kleinere Schulden bei ihm hatte? Die hätten mir nun wahrlich gleichgültig sein können.

Und wieso bin ich ausgerechnet der Irren hinterhergerannt, die sich nach einer erschöpfenden Keulenattacke auf den Wagen ihres Mannes gerne mal mundgeknebelt ein Nickerchen gönnte?

Was hatte mich davon abgehalten, einfach klar Schiff zu machen und bei der erstbesten Gelegenheit der Elternschaft zu verkünden, dass ich weder Lutz Schmolke bin noch Vater eines kurz vor dem Schulverweis stehenden Kindes mit Hundevornamen?

Während ich die Hortensie aus dem Waschbecken nahm, aus dem Bad von Nummer 18 stürmte und bei einsetzender Dunkelheit über die Insel marschierte, musste ich über die Antwort auf all diese Fragen nicht lange nachdenken. Es war die Antwort auf fast alle Fragen, die sich auf Fehlentscheidungen in meinem Leben bezogen: »Weil du schwach bist, Sascha. Ein feiger, schwacher, konfliktscheuer Mensch, der es immer allen recht machen will.«

Das habe ich, wie bereits erwähnt, als kleiner Junge von meinen Eltern gelernt. Sie hatten sich so oft gestritten, dass ich dank meiner Empathie-Antennen die Vorboten ihrer Auseinandersetzungen schon am Horizont aufziehen sehen konnte, lange bevor Mama und Papa selbst merkten, dass sie wieder einmal auf eine Schreierei mit zerschlagenem Geschirr zusteuerten. Und ja, natürlich hat es mir ein völlig überhöhtes Selbstwertgefühl gegeben, zu wissen, dass ich, der kleine Sascha, ein Mensch war, der aufgrund dieser Gabe die häuslichen Gewaltausbrüche ablenken konnte. Ich entwickelte Blitzableiter-Allmachtsfantasien. Schnell stellte ich mir nicht mehr die Frage, was ich eigentlich vom Leben wollte. Ich überlegte nur noch, ob meine Wünsche, meine Worte und mein Verhalten dazu geeignet waren, meine Eltern zu besänftigen. Mein Selbstwertgefühl stieg umso mehr, je weiter ich mich von mir selbst entfernte.

Und nun habe ich den Salat.

Menschen, die mich mögen, loben im Allgemeinen meine diplomatischen Fähigkeiten und meine Kunst, selbst zwischen den größten Streithähnen zu vermitteln. In meinem Freundeskreis gelte ich als angenehmer, respektvoller Zeitgenosse.

In Wahrheit bin ich ein Heuchler. Ich lächle, wenn mir zum Weinen zumute ist. Ich lobe, wo Kritik angebracht wäre, und ich halte den Mund, wenn ich weiß, dass meine Meinung ohnehin nichts ändert, außer dass der andere sich schlecht fühlt, wenn ich sie äußere. Gut, ich bin nicht Gandhi. Wenn mir jemand doof kommt, dann beiße ich auch schon mal zurück, siehe meine Manipulation von Arnes Musikauswahl. Aber selbst bei meinen Gaunereien versuche ich eine Robin-Hood-Maske aufzuhaben (im übertragenen Sinne gemeint, ich laufe jetzt nicht mit einem albernen Jägerhütchen durch den Wald).

Überhaupt trage ich sehr oft Masken. Nicht nur eine, sondern täglich wechselnde, je nachdem, wohin ich gehe und mit wem ich kommuniziere. Spreche ich mit tätowierten Hertha-Ultras in der U-Bahn, verfalle ich in Berliner Straßenjargon, treffe ich auf eine Juraprofessorin, benutze ich lateinische Redewendungen wie »ne bis in idem« oder »conditio sine qua non«. Ich will gemocht werden, und daher spiegle ich das Verhalten meiner Gesprächspartner und formuliere meine Gedanken so, dass sie niemanden vor den Kopf, sondern überall auf Zustimmung stoßen. Im Grunde ist an mir ein perfekter Politiker verloren gegangen, der auf jedermanns Stimmenfang ist. Aber wie heißt es so schön: Jedermanns Liebling ist irgendwann jedermanns Arschloch. Mochten die meisten

Mitmenschen noch nicht angefangen haben, mich zu hassen, ich tat es schon länger.

Wie gerne würde ich mal in einen Schwarz-Weiß-Modus schalten: einfach die Meinung raushauen, unreflektiert, ohne diese ewige Rücksicht auf die Gefühle von Menschen, die mir im Grunde doch egal sein konnten.

Und da meine ich keine grundlosen Beleidigungen oder gar die Aufgabe jeglichen Taktgefühls. Man muss ja nicht komplett ungefiltert sagen, was einem gerade durch den Kopf schwirrt (das tun schon genügend Trolls im Internet). Aber es ist eine Sache, jemandem, der dich zu seinem Fünfzigsten einlädt, zu sagen: »Ich hab dich schon immer für einen Langweiler gehalten, und wenn ich gezwungen bin, den Abend mit deinen noch langweiligeren Freunden zu verbringen, werde ich garantiert nicht so alt werden wie du«, und eine andere, eine freundliche, aber eindeutige Absage zu formulieren. Wie etwa: »Tut mir leid, da habe ich keine Zeit.«

Noch heute bewundere ich meine Schwester dafür, wie sie ihren ersten Mann verlassen hat. Der sagte nämlich aus heiterem Himmel zu ihr: »Du bist viel zu blöd, dein Leben alleine geregelt zu bekommen. Wenn ich sterbe, Nikki, dann wirst du dich ganz schön umschauen.« Ich hätte meine Frau auf eine solche Bemerkung hin einfühlsam gefragt, was sie so wütend auf mich gemacht habe. Nikki hingegen antwortete ihrem Jetzt-Ex-Mann lässig: »Du, ich hab mich schon umgeschaut. Du musst nur noch sterben!«

Ach, Nikki. Wenn es auch nicht viel gibt, aber dich werde ich vermissen.

Der Weg zu meinem letzten Ziel führte mich an der Rückseite des Mehrzweckbaus vorbei, wo ich sowohl Frau Kloppke als auch Herrn Chernizky und der Familie Schlabbeck in die Hände lief. Ausnahmsweise war das mal eine Begegnung, die für das Quartett sehr viel unangenehmer war als für mich.

Die vier hatten sich nämlich die abgelegene hintere Terrasse für ein konspiratives Treffen ausgesucht, und ich bog in einem für sie äußerst ungünstigen Moment um die Ecke. Die Herrschaften hatten mich noch nicht bemerkt, alle saßen im Halbkreis mit dem Rücken zu mir auf Winzstühlen, die sie aus dem Mehrzweckraum nach hinten geschleppt hatten. Über ihren Köpfen spendete eine Außenlaterne schwefelgelbes Licht, sehr zur Freude der davon angezogenen Fluginsekten.

Beim Näherkommen sah ich, wie die Gruppe schweigend eine mit Buletten gefüllte Plastikschale kreisen ließ, als wäre sie eine Friedenspfeife.

»Hundert Prozent Rindfleisch« stand auf der Umverpackung des Discounters, wie ich unschwer lesen konnte, als ich nur noch zwei Schritte entfernt war.

Ach, sieh mal einer an.

Die Schlabbecks versorgten die Fleischfresser des Elternabends also heimlich mit nicht veganen Lebensmitteln. Das erklärte womöglich auch Arnes Mettwurst-Mundgeruch.

»Schönen Abend!«, sagte ich laut und erschreckte alle zu Tode. Die Schlabbecks kippten beinahe vom Stuhl, Herr Chernizky schoss hoch, und Frau Kloppke, die gerade versuchte, mehr schlecht als recht die Verpackung hinter ihrem Rücken zu verstecken, hustete erstickt.

»Keine Sorge, ich verrate Sie nicht«, sagte ich.

»Wasch denn?«, mampften die Schlabbecks. Mir war nicht klar gewesen, dass man mit vollem Mund noch schuldbewusster aussehen konnte als mit leerem.

»Äh, das ist rein pflanzlich, das sieht nur so aus«, wollte Frau Schlabbeck mir weismachen.

»Na klar.« Ich lächelte sie an, wollte weitergehen, doch da fiel mir etwas ein. »Ach, wo Sie jetzt hier alle zusammensitzen, kann ich es Ihnen ja sagen.«

»Hhmhm?«

»Wegen der Noten vorhin. Bei der Abstimmung. Ich wollte es nicht unnötig in die Länge ziehen *(hauptsächlich wegen meiner vollen Blase)*, aber Sie liegen alle richtig und falsch zugleich. Das gegenwärtige Notensystem ist genauso blödsinnig wie seine Aussetzung.«

Alle vier sahen mich aus Augen an, die so groß waren, als hätte Walt Disney persönlich sie gezeichnet.

»Sie haben recht, Frau Schlabbeck. Eine Prüfungsnote sagt nur darüber etwas aus, ob jemand in der Lage ist, auf den Punkt eine Leistung zu erbringen. Das ist gut für Hirnchirurgen oder Schwimmweltmeisterinnen, schlecht aber für Menschen wie Architektinnen oder Malermeister, die in der Regel über Jahre hinweg konstante Ergebnisse vorweisen müssen.«

Zustimmendes Nicken von Menschen, die sich alle gewünscht hätten, dass ich mich in Luft auflöste.

»Und Sie, Herr Chernizky, haben auch recht. Wir leben in einer Leistungsgesellschaft, das werden wir so schnell nicht ändern können. Außerdem liegt es in der Natur des Menschen, sich zu vergleichen, auch wenn die wichtigen Dinge im Leben sich jedem Vergleichsmaßstab entziehen. Wer von uns hat den besseren Schlaf, wer mehr Spaß beim Sex, wer hat im Leben mehr geliebt? Dafür gibt es keine Thermometer, Geigerzähler oder andere Messgeräte.«

Die Augen meiner Zuhörer wurden nicht größer, dafür aber ihre Verwirrung darin, besonders, als ich fortfuhr: »Ich will Ihnen kurz etwas von meiner Tochter Lara erzählen.«

»Sie haben noch eine Tochter?«

Der erste zusammenhängende Satz. Er kam von Chernizky.

»Aus erster Ehe«, winkte ich ab. Seltsamerweise konnte ich selbst in dieser Situation nicht aus meiner Haut schlüpfen und wollte jegliche Irritation vermeiden. »Lara hatte große Angst vor ihrer Seepferdchenprüfung. Fürchtete den Tag, an dem der Test stattfinden sollte, obwohl der Unterricht ihr Spaß gemacht hat und es keinen Zweifel daran gab, dass sie vom Beckenrand springen, fünfundzwanzig Meter in Bauchlage schwimmen und einen Plastikreifen vom Boden würde hochholen können.«

Ich kratzte den Mückenstich am Hals, der wieder zu jucken begonnen hatte, als wollte er mich daran erinnern, dass ich etwas anderes zu tun hatte, als hier Vorträge zu halten.

»Eines Tages kam unsere Tochter stolz mit dem Abzeichen nach Hause. Ich war verwundert, weil Lara uns Eltern gar nicht erzählt hatte, dass heute Prüfung war. Wissen Sie, was sie geantwortet hat?«

Alle schüttelten den Kopf.

»Das hab ich auch nicht gewusst, Papa. Das hat keiner von uns Kindern gewusst.«

Ich lächelte traurig, weil die Erinnerung beides war: zum Lächeln. Und zum Heulen.

»Die Schwimmtrainerin ist auf den grandiosen Einfall gekommen und hat an diesem Tag alle Kinder die Seepferdchenübungen machen lassen, ohne ihnen zu sagen, dass sie dabei geprüft wurden. Und wer das schon richtig gut konnte, hat von ihr im Nachhinein das Abzeichen bekommen.«

Die Lampe über unseren Köpfen flackerte leicht. Ein weiteres Zeichen? Ich beeilte mich mit meiner Zusammenfassung: »Ganz ohne Prüfungsstress wurde hier eine Dauerleistung benotet und nicht ein einzelner Moment an einem singulären Tag.«

»Schlau«, stimmte mir Frau Kloppke zu. Auch die anderen nickten, als ich sagte: »Vielleicht sollten wir nach Wegen suchen, wie wir alle schulischen Leistungen auf diese Art bewerten können. Wenn die Kinder jeden Tag damit rechnen müssen, geprüft zu werden, ohne es mitzubekommen, werden sie vielleicht irgendwann jegliche Prüfungsangst ablegen. So wäre es möglich, die Noten beizubehalten und dennoch das System zu verbessern.«

Wieso hast du das jetzt wieder getan?, fragte ich mich, nachdem ich das Quartett allein gelassen hatte und weiter Richtung Wasser ging. Ich hatte auf dem Lageplan einen eingezeichneten Steg gesehen, auf den ich jetzt zusteuerte. Ich hätte mir meinen emotionalen Redeausbruch als letztes Aufbäumen schönreden können. Endlich hatte ich mal das getan, was ich sonst scheute: Stellung bezogen.

Aber im Grunde hatte ich doch nur wieder allen nach dem bulettengefüllten Mund geredet. Hatte jeder Meinung zugestimmt, um dann meine eigene als eine Synthese zu präsentieren, ohne dass sich jemand schlecht fühlen musste.

Wie auch immer.

Da vorne lag tatsächlich der Steg, und mich musste es nicht mehr lange kümmern, dass ich es selbst auf den letzten Metern nicht geschafft hatte, alte Angewohnheiten abzulegen.

»Nicht betreten« stand auf dem Schild, das an einer Kette am Uferzugang des Stegs hing. Die war ähnlich niedrig angebracht, wie das Kinderklo hoch war, weswegen ich problemlos darübersteigen konnte.

Die Bohlen knirschten morsch, während ich mich bis zum Ende bewegte. Es roch nach Seetang und trockenem Holz.

Ein warmer Wind streichelte mir über die Haut. Ich sah auf das vom Mondlicht beschienene Wasser, auf dem im Schatten des Schilfes eine Entengruppe kreiste.

»Na dann, auf zu deiner letzten Prüfung«, sprach ich mir selbst Mut zu und zog die Rolle mit Wilmas Kreppband aus der Hosentasche.

Ich legte die Hortensie auf den Steg und begann, mir die Füße zusammenzubinden, als ich Schritte hinter mir hörte.

Von Füßen, die in Flipflops steckten.

Kapitel 35

»Hab ich Sie endlich gefunden!«

Stechender Blick, zusammengekniffene und an den Innenseiten hochgezogene Augenbrauen. In der Mimikresonanz-Forschung ist dieser Gesichtsausdruck als »Hinckley-Face« bekannt, benannt nach John Hinckley, der am 30. März 1981 versucht hat, den US-Präsidenten Ronald Reagan vor einem Hotel in Washington zu erschießen. Seine Mimik gilt seither als Zeichen eines unmittelbar bevorstehenden körperlichen Angriffs. Funfact zur Abendstunde: Arne Brehmer konnte das Hinckley-Face extrem gut imitieren.

»Du hast mein Leben zerstört!«, schrie er.

Natürlich wusste ich, er meinte nicht mich, sondern Lutz Schmolke, aber irgendwie war ich neugierig. Bislang war ich davon ausgegangen, es ginge um die Auseinandersetzung zwischen den Kindern. Dass Hector Katharina ein blaues Auge geschlagen hatte, war weit mehr als ein ernster Zwischenfall und sicher auch eine Verletzung der Sorgfaltspflicht der erziehungsunfähigen Eltern. Aber dass dadurch Arnes Leben zerstört worden sein sollte, schien mir dann doch übertrieben.

»Reicht es dir nicht, deine eigene Ehe zu ruinieren?

Musstest du auch mit meiner Frau schlafen, du männliches Flittchen?«

»Äh, wie jetzt?«

Es brauchte eine Weile, bis die Bedeutung der mir gerade übermittelten Informationen in den Teil meines Gehirns vorgedrungen war, der für das Verständnis von Sachzusammenhängen zuständig war.

»Moment mal, das war ich nicht«, sagte ich, und dabei klang ich vermutlich so wie Arne selbst, als er gegenüber Marek beteuert hatte, nicht zu wissen, wie es der »Geh mal Bier holen«-Song in seine Playlist geschafft hatte.

»Dreckiger Lügner. Ich hab eure Chats gelesen. Immer wenn deine Frau auf Langstrecke war, bist du mit meiner Julia in die Kiste. Und jetzt … jetzt bin ich alleine. Sie hat mich aus dem Haus geschmissen, ich musste mit Katharina in eine Zweizimmerwohnung ziehen, dreißig Minuten mit dem Schulbus statt fünf Minuten zu Fuß, und das ist alles deine Schuld …«

Er kam näher. Ich hüpfte von ihm weg, so gut es eben mit an den Knöcheln zusammengeschnürten Beinen ging. Außenstehende mussten denken, ich wurde gerade von einem aggressiven Drill-Instructor in Extrem-Sackhüpfing trainiert.

»Hören Sie, das ist eine Verwechslung …«

Kein Wunder, dass Arne sich so für Hectors Schulverweis einsetzte. Und logisch, dass er mich als alleinigen Schuldigen auf dem Kieker hatte und Wilma außen vor ließ.

»Verwechslung? Und deine Nachricht an mich?«

Ich hoppelte noch etwas weiter von ihm weg, doch der Steg näherte sich seinem Ende.

»Per WhatsApp!«

Er zog sein Handy aus den Shorts und las vor: »*Hey Arne, gib es auf. Wir spielen in einer anderen Liga. Sozial, körperlich und finanziell. Räum das Feld und sieh ein, dein Weibchen hat was Besseres verdient. Mich, Dr. Lutz Schmolke*. Ist das auch eine Verwechslung, DOKTOR?«

Das letzte Wort hörte ich eigenartig gedämpft und von gurgelnden Zischlauten überlagert, was daran liegen mochte, dass mein Kopf nicht mehr von der frischen Stegluft, sondern von Wasser umgeben war. Brehmer hatte den Hector gemacht.

Einmal voll aufs Auge. Das Letzte, was ich gesehen hatte, war der aufblitzende Ehering, der am Ringfinger seiner geschlossenen Faust auf mein Auge zuraste. Der Schlag hatte mein ohnehin wackliges Gleichgewicht vollends zum Kentern gebracht. Ich stürzte ins Wasser und ging unter wie ein Stein.

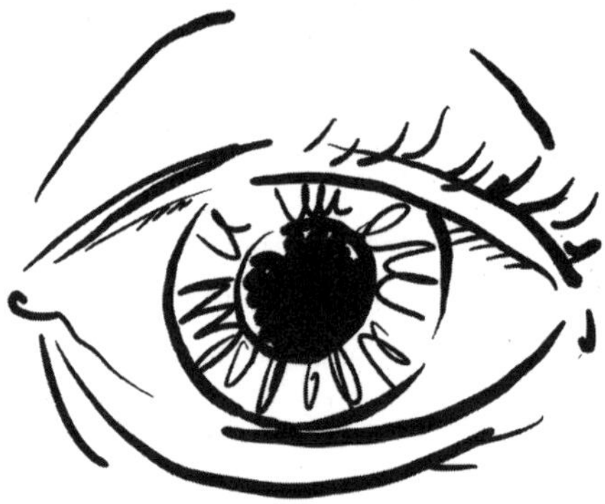

Kapitel 36

Der Mensch plant, und Gott lacht, dieses jiddische Sprichwort kam mir in den Sinn, während ich mich dem schlammigen Untergrund des Wannsees näherte.

Danach schoss der Refrain eines Depeche-Mode-Songs durch mein wohl nicht mehr lange existierendes Bewusstsein. Darin singt David Gahan davon, er wolle zwar keine blasphemischen Gerüchte streuen, aber er gehe fest davon aus, Gott werde sich vor Lachen nicht mehr einkriegen, wenn er einmal stirbt.

In meiner gegenwärtigen Lage wollte ich dem nicht widersprechen. Abgesehen davon, dass ich zum Sprechen natürlich gar nicht mehr fähig war. Denn so tragisch meine Situation auch sein mochte – sie entbehrte nicht einer gewissen Komik. Immerhin war mein Abtritt wohl einzigartig. Ich war mir nicht sicher, ob jemals Suizidenten von aufgebrachten betrogenen Ehemännern aufgrund einer Verwechslung kurz vor dem eigenen Freitod-Versuch ins Jenseits geprügelt worden waren, aber wer sollte über so etwas auch Statistik führen?

Kalt. Die Kühle des Wassers war zunächst erfrischend und sorgte wohl auch für den Gedankenschub, den ich gerade erlebte. Doch je dunkler es um mich herum wurde, desto weniger angenehm fühlte es sich an. Als der Druck auf die Ohren stärker und das Verlangen nach Sauerstoff immer größer wurde, ruderte ich reflexartig mit den Armen, bis mir einfiel, dass ich ja gar nicht mehr auftauchen wollte.

So weit ging mein Harmoniebedürfnis nun doch nicht, dass ich deswegen mit aller Kraft versuchte, wieder an die Wasseroberfläche zu gelangen, nur um Arne Brehmer zu erläutern, dass er gleichzeitig den Richtigen und den Falschen in den See gestoßen hatte. Den Richtigen, weil er, ohne es zu wissen, Sterbehilfe geleistet hatte. Den Falschen, weil er sich damit nicht seinen Nebenbuhler vom Hals schaffte.

Die Zeit verstrich, und meine Sinne schwanden. Ich fühlte weder ein Hochgefühl, das man Ertrinkenden kurz vor dem Exitus nachsagt, noch Panik. Meine Gedanken wurden langsamer, zeigten sich mir wie Schlaglichter auf einer ausglühenden Mattscheibe vor meinem inneren Auge.

Lara, dachte ich und ärgerte mich, dass die Hortensie noch auf dem Steg lag.

Ich fühlte ein Pochen über der rechten Braue, wo mich Arnes Faust mit dem Ehering-Finger getroffen hatte.

Dann musste ich an Hector denken. An die Collage von ihm im Mehrzweckraum, die Nebelwolke, unter der das rothaarige Mädchen mit dem Herzen auf dem Rücken saß.

»So ein guter Schüler.«

Ich sah die blutige Träne, die sich von der Baumspitze löste.

Dann sah ich ein aufgerissenes Auge vor mir. Blutig, als

wäre die Träne von dem Bild direkt auf das Foto getropft, das mir Arne zeigte. Auf seinem Handy. Von seiner Tochter Katharina.

Die den Mund öffnete und einen Teelöffel Zimt aß.

Etwas irritierte mich an diesem Bild, und es war nicht der Zimt. Es war auch nicht die Collage.

Das Auge?

Ich blinzelte und wollte husten und atmen und schlucken und versuchte es, doch alles, was ich schluckte, war kalt und dunkel. So wie alles um mich herum auf einmal so finster wurde, als hätte jemand im Universum das Licht ausgeknipst.

»Bis gleich, Lara«, hörte ich mich denken. Blinzelte. Öffnete ein letztes Mal unter Wasser die Augen.

AUGE!

Und in diesem Moment begriff ich, was mich störte. Was an den Vorwürfen rund um Hector kein Bild ergab!

Es war so klar, so zum Greifen nah wie die Schwärze, auf die ich zusteuerte. In der ich mich verlor.

Und aus deren Sog, das wurde mir bewusst, es kein Entkommen gab.

Kapitel 37

GROSNY-MARIO

»Können Sie mir erklären, was Sie da für einen erbärmlichen Schwachkopf engagiert haben, um mein Auto zu klauen?«

Grosny-Mario, der nur sehr selten gesiezt wurde, fühlte sich trotz der anklagenden Brüllstimme in der Leitung gleich viel besser. Respektierter. Wie es sich für ein Gespräch mit einer Unterweltsgröße wie ihm ziemte.

»Auch nicht verrrstehen, was in Sascha gefahrrren«, antwortete er mit einem – wie er sich heute wirklich mal selbst loben musste – besonders gelungenen Akzent. Nicht immer schaffte er es, das R so authentisch zu rollen. Kein Wunder, dass alle am Telefon vor Ehrfurcht erblassten. Erst dieser völlig debile Jungpolizist, den er so eingeschüchtert hatte, dass der doch tatsächlich alle Ermittlungsinterna im Fall Sascha Nebel direkt an ihn weiterleitete. Und nun sein Auftraggeber, der sich der Höflichkeitsanrede bediente.

»Bin auch enttäuscht. Bisher Sascha immer gute Arbeit.«

Grosny-Mario streifte sich die Schlangenledercowboystiefel von den Füßen und ließ sie vor der Laube stehen. Wie jeden Freitag goss er Mamas Blumen in der Schrebergartenkolonie Lichterfelde, und wenn es etwas gab, was Mama nicht leiden konnte, dann waren es schmutzige Schuhabdrücke auf ihrem handgeklöppelten Sisal-Läufer.

»Gute Arbeit?«, bellte der Mann, dessen Deckname »Professor« war. »Vielleicht auf einem Schlachthof oder wo auch immer Sie sonst Ihre Grobmotoriker hinschicken. Bei einer so simplen Sache wie ›Klau das Auto. Fahr es in eine Werkstatt außer Landes und lass die Karre da so lange stehen, bis die Versicherung gezahlt hat und du es mir frisch lackiert und mit neuen Papieren wieder zurückbringst‹ hat er schon beim ersten Punkt ›Klau das Auto‹ auf ganzer Linie versagt.«

Grosny-Mario wollte seinen Kunden darauf hinweisen, dass es vielleicht nicht die beste Idee war, die Details des gemeinschaftlichen Versicherungsbetrugs in aller Breite am Telefon zu besprechen, aber der »Professor« hatte sich so in Rage geredet, dass er ihm keine Möglichkeit ließ, auch nur mit einem »Ähm« dazwischenzugrätschen.

»Ich wollte die Prämie kassieren und danach meinen Wagen zurück. Jetzt hab ich einen Schrottklumpen vor der Haustür stehen und die Bullen am Hals.«

»Tut mir leid, Sascha sonst nie Gewalt.«

»Herrgott, das war doch nicht dieser Sascha. Das war meine Frau!«

»Frau?«

»Ja.«

Grosny-Mario setzte sich auf eine Eckbank unter dem Laubenfenster zum Vordergarten und schaltete auf laut. So konnte er beim Sprechen in den Chatverlauf mit dem Polizisten-Trottel schauen, der ihm ein Bild des SUV geschickt hatte. Er sah echt übel aus. Das Auto war allenfalls noch als Requisite für einen Katastrophenfilm zu benutzen.

»Wieso Weib so brrrutal?«

Statt einer Antwort des »Professors« hörte er eine gurrende Frauenstimme im Hintergrund.

»Mein Häschen, komm, ich massier dir die Sorgen weg. Komm doch zurück ins Bettchen.«

»Himmelarsch, jetzt lass mich doch wenigstens mal für eine Minute in Ruhe. Halt deine Finger bei dir«, schimpfte sein Auftraggeber, dann raschelte und rauschte es in der Leitung, schließlich war der »Professor« wieder dran: »Meine Frau kann Ihnen egal sein, die knöpf ich mir vor, sobald ich weiß, wo ich sie finde.«

Grosny-Mario kombinierte messerscharf, dass die gurrende Täubchenstimme dann wohl eher nicht die Professorengattin war, es sei denn, sie war just in diesem Moment aus dem Schlafzimmer gerannt, um mit dem »Professor« Verstecken zu spielen.

»Wieso haben Bullen am Hals?«, fragte er und ärgerte sich, dass er es geschafft hatte, einen Satz komplett ohne R zu formulieren, gerade heute, wo er das authentische Russenmafia-Flattern im Rachen doch so gut draufhatte.

»Die haben den Halter und damit meine Handynummer recherchiert. Dann haben sie mich angerufen, und ich war so dumm, dranzugehen. Jetzt bin ich aktenkundig.«

»Warrr Vollidiot?«

»Ja, das hab ich doch gesagt. Ihr Sascha hat sie nicht mehr alle. Ich hab mir die Videos meiner Dashcam angesehen. Erst mal: Wieso hat Ihr Mann eine Blume zum Klau mitgenommen? Und wieso hat er sich nach dem Einsteigen so viel Zeit gelassen? Statt rein und weg hat der erst mal zehn Minuten nur vergeistigt durch die Windschutzscheibe gestarrt und angefangen, einen Brief zu schreiben. Und zuvor, ist das zu fassen, wickelt er sich einen Gürtel um den Hals. Kacke, wär der sofort losgefahren, wär meine Frau zu spät gekommen und das alles nicht passiert.«

Der »Professor« hatte wieder im Maschinengewehr-Modus gesprochen. Keine Chance, ihn zu unterbrechen, um ihm klarzumachen, dass Grosny-Mario nicht nach Sascha gefragt hatte.

»Ich frrrage, ob Bulle bekloppt.«

Der Auftraggeber lachte kehlig. »Ja, der auch. Kann man wohl sagen. Einer der beiden ist eine faule Sau, der hat nur doof in der Landschaft rumgestanden und den Grünschnabel alles machen lassen. Der wiederum ist nicht ganz dicht. Hat auf mich den Eindruck gemacht, dass man ihm besser einen Korken auf die Gabel steckt, damit er sich beim Essen nicht die Augen aussticht, wenn Sie verstehen, was ich meine.«

»Ja, gut, sehr gut.«

»Was ist daran gut?«

»Sind im Sack. Torsten Tratto und anderrre.« Grosny-Mario wusste zwar, dass der zweite Polizist Helmut Koschnick hieß, aber da war kein R im Namen drin, insoweit war »andere« besserrrrrrr.

»Wie sind Sie denn so schnell an die Namen der Polizisten gekommen?«, fragte der »Professor« mit hörbar gewachsenem Respekt.

»Kontakte«, antwortete Grosny-Mario kryptisch. Dass er mehr Glück als die beiden Bullen Verstand hatte, konnte er im Grunde selbst kaum fassen. »Haben Angst vor meiner Familie.«

»Ah, gut, sehr gut. Haben Sie weitere Informationen von Ihren, äh, Quellen?«

»Sascha und Ihre Frau sind mit Bus abgehauen.«

»Mit den Öffis?«

»Nein, mit Reisebus.«

»Das ist jetzt ein Witz.«

»Nein. Sagen Bullen. Sie haben Charterbus ausfindig gemacht.«

»Wer hat den gechartert?«

»Sokrates-Gymnasium. Für Elternabend.«

»Nicht Ihr Ernst.«

Grosny-Mario stand auf und schüttelte das bestickte Kissen, das er platt gesessen hatte, wieder in Form, damit seine Mama keinen Herzinfarkt bekam, weil es so zerknautscht aussah.

»Doch. Fuhr zu Havelchaussee.«

»An den Wannsee?«, fragte sein Auftraggeber.

»So sieht aus.«

»Wo genau?«

»Parkplatz für Fähre nach Schilfwerder, sagte dieser Trrratto.«

Der »Professor« hustete vor Aufregung. »Sie wollen mir weismachen, meine Frau und Ihr, äh, Mitarbeiter Sascha sind mit einem Schulbus zu einem Elternabend auf eine Wannsee-Insel gefahren?«

»So sieht aus. Polizei schon unterwegs.«

Grosny-Mario hörte, wie der »Professor« mit der Zunge schnalzte. »Na, dann Beeilung. Wir müssen schneller sein.«

»Wofür?«

»Um die Versicherungsprämie meines SUV entweder aus Ihrem Sascha oder meiner Frau herauszuprügeln.«

Kapitel 38

SCHILFWERDER

Ich wusste es!

Depeche Mode hatten recht! Wenn man nach dem Tod aufwachte, wurde man von seinem Schöpfer ausgelacht. Besser gesagt, von seiner Schöpferin, denn die rhythmische Lache war eindeutig weiblicher Natur.

Ha, ha … drang es in mein … ja, in was eigentlich. Bewusstsein? Hieß das bei der Seele auch noch so?

Ha, ha … Albern, keuchend, als würde jemand das Aufsagen des Hamburger Autokennzeichens üben.

Ich hatte Schwierigkeiten, mich zu konzentrieren, und driftete wieder in die Schwärze. Der logische Schluss daraus war dann wohl, dass es im Jenseits Farben und Formen gab, denn jetzt, wo ich wieder nichts außer Dunkelheit fand, begriff ich, dass ich zuvor etwas gesehen hatte. Etwas Beunruhigendes.

Wenn es ein Leben nach dem Tod gab, dann unterschied sich das deutlich von dem irdischen. Es ähnelte, und das jagte mir Angst ein, ein wenig den Zeichnungen von Menschen in geschlossenen Anstalten, wenn die die Außerirdischen porträtieren wollen, von denen sie vor Jahren entführt und mit Schläuchen an Telepathie-Tanks angeschlossen worden waren. Hatten die etwa doch die Wahrheit gesagt?

Ich meinte, mehrere Wesen mit weißen Spitzköpfen gesehen zu haben, die sich über mich beugten.

Eines davon musste mir auf der Brust sitzen, so schwer, wie ich mich fühlte, jetzt, da die Schwärze wieder lichter und das Gelächter wieder lauter wurde.

»*Ha, ha, ha, ha …*«

Ich öffnete etwas, was ich für meine Augen hielt, um festzustellen, dass ich sie nicht geschlossen hatte, hörte dieses rhythmische Lachen und war mir nun sicher, dass das einzige menschenähnliche Wesen, das kein weißes Spitzhaubengesicht hatte, mir mein Restleben direkt aus dem Körper pressen wollte. Unter dem Druck seines Gewichts wurde mir übel. Ich drehte mich weg und übergab mich.

Zuckend und stoßweise, beinahe im Takt zu der Melodie, die Frau Tsui kurz noch gesungen hatte, während sie meinem Oberkörper eine Herzdruckmassage verabreichte: Ha, ha, ha, ha, staying alive.

Kapitel 39

»Siehst du, er schafft es. Die Wette gegen Elias und Jamal hab ich gewonnen!«, sagte Ulf.

»Der einzige Arzt auf der Insel, und ausgerechnet der muss wiederbelebt werden«, hörte ich Matze leicht verächtlich feststellen.

»Braucht er was zu essen?«, erkundigte sich Frau Schlabbeck.

All die Menschen erkannte ich nur an ihrer Stimme und nicht am Gesicht, denn über das hatten sie Bettlaken mit Sehschlitzen gezogen.

»Was ist hier los?«, fragte ich in die Runde, erleichtert, dass Frau Tsui nicht mehr auf mir saß und dafür Wilma neben mir kniete. Sie war nicht kostümiert und trug auch keinen Klebebandknebel mehr.

»Du bist ins Wasser gefallen«, sagte sie. »Zum Glück hat Arne dich gesehen und Hilfe geholt.«

»Er hat mich …«

»Was hat er?«

»Ist egal«, keuchte ich und spuckte noch etwas mehr Wasser aus.

»Die Nachtwanderung hat gerade begonnen.« Frau Tsui schien zufrieden mit ihrer Reanimation und stand auf. »Wenn wir nicht alle in der Nähe auf unsere Kinder gewartet hätten, wären Sie jetzt vielleicht hinüber.«

Also deswegen die Geisterkostüme. Wir hatten uns offenbar im Wald verteilen und unserem Nachwuchs als Hui Buh erscheinen sollen.

»Tut mir leid, dass ich das Spektakel gestört habe«, sagte ich und richtete mich auf den Ellenbogen auf. Einige der umstehenden Geister waren bereits verschwunden. Vielleicht waren Elias und Jamal darunter gewesen, die noch eine Weile abgewartet hatten, ob ich nicht doch die Grätsche machte, nun aber ihre Wettschulden bei Ulf beglichen.

»Geht es wieder?«, fragte Wilma. Erst jetzt fiel mir auf, dass sie völlig durchnässt war. Von ihrem Pferdeschwanz tropfte Wasser wie aus einem lecken Hahn auf meinen Arm.

»Du hast mich gerettet«, sagte ich emotionslos. Einerseits war ich verärgert, dass ich schon wieder einen Exitus interruptus hingelegt hatte. Andererseits hatte ich mir ja einen, wenn schon improvisierten, dann wenigstens selbstbestimmten, würdevollen Abgang erhofft. Und den hätte mir Arnes Intervention allemal vereitelt. *»Hören Sie, das ist eine Verwechslung«*, würde es ja nun bestimmt nicht in die Hitliste der besten letzten Sätze schaffen.

Meine gemischten Gefühle hoben sich offenbar gegenseitig auf, denn ich sprach relativ tonlos. Aber vielleicht taten das alle reanimierten Ertrinkungsopfer, ich hatte da wenig Erfahrung.

»Tut mir leid«, entschuldigte ich mich wieder, ohne genau zu wissen, wofür.

»Was ist passiert?«, fragte Wilma und rieb sich ihre nasse Wange am Ärmel ihres »Save our Planet«-Shirts ab. Sie klang aufgewühlt. Mein Fast-Ableben hatte sie offenbar mitgenommen.

»Ich, äh, bin gestolpert«, log ich. Auch jetzt, noch immer halb tot auf dem Steg liegend, hatte ich Manschetten, die Wahrheit zu sagen, um niemanden zu brüskieren. Nicht einmal Arne. Aber was hätte ich davon, wenn ihm der Prozess wegen Körperverletzung mit Beinah-Todesfolge gemacht würde? Der Mann hatte durch den Dreckskerl, dessen Identität ich gestohlen hatte, schon genug Leid erfahren, da brauchte er nicht noch Vorwürfe von einem Typen, der ohnehin des Lebens müde war.

»Gestolpert?«, echote Wilma und sah zu meinen Füßen.

Ich hob den Kopf an und folgte ihrem Blick. *Oh, stimmt ja.* Meine Beine waren natürlich noch immer mit Klebeband zusammengebunden. Ich sah aus wie ein halb fertig vertäutes Mafia-Opfer.

»War für mein Bettlakenkostüm«, brabbelte ich komplett sinnfrei und schloss die Augen. Wenn ich Glück hatte, würden die Umstehenden denken, der Sauerstoffmangel unter Wasser hätte meine Denk- und Artikulationsfähigkeit beeinträchtigt, und sich weitere Nachfragen sparen. Wenn ich noch mehr Glück hatte, würde Wilma mich einfach vom Steg zurück in den See rollen.

Der Wunsch wurde mir nicht erfüllt. Ich wurde noch nicht einmal links liegen gelassen.

»Kannst du aufstehen?«, fragte sie.

»Ja … nein … vielleicht«, ging ich alle Möglichkeiten durch.

»Ich brauche deine Hilfe.«

»Wofür?«

»Hector.«

Ich drehte mich zu ihr. »Was ist mit ihm?«

»Er ist verschwunden.«

BIE
5,8%

Kapitel 40

KOSCHNICK

Das Zischen beim Öffnen der Bierdose war so laut, als ließe ein Zug im Bahnhof Dampf ab. Koschnick, der nicht daran gedacht hatte, wie gut sich Schall in abendlicher Stille über Wasser verbreitete, schrak zusammen.

Ein dunkler Vogel war aus dem Uferschilf in die herunterhängenden Äste einer Trauerweide geflogen, aber mehr war nicht passiert. Letztlich konnte er sich auch nicht vorstellen, dass ihn hier draußen vor Schilfwerder jemand gehört hatte. Wenn, dann hatte Tratto die Menschen auf der Insel aufgescheucht, als er jammernd aus dem Ruderboot ins kalte Wasser sprang, während Koschnick in gebührendem Abstand vom Ufer darin sitzen geblieben war.

Mann, Mann, Mann. Die Memme hatte wirklich beinahe geflennt.

»Ich hab beim Verleih das Boot organisiert, Sie haben mir den ganzen Weg beim Rudern nicht geholfen, und jetzt muss ich auch noch durchs hüfttiefe Wasser waten. Wieso mach ich immer alles alleine?«

»Weil du im Gegensatz zu mir noch eine Menge zu lernen hast«, hatte Koschnick ihn in die Schranken gewiesen. Der kleine Racker wurde langsam aufmüpfig. War schon richtig, dass sie nicht bis direkt ans Ufer gerudert waren, sondern vor einer natürlichen, unbelebt wirkenden Bucht in großem Sicherheitsabstand haltgemacht hatten.

So lernte das Muttersöhnchen endlich, dass man sich bei Ermittlungsarbeiten auch dreckig beziehungsweise nass machen konnte.

»Außerdem hat der Trottel überhaupt nicht alles organisiert«, murmelte Koschnick vor sich hin. »An das Bier von der Tanke hab ich ganz alleine gedacht.«

Er nahm einen tiefen Schluck, da hörte er es plätschern.

»Hey«, zischte Tratto vom Strand der kleinen Bucht herüber.

»Was?«

»Sie müssen kommen. Sofort.«

»Komm du doch her.«

»Nein, das müssen Sie mit eigenen Augen sehen.«

Koschnick stöhnte.

Wehe, es ist falscher Alarm.

Mit zehn Ruderschlägen schaffte er es, die Spitze des Ruderboots in Trattos Reichweite zu steuern. Nachdem dieser ihn so weit an den Strand gezogen hatte, dass Koschnick unbeschadet an Land gehen konnte, ohne nasse Füße zu bekommen, stieg er aus.

»Hast du ihn gesehen?«, fragte Koschnick, den das kurze Paddeln völlig erschöpft hatte.

»Wen?«

»Den Dentagard-Biber!«

»Aua.« Tratto hatte sich eine weitere Kopfnuss gefangen.

»Dann frag nicht so blöd. Sascha Nebel natürlich.«

»Nein, aber ...«

»Aber was?«

Tratto blickte vom Ufer zurück in den Wald, aus dem er gekommen war. Er wirkte panisch und leicht paranoid, als er die Augen im Mondlicht aufriss und verängstigt raunte: »Es ist schlimmer, als wir denken.«

»Der Anschlag steht kurz bevor?«

Koschnick dachte an den unvollendeten Abschiedsbrief. Irgendwas an seiner Theorie von dem verzweifelten Amokvater, der am Todestag seiner Tochter eine ganze Schulklasse mit sich in den Abgrund reißen wollte, war nicht ganz rund. Er wusste nur nicht, was.

»Ich glaube, es geht nicht um einen Anschlag. Wir sind hier in eine KKK-Messe hineingeraten.« Tratto stammelte jetzt, war außer Atem.

»Wo rein?«

»Die sind überall. Der Geheimbund.«

Koschnick war versucht, Tratto einmal tief im Wasser unterzutauchen wie ein Priester, der eine vom Teufel besessene Person exorzieren will.

»Was faselst du denn da?«

Tratto, der wegen seines Gangs durchs Wasser so aussah, als hätte er sich untenrum eingenässt, raunte verschwörerisch: »Der Ku-Klux-Klan.«

»Wie bitte?«

»Ich hätte nicht gedacht, dass er in Deutschland eine Rolle spielt, aber da rennen zahlreiche Gestalten mit diesen weißen Kapuzen durch den Wald.«

»Nicht dein Ernst!«

»Doch!«

Koschnick ärgerte sich, dass er keine Taschenlampe hatte, um die Pupillenreflexe seines Gesprächspartners zu kontrollieren.

»Dir ist schon klar, dass das hier der Wannsee ist und nicht der Mississippi?«

»Ja. Aber ich habe die Kapuzenmänner mit eigenen Augen gesehen. Ich glaube, die jagen Kinder.«

Na klar. Und wenn sie die gefangen haben, rösten sie sie über dem Grill. Vielleicht waren die Drogentests vor der Verpflichtung von Beamten zum Polizeidienst auch nicht mehr das, was sie mal waren, und er unterhielt sich hier mit einem Klebstoffschnüffler.

»Du meinst also, diese schwachsinnigen Rassisten aus den USA sind hier?«

»Ja.«

»Hier? Auf einer beknackten Ferieninsel im Wannsee?«

Tratto nickte mit dramatisch langsamen Kopfbewegungen.

»Und was, bitte schön, haben Sascha Nebel und die Tschetschenen-Mafia damit zu tun?« Koschnick war nun doch etwas laut geworden.

Tratto hingegen blieb beim Flüstern. »Ich hab nachgedacht.«

Oh, nein, auch das noch. Koschnick rollte mit den Augen. Er sehnte sich nach einem weiteren Bier.

»Ich hab eine Theorie. Was, wenn das alles ein ganz großes Missverständnis ist?«

»Du meinst, so wie deine Aufnahme in den Polizeidienst?«

Tratto ging nicht auf die Spitze ein: »Dieser Sascha Nebel, der ist doch ein Kleinkrimineller. Er ist nur ein kleiner, im Grunde harmloser Fisch. Was, wenn er das Auto im Auftrag von Grosny-Mario einfach nur stehlen sollte?«

Koschnick schlug sich eine lästige Mücke aus dem Gesicht.

»Und weil sich gestohlene Autos bekanntlich besser verkaufen, wenn man sie zuvor mit einer Baseballkeule verdrischt, hat er auch das getan?«

»Nein.« Tratto schüttelte den Kopf. »Das ist ein unglücklicher Zufall. Das hat die Ehefrau gemacht.«

»Von wem?«

»Von dem, den Sie Arnold genannt haben. Dem Eigentümer des Wagens.«

»Die dürre Rothaarige?« Er erinnerte sich an die Frau, die in der Haustür gestanden hatte.

»Diese junge Dame war garantiert nicht Arnolds Frau. Die haben überhaupt nicht zusammengepasst.«

Koschnick kicherte. »Oh, Kleiner, du musst noch viel lernen. Geld glättet so manche optische Unstimmigkeit bei Männern.«

»Ich meine nicht das Äußere. Ich meine die Eheringe. Beide haben einen getragen. Aber der von dem Autobesitzer war groß und mit einem schwarzen Edelstein besetzt. Die Dame mit den roten Haaren hatte einen schlichten Ring in einer ganz anderen Form und Farbe.«

Koschnick lachte sarkastisch auf. »Okay, nur zu meiner Erheiterung, Watson: Du hast am Ehering erkannt, dass die beiden nicht verheiratet waren.«

Tratto nickte. »Folglich gehe ich davon aus, dass der Mann seine Frau betrügt.«

»Und die hat sich mit der Keule an seinem Auto für den Seitensprung gerächt, während Sascha, mit dem sie gar nichts am Hut hat, zufällig gerade dabei war, die Karre kurzzuschließen?«

»Nein, nicht kurzzuschließen«, widersprach Tratto. »Ich habe keinerlei Fremdeinwirkung festgestellt. Er muss einen Schlüssel gehabt haben. Deshalb gehe ich davon aus, dass das Ganze ein Versicherungsbetrug ist. Ein Diebstahl im Auftrag des Eigentümers, der deswegen auch keine Anzeige erstatten will.«

Sein Redefluss war nicht mehr zu stoppen. »Als wir Polizisten auf der Bildfläche erschienen, sind sowohl die Frau als auch Sascha abgehauen. Die eine, weil sie gerade eine Sachbeschädigung verübt hat, der andere, weil er in flagranti beim Autodiebstahl erwischt wurde.«

Eine weitere Mücke, ein weiterer Schlag. Was hätte Koschnick dafür gegeben, dass sich ein dicker, fetter Blutsauger auf die Wange seines Untergebenen setzte, dann hätte er endlich einen entschuldbaren Grund gehabt, Tratto mal ordentlich eine zu schallern.

»Aha. Und jetzt lass mich raten: Sascha und die wütende Ehefrau des Fremdgehers sind daraufhin zum nächstbesten Fluchtfahrzeug gerannt. Und das war der Holiday-Charter-Bus der Sokrates-Schule, der sie zu einem Elternabend hier raus auf Schilfwerder gekarrt hat, wo sie sich als Mama und Papa irgendeines Görs ausgeben, dessen echte Eltern nicht gekommen sind?«

»So in etwa.«

Koschnick klopfte mit dem gekrümmten Zeigefingerknöchel gegen Trattos Stirn wie gegen eine Holztür. »Also ehrlich. So eine hirnverbrannte Theorie kann sich auch nur ein Spatzenhirn wie du ausdenken.«

»Na ja, es passt eigentlich alles zusammen, nur …«

»… nur die Kinder jagenden Ku-Klux-Klan-Anhänger irgendwie nicht, hab ich recht?«

»Ja«, gestand Tratto kleinlaut.

»Verdammt, alles muss man alleine machen.« Koschnick schob sich an Tratto vorbei. »Mitkommen.«

»Wohin?«

»Du hast doch gesagt, ich soll mir das mal mit eigenen Augen ansehen.«

Kapitel 41

SASCHA

Lass mich noch einmal rekapitulieren, ob ich dich richtig verstanden habe: Eigentlich sollten alle Kinder in Begleitung von zwei Aufsichtspersonen …«

»Frau Rottlöffler-Brodel und Herr Simoniek«, ergänzte Wilma.

»… zu ihrer Nachtwanderung über die Insel starten. Einige Eltern …«

»Fast alle, nur wir haben kein Kostüm!«

»… sollten als Geist verkleidet für Gruselstimmung im Mondlicht am Wegesrand sorgen.«

Wilma nickte zustimmend. »Die Kleinen sind eingeweiht, damit niemand Angst bekommt. Und sie haben sich sehr auf den Spaß gefreut, hat mir Frau Kloppke erzählt.«

»Und zu diesem nächtlichen Ausflug sind alle Kinder erschienen, nur Hector nicht.«

Sie schüttelte den Kopf. »Doch, er war noch dabei, als es vor dem Haus der Mädchen losgehen sollte. Frau Rottlöffler-Brodel schwört, sie habe ihn abgezählt. Er wurde das letzte Mal in der Nähe von Katharina gesehen, als sie ihre Kindertaschenlampen überprüft haben.«

»Sehr zur Freude ihres Vaters, nehme ich an.«

»Okay, aber jetzt, beim ersten Treffpunkt auf dem Bolzplatz, ist er verschwunden. Und er geht auch nicht an das Walkie-Talkie, mit dem alle ausgerüstet sind.«

Ich versuchte beim Laufen, mein durchnässtes Hemd wenigstens an den unteren Zipfeln auszuwringen. »Gut, nur, dass ich es nicht falsch verstehe: Wir beide sollen jetzt losgehen und was genau machen?«

»Hector suchen.«

»Ein Kind, das wir nicht kennen?«

Sie rang nach Worten. »Ich weiß, es klingt verrückt, aber …«

Ich winkte ab. »Schon klar. Ich kann mir denken, was du sagen willst. Wir können kaum einfach nur rumsitzen und sagen: ›Hey, geht uns nichts an. April, April, wir sind gar nicht die Schmolkes.‹ Ahh!«

Ich verzog das Gesicht und fasste mir an mein verletztes Auge, das mit einem Mal wie wild pochte. Da kam mir ein Gedanke, der sich wie ein glitschiges Seil verhielt. Je stärker ich ihn zu fassen versuchte, desto mehr rutschte er mir davon. Doch dann, ich zuckte bei der Berührung meiner von Arnes Ehering aufgerissenen Braue erneut zusammen, hatte ich eine Eingebung. Glasklar stand sie plötzlich vor meinem geschundenen Auge. »Diese Katharina. Arnes Tochter. Weißt du, wie sie aussieht?«

Wilma nickte. »Ich hab mit ihr geredet, als Arne angerannt kam und meinte, du wärst ins Wasser gefallen.«

»Hat sie rote Haare?«

Wilma griff sich erstaunt an ihren Zopf. Hätte ich nach ihrer Schuhgröße gefragt, hätte sie schneller Antwort gegeben. »Ja«, sagte sie verwirrt. »Aber was hat das denn mit Hector zu tun?«

Ich riss mir das letzte Stück Klebeband vom Fuß und stand auf. »Los. Du musst mich sofort zu ihr bringen.«

Kapitel 42

Das Gebäude, das den Schlafsaal der Mädchen beherbergte, befand sich gegenüber dem Schlafsaal der Jungen. Zwei exakt gleich dimensionierte, rechteckige Flachdachbauten, dazwischen ein sandiger Spielplatz mit einer Kletterwand, Holzrutschen und einer angerosteten Kettenschaukel.

Wilma hatte mich zu dem Platz in der Nordhälfte der Insel geführt, der (das hatte ich aus dem Lageplan im Schaukasten geschlossen) die Form eines vier Tage alten Luftballons hatte, dem langsam die Puste ausging.

Der Platz (auf der Insellegende als »Abenteuerspielplatz« bezeichnet) wurde von Lampen beleuchtet, deren Licht mich an DDR-Grenzübergänge erinnerte.

»Hector! Hectooor«, schallte es von verschiedenen Seiten, sowohl aus erwachsenen wie aus Kinderkehlen. Frau Kloppke und Marek hatten Suchtrupps gebildet, die mit Taschenlampen bewaffnet die Insel durchkämmten. Die Rufe hatten uns auf dem gesamten Weg zum Abenteuerspielplatz begleitet. Jedes Mal, wenn ich den Namen jenes Jungen hörte, als dessen Vater ich mich ausgegeben hatte, war es, als hätte Frau Tsui wieder mit der Druckpunktmassage begonnen. Mein Herz schmerzte.

»Siehst du sie?«, fragte ich Wilma, die den Schotterweg verlassen hatte und auf eine Gruppe Mädchen zusteuerte. Sie saßen mit einer weiblichen Aufsichtsperson (also vermutlich jene Frau Rottlöffler-Brodel, von der Hector die Mathearbeit hatte stehlen wollen) zu sechst im Halbkreis. In ihrer Mitte brannte allerdings kein Lagerfeuer, sondern schaukelte lediglich eine Holzente auf einer großen Spiralfeder. Das wiederum lag nicht am Wind, der hier praktisch nicht existierte, sondern daran, dass ein weiteres Mädchen auf dem Schaukelelement wippte (keine Ahnung, was Kinder an diesen unbequemen Spielplatzmonstern fanden. Ich vermute ja, die Stadtverwaltung bestellt die nur deshalb, weil sie praktisch unkaputtbar sind).

Die Kleine trug ein ärmelloses, salbeigrünes Kleid, das ihr selbst beim Sitzen noch artig übers Knie reichte und mit dem sie auch als Blumenmädchen auf einer Hochzeit durchgegangen wäre. Die zierlichen Füße steckten in eher unpraktischen Schnürsandaletten, die den Inselstaub nicht von den Zehen fernhalten konnten. Ihr lockiges Haar wurde von einem schlichten Haarreif gebändigt. Und ja, es war rot.

»Katharina?«, fragte Wilma. Das Mädchen stieg sofort ab und blickte etwas schuldbewusst ihre Lehrerin an.

»Ich würde die Kleine gerne etwas zu Hector fragen«, sagte Wilma zu Frau Rottlöffler-Brodel.

»Hat man ihn gefunden?«, wollte die Frau wissen, die bei der Nachfrage des Standesbeamten *»Und Sie wollen sicher diesen bekloppten Doppelnamen, mit dem Sie nun wirklich jeder als Lehrerin identifizieren kann?«* wohl gerade nicht zugehört hatte. Vermutlich, weil sie sich im Geiste fragte, ob es irgendwo auf der Welt Einreiseformulare gab mit genügend Leerstellen für dieses Wortungetüm.

»Nein, noch nicht.« Wilmas Stimme klang wie meine. Aufgeregt. Verunsichert. Besorgt.

Wusste ich, ob Hector schwimmen konnte? Kinder ertranken sogar in Pfützen, und wir steckten praktisch in Berlins größter. Nicht auszudenken, in welcher Gefahr der Junge gerade stecken mochte. Oder nein, falsch. Ich hatte es mir schon ausgemalt, sehr gut sogar. Und das düstere Bild, das ich im Kopf hatte, wollte ich mit dem von Katharina abgleichen.

»Können wir kurz mit dir sprechen?«, richtete sich Wilma nun direkt an Arnes Tochter.

Das Mädchen versicherte sich wortlos bei Frau Rotzlöffel-Irgendwas, dass sie uns einige Schritte begleiten durfte, wo wir ungestört reden konnten.

Wir standen also etwas abseits von der Runde, und ich versuchte, mich kleiner zu machen. Die Informationen, die ich Katharina entlocken wollte, würden leichter fließen, wenn ich das Gespräch auf Augenhöhe führte. Also hockte ich mich vor sie hin, merkte aber schnell, dass Katharina nicht gerade kleinwüchsig war, jetzt also auf mich herabschaute.

Hm, auch nicht das Gelbe vom Ei. Moment.

Ich stand wieder auf (zu groß), beugte mich zu ihr runter (zu bandscheibenvorfallgefährlich), schließlich musste ich einem immer misstrauischer dreinschauenden Mädchen versichern, dass ich nicht zu ihr gekommen war, um ihr seltsame Gymnastikübungen vorzuführen. Immerhin, ich hatte nun ihre ganze Aufmerksamkeit. Und als ich mich auf einem Knie abstützte, waren die

Größenverhältnisse endlich annähernd im Einklang. Jeglicher Bequemlichkeitsfaktor war allerdings dahin, da ich die Kniescheibe auf einer Wurzel platziert hatte.

»Tut mir leid, dass wir dich so überfallen«, begann ich, »aber wir müssen über Hector reden.«

»Wer sind Sie?« Ihre Stimme war erstaunlich tief und rau, was niedlich war, wenn man davon ausging, dass die Kleine sich ihr Timbre wohl eher nicht mit Zigaretten, Kaffee und Jim Beam erarbeitet hatte.

»Wer ich bin?«, wiederholte ich und sah zu Wilma hoch, die den Blick nicht von Katharina ließ. Sie blieb stumm, was ich ihr nicht vorwerfen konnte. Da ich ihr nicht gesagt hatte, worauf ich hier hinauswollte, blieb ihr im Moment nur die Statistenrolle.

»Ich bin Hectors Vater«, log ich.

»Sind Sie nicht.«

Gut. Sie kannte Lutz. Das war die erste Info, die ich brauchte. Und mit der ich gerechnet hatte.

»Du weißt, wie Hectors Vater aussieht?«

Katharina zuckte unwirsch mit den Achseln. Ihre Unterlippe bebte. Kein Zweifel, sie hatte Angst. Und ich wusste auch, wovor.

»Hör mir bitte gut zu, Katharina. Ich sage dir jetzt mal, was ich denke, was zwischen dir und Hector vorgefallen ist.«

Sie sah auf ihre Sandale, mit deren Spitze (vermutlich eher mit der Spitze ihrer Zehen) sie in den Sand stieß.

»Und dann?«

»Wenn ich richtigliege, beantwortest du mir ein paar Fragen, okay?«

Sie sah zu mir auf.

Ich wusste, sie wollte *»Was für Fragen?«* fragen, doch ich hatte nicht die Zeit für längere Erklärungen, auf die das verängstigte Mädchen gewiss einen Anspruch hatte. Also erklärte ich ihr, was mir im Kopf herumschwirrte, seitdem ich ins Wasser gefallen und wieder von den Toten auferweckt worden war. Beim Erzählen merkte ich: Meine Theorie (oder meine Fantasiegeschichte?) hatte noch einige Ungereimtheiten und Löcher, aber die waren offensichtlich nicht so groß, als dass Katharina mich in sie hätte hineinschubsen wollen.

Als ich mit meinem Wortschwall fertig war, sah ihr linkes Auge wieder fast so geschwollen aus wie auf dem Foto, das mir ihr Vater gezeigt hatte. Sie weinte.

Ich war übrigens auch kurz davor. Knien Sie mal eine gefühlte Ewigkeit auf einer Wurzel.

»Es tut mir leid, dass ich dich so aufgewühlt habe«, sagte ich und stand auf, auch, um zu verhindern, dass mir mein Bein amputiert werden musste. »Aber die Uhr tickt.«

Katharina sah zu Wilma, die damit begonnen hatte, mit ihren Sneakern den Abenteuerspielplatz umzugraben.

»Also, Katharina«, sagte ich, »beantwortest du mir jetzt meine Fragen?«

Ich hoffte, sie würde Ja sagen – oder wenigstens nicken. Aber sie drehte sich um und rannte weg. Typische Reaktion von Mitmenschen, wenn ich sie um etwas bat.

Früher war das noch umgekehrt gewesen. Da waren mir die hübschesten Frauen in Scharen nachgelaufen. Aber dann hatte ich aufgehört, ihre Handtaschen zu klauen …

Ja, ja, müder Gag. Ich weiß.

Während ich unschlüssig abwartete, ob Katharina jemals wieder aus dem Schlafsaal zurückkommen würde, in dem sie verschwunden war, oder ob ich ihr folgen sollte, erschien ihr roter Schopf im Eingang.

»Hier.« Sie kam näher und reichte mir einen Brief. »Ich glaube, da steht alles drin, was Sie wissen wollen.«

Ich öffnete den Umschlag und sah eine ähnliche Zeichnung wie die, die ich in dem provisorischen Klassenzimmer von Hector begutachtet hatte. Dann las ich die ersten Zeilen des Schreibens.

Als Nächstes hatte ich mehrere Erleuchtungen gleichzeitig. Was einmal daran lag, dass es Wilma gelungen war, zwei Taschenlampen zu organisieren, vermutlich von den Kindern, die noch immer auf dem Spielplatz im Kreis saßen. Zudem wusste ich, wo wir so schnell wie möglich hinmussten, um das Schlimmste zu verhindern.

Kapitel 43

Die Collage, die mir Katharina mit Hectors Brief gegeben hatte, zeigte wieder eine düstere, nebelartige Wolke. Auch hier fiel ein blutroter, tränenförmiger Tropfen durch die Wolke hindurch, doch diesmal nicht von einem Baum herab. Und er fiel auch nicht auf einen Waldboden, sondern auf etwas, das dem Platz, auf dem Wilma und ich jetzt standen, erstaunlich ähnlich sah: eine rechteckige, mit blauen Mosaiksteinchen geflieste Fläche. Vollständig im Freien, an der äußersten Nordspitze der Insel. Einige Fliesen waren bereits abgeplatzt oder gänzlich verschwunden. Unkraut drückte sich durch die Lücken im Boden nach oben.

»Woher hast du das gewusst?«, fragte Wilma bang. Sie flüsterte: »Woher hast du gewusst, dass er hier ist?«

Wie auch ich hatte sie den Kopf in den Nacken gelegt und starrte nach oben zu der Szenerie, die so ähnlich auf Hectors Collage zu sehen gewesen war.

»Das war Zufall«, antwortete ich Wilma. Ich war ängstlich und froh zugleich, dass wir den Ort auf dem Lageplan vor dem Mehrzweckgebäude so schnell ausfindig gemacht hatten.

Der Ort, an dem wir uns aufhielten, war nur vom Mondlicht beschienen. Die zwei Taschenlampen von Ulf und Martha mal ausgenommen, die uns auf unserem Weg beobachtet und sich vom Suchtrupp abgesondert hatten, um uns zu folgen (für mitlesende Oberstudienräte: Natürlich meine ich, dass uns Ulf und Martha beobachteten und folgten, nicht die Taschenlampen). Die Funzeln erzeugten übrigens noch weniger Licht als die Glühwürmchen, die um uns herumschwirrten. Unsere Taschenlampen wagten wir nicht anzumachen, um niemanden aufzuschrecken.

»Und was machen wir jetzt?« Wilma unterdrückte hörbar ein Schluchzen. Sie konnte wie ich nicht den Blick von dem Objekt wenden, das in der Collage auf den ersten Blick wie der Stachel eines Ungeheuers ausgesehen hatte. In der Realität war das Ungeheuer, von dem der »Stachel« im rechten Winkel abstand, ein Turm, der einem Jagdhochsitz ähnelte. Morsch und baufällig. Etwa fünf Meter hoch.

»Ich weiß nicht, ob ich das schaffe«, flüsterte ich. Auch ich wagte es nicht, laut zu sprechen. Um ja keine unbedachte Bewegung zu provozieren.

Noch, so hofften wir, hatte Hector uns nicht bemerkt, da oben, auf dem Sprungbrett des ehemaligen Inselfreibads, auf dem er saß.

Fünf Meter über dem leeren, baufälligen Schwimmbecken, in dem wir standen.

5 METER

Kapitel 44

Zuerst bestand Wilma darauf, mit Hector zu reden. Aber ich hatte die besseren Argumente auf meiner Seite. »Ich weiß, wie er tickt. Ich kann mich in den Jungen hineinversetzen und meine zu wissen, was hier vorgefallen ist. Vertrau mir, schließlich habe ich ihn dank meiner Intuition auch gefunden. Und außerdem brauche ich dich woanders.«

»Auf dem Turm?«

»Auf dem Turm«, bestätigte ich ihr. »Was nutzt es, wenn du ihn zum Aufgeben bequatschst und er sich umdreht und dann einem Vogel wie mir in die Augen blickt. Mit Skinheadfrisur und gebrochener Nase. Dann steht er doch lieber einer sympathischen Schönheit gegenüber.«

Sie brachte es fertig, zu lächeln, und mir trotz (oder gerade wegen) der verzweifelten Situation einen flüchtigen Kuss auf die Wange zu geben, bevor sie auf leisen Sohlen aus dem Becken verschwand.

Kaum dass sie den Turm erreicht und den Fuß auf die erste Stufe gesetzt hatte, begann das Sprungbrett über mir zu wackeln.

Hector, der gerade noch gesessen hatte, stand jetzt.

Hatte er bis eben noch klein ausgesehen, weil er so in sich zusammengesunken gewesen war, wirkte er jetzt für sein Alter groß und schmächtig. Er versank regelrecht in einem dunklen Jogginganzug und trug, soweit ich das von hier unten erkennen konnte, hohe Sneaker. In denen er nun einen großen Schritt in Richtung Abgrund machte.

Kapitel 45

Hey, warte!«, rief ich. Keine Ahnung, ob das im Handbuch »Suizid-Verhindern für Dummies« stand. Bislang hatte ich mich eher mit gegenteiliger Lektüre beschäftigt. Das Sprungbrett jedenfalls wackelte noch heftiger (schlechtes Zeichen), der Junge aber war einen Schritt von der Absprungkante zurückgetreten, was ich als Pluspunkt verbuchte.

»Shit!«, rief er zu mir nach unten. Er hatte längere, dunkle Haare (wobei hier draußen alles dunkel wirkte), die er sich aus der Stirn strich. »Wer zum Geier sind Sie denn?«

Gute Frage. Im Grunde sogar eine sehr philosophische.

»Du kennst mich nicht.«

Gefühlt sagte ich hier zum ersten Mal an diesem Abend die Wahrheit. Ich leuchtete mir mit der Taschenlampe kurz ins Gesicht, war mir dann aber nicht sicher, ob das nicht eher eine verstörende Wirkung hatte. Laut einer Antischuppenshampoo-Werbung aus den Neunzigern bekam man ja keine zweite Chance für einen ersten Eindruck, und ich wollte nicht bei meinem ersten Zusammentreffen mit Hector wie Jack Nicholson in »Shining« rüberkommen. Deshalb sagte ich rasch: »Im Moment, fürchte ich, bin ich derjenige auf der Insel, der *dich* am allerbesten kennt. Und versteht.«

»Verstehe ich nicht.«

Gut, wir drehten uns im Kreis. Aber in Anbetracht der Tatsache, dass hier gerade der Bock zum Gärtner gemacht wurde, also der Lebensmüde zum Suizidinterventionsverhandler, lief es für den Anfang doch gar nicht mal so schlecht.

»Ich bin selbst mal in so einer Situation wie du gewesen«, sagte ich, wohl wissend, dass einige der Umstehenden jetzt mit den Augen rollen würden. Langsam gesellten sich mehr und mehr Taschenlampen in einigem Abstand zum Beckenrand, und ich kombinierte messerscharf, dass diese wohl von menschlichen Wesen gehalten wurden. Die anwesenden Eltern, Lehrerinnen und Erzieher vermuteten sicher, ich würde an Hector mein mit Hollywoodfilmen trainiertes Halbwissen ausprobieren. Da versuchen die Verhandlungsexperten ja auch stets als Erstes, eine gemeinsame Ebene mit dem Suizidenten aufzubauen. Das klappte übrigens hervorragend, wie man dem nächsten Satz Hectors entnehmen konnte.

»Hau ab, Opa!«, rief er.

Herrgott, was tat denn mein Alter schon wieder zur Sache? Aber schön, immerhin redete er mit mir.

»Ich weiß, ich bin sehr viel älter als du«, erwiderte ich, ahnend, dass das auf »Alter Mann hat keine Ahnung von den Problemen eines Schulkids« hinauslief. »Aber ich kann mich noch gut an meine Schulzeit erinnern. Da sind richtig üble Sachen gelaufen. Und ich bin auch gemobbt worden. Anders als du nicht von Eltern, die wollten, dass ich von der Schule fliege, sondern von Mitschülern. Und glaub mir, ich hab damals auch von einem Köpper ins leere Becken geträumt.«

»Echt?«, rief Hector. Ich hatte offenbar einen Nerv getroffen.

Halt! Bevor Sie mich für mein Einfühlungsvermögen loben wollen, das an das von hellsichtigen Profilern in Serienkillerfilmen heranreicht, muss ich Ihnen gestehen, dass auf Seite zwei des Briefs, den uns Katharina gegeben hatte, Folgendes stand:

> »Liebe Katharina, ich danke Dir für Deine Freundschaft und Liebe. Aber ich halte es nicht mehr aus. Alle hacken nur auf mir rum, niemand (außer Dir) hat ein freundliches Wort für mich. Jetzt soll ich sogar von der Schule fliegen, und dann sehen wir uns nicht mehr. Da gehe ich jetzt lieber selbst für immer.«

»Und wieso haben Sie es nicht getan?«, fragte Hector. Dummerweise bewegte er sich, und das auch noch in die falsche Richtung, weswegen das Sprungbrett in etwa so vertrauenerweckend wackelte wie ein betrunkener Fahrradfahrer.

Wieso ich nicht gesprungen bin?

Ui, Glatteis. Falsche Frage. Ich hoffte, ihn mit einer seltsam formulierten Aufforderung abzulenken, und es funktionierte:

»Lass uns lieber über das reden, was *du* nicht gemacht hast.«

»Hä?«

»Ich hab doch gesagt, ich kenne dich. Nun, hier ist der Beweis: Ich weiß, dass du Katharina nicht geschlagen hast.«

»Ach ja?«

»Nein. Ausgeschlossen. Oder trägst du einen Ring?«

Er schüttelte, soweit ich es erkennen konnte, den Kopf.

Das war es, was mich schon an Arnes Handyfoto gestört hatte. Das Auge! Als Katharinas Vater mir nur wenige Stunden später auf dem Steg einen ähnlichen Treffer verpasste, hatte er mir – ohne es zu wissen – im wahrsten Sinne des Wortes einen weiteren Hinweis an den Kopf gehämmert. Sein Faustschlag hatte mir gezeigt, dass die Augenverletzung seiner Tochter eher nicht von einem kleinen Jungen stammen konnte.

Wieso? Nun, die Haut um Katharinas Braue war nicht gequetscht, sondern aufgerissen. Wahrscheinlich von einem Ring, vermutlich von einem, der mit einem spitzkantigen Stein besetzt war. (Ja, ich weiß. An mir ist ein Rechtsmediziner verloren gegangen.)

Das Brett wackelte wieder. Hector trat nervös von einem Bein aufs andere. Was, wenn er sich zu früh umdrehte? Noch war Wilma nicht in rettungsfähiger Reichweite, sondern kauerte auf den obersten Stufen des Turms.

»Und du hast die Arbeit auch nicht für dich geklaut«, beeilte ich mich nach oben zu rufen. »Du bist ein Einserschüler. Du hast das nicht nötig. Anders als Katharina, wie ich seit dem heutigen Elternabend von ihrem Papa weiß.«

Stille. Abgesehen von dem Gemurmel der Eltern, Erzieher und Lehrerinnen, die mich vom Beckenrand aus beobachteten.

»Sie braucht dringend gute Noten für ihre Versetzung, hab ich recht? Du hast versucht, die Matheaufgaben für sie zu stehlen.«

»Gehen Sie bitte!«, bat Hector. Er klang müde.

»Sie ist es, die du auf der Collage gezeichnet hast. Katharina ist das Mädchen mit dem schwarzen Herzen. Und du bist die Träne, die herunterfällt, richtig?«

Keine Antwort. Normalerweise mag ich es nicht, wenn man von oben herab mit mir spricht, in diesem Moment aber hätte ich alles dafür gegeben. Die Lücke im Gesprächsverlauf, die mir Hector gerade ließ, immerhin ohne sich erkennbar zu bewegen, nutzte ich, um ihm meine Theorie zu erläutern:

»Weißt du, erst hatte ich gedacht, Katharina wäre von ihrem eigenen Vater verprügelt worden. Aber dann hab ich mich gefragt, wieso solltest du den verteidigen? Nein, Arne Brehmer war es nicht. Es war der Typ, der ihm die Frau ausgespannt hat, während deine Mutter auf Langstrecke unterwegs war, richtig? *Dein Vater* ist für Katharinas blaues Auge verantwortlich.«

Es folgte das, was ich vor meiner Ehe auf Dating-Plattformen erlebte, wenn ich Direktnachrichten an Frauen schickte, die ich für attraktiv hielt: keine Reaktion.

»Ich kann mir allerdings noch nicht so recht vorstellen, wie es genau abgelaufen ist. Hat Katharina ihn erwischt? Bei ihrer Mutter? Ist sie dazwischengegangen? Hat dein Vater ihr im Affekt eine verpasst?«

Ich musste husten. Leider hatte ich meinen kurzen Ausflug in den See nicht genutzt, um wenigstens etwas Wasser zu schlucken. Zu wenig Flüssigkeit + zu viel abendliches Gerufe = schlechte Kombi.

»So oder so ähnlich war es doch, oder?«, fragte ich ihn. »Und du hast das gemacht, was jedes Kind in deinem Alter tun würde, egal, was für Kotzbrocken die Eltern sind.

Gott, ich weiß, was man als kleiner Junge alles tut, um geliebt zu werden. Man vermittelt, man heuchelt, man bettelt und man lügt. Du hast für deinen Vater gelogen. Hast die Schuld auf dich genommen und allen gesagt, *du* wärst es gewesen. *Du* hättest Katharina verletzt.«

»Hören Sie auf!« Ah, endlich. Er lebte noch. Kurz hatte ich gedacht, er wäre längst gesprungen, hätte mich unter sich begraben, und ich führte meinen Monolog während einer bereits einsetzenden Nahtoderfahrung.

»Ich hab gesagt, Sie sollen abhauen, Opa!«

Okay, jetzt klang er wie der Türsteher des Friedrichshainer Clubs auf meine Frage, weshalb er mich aussortiere, nachdem er die beiden Irren vor mir mit Lederhosen, nacktem Oberkörper und Schulranzen aber durchgewinkt hatte.

»Ich gehe erst, wenn ich dir noch zwei Nachrichten überbracht habe«, versprach ich Hector. »Eine gute und eine schlechte. Welche willst du zuerst hören?«

»Verpissen Sie sich, Mann!«

»Gut, also zuerst die schlechte. Es hört nicht auf. Nie.«

»Was?«

Wind kam auf. Die Abkühlung, für die ich bis vor wenigen Stunden noch eine Niere gespendet hätte, verfluchte ich jetzt. Noch war es nur ein Blätterrauschen. Aber was, wenn die Baumwipfel sich irgendwann bogen und gar Regen einsetzte?

»Die Notlügen hören nie auf«, sagte ich. »Die Unwahrheiten. Wir lügen bis ins hohe Erwachsenenalter. Nicht, weil wir alle schlechte Menschen wären. Sondern, weil wir schwach sind. Weil wir nicht wollen, dass andere unsere Schwäche erkennen.«

Ich zeigte irgendwo ins Dunkle. Keine Ahnung, ob dort Familie Susi und Mathias Brincks wartete. Trotzdem sagte ich: »Da drüben zum Beispiel, siehst du das Paar? Sie betrügen sich gegenseitig. Sie wischt auf Tinder Männer wie deinen Vater nach rechts. Und er holt sich Geschlechtskrankheiten im Puff. Und dort«, ich zeigte zu den Schlabbecks, die in der Tat gut sichtbar unter einer Laterne standen, nun aber aus dem Lichtkegel verschwanden, als wäre ihnen gerade eingefallen, dass sie ja eigentlich eine Lichtallergie hatten, »die beiden geben vor, die Welt mit gesundem Essen besser machen zu wollen, verteilen aber hinter dem Mehrzweckraum heimlich Rindfleischbuletten an Meistbietende.«

»Waaas? Wieso hab ich davon nichts abbekommen?«, hörte ich Frosti aus einiger Entfernung murren.

»Wir Erwachsenen tragen alle unsere Masken und haben Angst, dass jemand kommt und sie uns herunterreißt. Die beiden dahinten ...«, ich leuchtete mit meiner Taschenlampe zu den Umrissen, wo ich die Toseweits wähnte, »... sie tragen billige Fake-Klamotten, die täuschend teuer aussehen, um alle denken zu lassen, sie hätten mehr Geld, als es Mücken hier auf dieser Insel gibt. Aber ist das schlimm?«

Ich machte eine kurze Pause. »Die Antwort ist: Ja. Aber nicht für mich. Nicht für dich. Für keinen, dem sie die Märchen erzählen. Nur für sie selbst. Wir alle belügen und betrügen in erster Linie uns selbst. Machen uns etwas vor, um bewundert, geliebt oder wenigstens gemocht zu werden, und – jetzt kommt die Pointe, Hector – von Menschen, die wir meist gar nicht mögen, ja, oft noch nicht einmal kennen. Ich bin da keine Ausnahme. Ich bin heute hierhergekommen und hab alle angelogen. Ich hab allen gesagt, ich wäre dein Vater.«

Stille. Als hätte ihn mein Wortschwall erschlagen. Zum Glück nicht, denn das hätte meine Bemühungen hier etwas konterkariert.

»Wieso *das* denn?«, fragte Hector. Er klang nicht mehr ganz so wütend. Eher müde.

»Das ist eine lange, völlig verrückte Geschichte.«

Im Kern, weil ich meine Verhaftung wegen versuchten Autodiebstahls hatte verhindern wollen. Denn die Polizei hätte mir nicht nur meine Hortensie abgenommen, sondern auch Schnürsenkel und Gürtel, womit es unmöglich geworden wäre, mir in der Nacht in der Arrestzelle das Leben zu nehmen. Aber das zu erwähnen war jetzt wohl vielleicht der falsche Zeitpunkt.

»Ich hab gedacht, es wäre für mich und meine Umwelt besser, wenn ich mich als jemand anderes ausgebe«, sagte ich. »So wie du. Du hast dich als Schläger und egoistischer Dieb ausgegeben. Dabei bist du das Gegenteil. Du bist sensibel, das sieht man an deinen Bildern. Du hast dunkle Gedanken, das sieht gerade jeder hier draußen. Und du opferst dich auf. Für deinen Vater. Für Katharina.«

Pause.

Dann: »Was ist mit der guten?«

»Wie?«

»Sie haben gesagt, es gibt auch eine gute Nachricht.«

Ach ja, richtig. Der Streber da oben hatte natürlich aufgepasst.

»Die gute Nachricht ist: Es ist nicht zu spät. Weißt du, ich stecke wie du in einer dunklen Nebelwolke. Sie raubt mir die Kraft zum Atmen. Ich fühle das, seitdem ich meine Tochter verloren habe. Sie ist tot.«

»Echt?«

»Ja. Und ich ertrage es nicht.«

»Und das soll jetzt eine gute Nachricht sein?«

Hm. Berechtigter Einwand. Ich musste an der Stringenz meiner Gesprächsführung wohl noch etwas feilen.

»Ich weiß, es bringt jetzt nichts, dir zu sagen, dass es auch in deinem Fall jemanden geben wird, der deinen Tod nicht ertragen wird.«

Dieser Gedanke würde mich selbst auch nicht davon abhalten. Ich kann und will es nicht verallgemeinern, aber für mich ist die Entscheidung zum Freitod keine rationale. Ich weiß, dass ich schon so lange dunkle Gedanken habe, dass mein Verstand komplett verfärbt ist. Das hat natürlich Auswirkungen auf mein logisches Denkvermögen. Würde ich mein Handeln bis in die allerletzte Konsequenz abwägen, würde mich der Gedanke an um mich trauernde Menschen wohl zurückhalten. Aber dann wäre ich verdammt noch mal nicht suizidgefährdet.

»Es geht hier nicht um mich, Hector. Es geht um dich. Und du bist blutjung und stehst, im Unterschied zu mir, erst am Anfang.«

Streng genommen stand er nur noch wenige Millimeter vor dem Ende eines sehr wackligen Brettes, aber ich wollte jetzt keine Haare spalten.

»Bei mir ist nie so ein bekloppter Fremder wie ich aufgetaucht, der mir gesagt hätte, dass man seine Maske ablegen soll. Nicht in so jungen Jahren wie bei dir. Ich hatte keinen, der mich versteht. Der mich durchschaut und der weiß: *Du versuchst, es allen recht zu machen, Hector. Und wenn du an einen Punkt kommst, an dem du das nicht mehr schaffst, dann schädigst du lieber dich selbst als jemand anderen.*«

Hinter dem Jungen sah ich einen Schatten auftauchen. Wilma tastete sich voran. Berührte aber noch nicht das Brett.

»Du willst lieber springen, als zuzugeben, dass dein Vater ein Kinder prügelndes Arschloch ist.«

»Ich verstehe immer noch nicht, was die gute Nachricht ist!«, schrie Hector zurück, wieder energiegeladener, was hoffentlich kein letztes Aufbäumen vor dem Sprung war.

»Die gute Nachricht ist, dass es für dich noch lange nicht zu spät ist. Es gibt Hilfe. Hol sie dir. Nimm sie an. Geh zum Arzt beziehungsweise lass dich zu ihm begleiten, oder zur Psychologin. Rede mit deinen Freunden, deiner Mutter. Mach nicht den gleichen Fehler wie ich und warte Jahr um Jahr, bis du keine Zeit mehr hast.« *Denn dann passiert vielleicht wirklich mal etwas so Schreckliches, dass das Fass, in das du deine dunklen Gedanken einsperren wolltest, überläuft. Und du in der Wolke, die du uns auf deiner Collage gezeigt hast, erstickst.* Letzteres dachte ich nur noch, sagte es aber nicht, um die Aufnahmefähigkeit des Jungen nicht zu sehr zu strapazieren.

Die nach meinem letzten Satz einsetzende Stille war allumfassend. Alle hatten aufgehört zu murmeln. Die meisten hatten ihre Taschenlampen ausgeschaltet. Sogar der Wind und die Vögel schienen sich zu einer Schweigeminute verabredet zu haben. In diese Abwesenheit aller Geräusche stellte Hector die Frage aller Fragen.

»Und jetzt?«

»Jetzt dreh dich bitte langsam um«, sagte ich.

Wilma hatte es noch nicht gewagt, auf das Brett zu steigen. Eine weise Entscheidung. Ich wüsste nicht, wie ich an Hectors Stelle reagiert hätte, wenn die Unterlage, auf der ich gerade stand, auf einmal zu wippen begann wie dieses Spiralhuhn auf dem Abenteuerspielplatz.

»Erschrick nicht. Das ist eine gute Freundin von mir. Sie wird dich jetzt nach unten begleiten, okay?«

Hector drehte sich um. In schlechten Filmen wäre jetzt eine überraschende Windbö vom See her gekommen. Oder ein Rettungshubschrauber, der mit seinem Rotorwind das Brett so zum Wackeln brachte, dass der Junge fiel und sich im letzten Moment nur noch mit einer Hand an der Kante festhalten konnte, während Wilma quälend langsam mit verzerrtem Gesicht zu theatralischer Musik an ihn heranrobbte.

Hier passierte nichts dergleichen, und dennoch geschah etwas Außergewöhnliches. Etwas, das mir buchstäblich den Atem raubte – und zwar noch Sekunden, bevor Hector in den sicheren Armen von Wilma lag.

Hector rief etwas.

Es war das letzte Wort in einem Sechs-Wort-Satz, das mich umhaute. Heulend und erleichtert zugleich schrie er es Wilma förmlich entgegen, kurz bevor er in ihren Armen versank. Er sagte: »Es tut mir so leid, *Mama.*«

Kapitel 46

Mama.

Deswegen also.

Nur ein einziges Wort, und alles fügte sich. Alles wurde mir klar.

Wilma, diese Schlange. Sie hatte mich die ganze Zeit hinters Licht geführt. Und ich Trottel hatte gedacht, sie wäre einfach nur eine Verrückte, von denen es in Berlin ja nicht gerade wenige gibt.

Eine Verrückte mit einem Motiv, zugegeben. Dass ihr Mann ein Fremdgeher war, hatte ich ihr spätestens geglaubt, als sie neben dem ausgekippten Rucksack inmitten seiner dreckigen Unterwäsche stand, die sie Katharinas Mutter (wie ich jetzt wusste) in den Briefkasten hatte werfen wollen.

Aber eben dennoch eine Verrückte, die sich dort zu amüsieren begann, wo andere um den Gnadenschuss bettelten. *Mann, wer geht denn bitte freiwillig auf einen Elternabend, wenn er noch nicht einmal ein Kind hat?*

Als sie sagte, die Veranstaltung hier könnte »lustig« werden, dann hatte sie nicht den Abend als solchen gemeint, sondern die Möglichkeit, mich bei meinen Verrenkungen zu beobachten, wie ich mich als ihr Mann und

Hectors Vater ausgab. Und um sich den Spaß mit mir nicht zu verderben, hatte sie mich so lange wie möglich im Unklaren gelassen, bis sich dann zugegebenermaßen die Ereignisse etwas überschlugen. Mann!

Ich dachte, sie hätte wie ich nur eine Rolle gespielt, dabei war sie es wirklich. Eine Mutter. Und nicht von irgendwem, sondern von Hector.

Da hätte ich allerdings auch selbst drauf kommen können, fiel mir nun auf. Allein die räumliche Nähe zur Schule!!! Was hatte Arne gesagt? Nach dem Rausschmiss wohnte er jetzt mit Katharina eine halbe Stunde mit dem Bus entfernt. Statt fünf Minuten zu Fuß. Fünf Minuten, die ich und Wilma, *halt,* ich und Christin durch den Wald abgekürzt etwas schneller zurückgelegt hatten. (Ja, ja, der Esel nennt sich immer zuerst und zeigt anderen, die ihn darauf hinweisen, auch gerne mal den Mittelfinger.)

Logisch, dass Christin in der Nähe des Hauses wohnte, in dem Lutz sie mit Arnes Frau betrog. Zumal sie erkennbar gerade vom Sport gekommen war. Die Wahrscheinlichkeit sprach doch sehr dagegen, dass sie zum Joggen erst stundenlang mit der U-Bahn in einen anderen Bezirk gefahren war, um dort zufällig das Auto ihres betrügerischen Partners vor einer fremden Wohnung zu entdecken.

Ich hätte mich selbst ohrfeigen mögen.

Wie hatte ich all die Anzeichen übersehen können? Ich, Mister »Ich durchschau sie alle«! Von wegen.

Christins Wutausbruch, als Arne ihren Sohn mit einem Aquarelle malenden Serienkiller verglich. Ihre verzweifelte Bitte, ich möge ihr helfen, ihren Sohn zu finden, als er verschwunden war. Kein Wunder, dass sie mich eben nur widerstrebend mit ihm hatte reden lassen. Vermutlich hatte sie nur eingewilligt, auf den Turm zu steigen, da sie dort näher an ihm dran war und im Zweifel selbst eingegriffen hätte.

»Es tut mir so leid, Mama.«

Der Satz war erst vor wenigen Sekunden gefallen, doch ich fühlte mich um Jahre gealtert. Ich sah nach oben. Das Sprungbrett wackelte noch, war jedoch leer.

Christin hatte mit Hector die sichere Plattform des Turms erreicht (vorausgesetzt, das Ding war nicht von Termiten zerfressen oder völlig durchgerostet).

Ich meinte, Christin noch so etwas sagen zu hören wie: »Alles wird gut, Liebling. Ich lass dich nie wieder im Stich.«

Sicher war ich mir aber nicht, weil es mir in diesem Moment die Beine wegriss. Nicht im übertragenen Sinne, sondern wahrhaftig.

Kapitel 47

Ich hatte ihn in der Anspannung nicht kommen sehen. Den Unbekannten mit der Glatze, der sich auf mich stürzte und mich auf dem Boden des Schwimmbeckens zu Fall brachte. Und zum Schreien, hockte er doch auf meinen von Frau Tsui angeknacksten Rippen. Meine aktuellen Schmerzen schienen ihm nicht auszureichen, denn er holte mit der Faust aus. An der ich einen Ehering sah, mit einem kantigen Stein in der Fassung, perfekt geeignet, um Verletzungen herbeizuführen, die ich in Katharinas Gesicht gesehen hatte.

Und da wusste ich, wer mir gerade brüllend ins Gesicht spuckte: »Ich hab alles mit angehört. Wer bist du, dass du dich in mein Leben schleichst? Du solltest nur mein Auto klauen. Nicht meine Identität. Was willst du? Wieso versteckst du dich hier mit meiner Frau? Und erzählst meinem Sohn Lügen über mich?«

Lutz Schmolke also.

So lernt man sich kennen.

Hectors Vater machte das Hinckley-Face. Wollte also zuschlagen. Mit voller Wucht.

Nun, ich würde Ihnen jetzt gerne die Geschichte des straßenkampferfahrenen Sascha Nebel erzählen, der erst einen coolen Spruch absondert à la »Nicht so hastig, Herr Kollege«. (Immerhin hatte ich Dr. Dödel ja würdig bei einer Penisuntersuchung vertreten.) Der daraufhin den Arzt mit einem gezielten Trickschlag gegen den Kehlkopf zum Schweigen bringt, bevor er ihm den beringten Finger bricht und ihn an den Ohren zu seiner Bestimmt-bald-Ex-Frau schleppt, wo er sich bei Hector winselnd für sein jämmerliches Versagen als Vater entschuldigt.

Tja, die Abfolge der wahren Ereignisse stellte sich geringfügig anders dar: Ich sagte nur wenig und tat noch weniger. Im Grunde tat und sagte ich gar nichts.

Dafür wurde Lutz von einem Flipflop halb ohnmächtig geschlagen.

Genauer gesagt: *getreten*. Denn der Flipflop hing an einem Fuß, und der an einem Bein, und das gehörte Arne Brehmer.

Arne wiederum hielt es auch nicht lange in der aufrechten Position. Kaum hatte ich mich aus der Schlagweite des jetzt benommen neben mir liegenden Lutz Schmolke begeben, krachte auch er zu Boden. Attackiert von einem Mann mit einem mir nicht ganz unbekannten Gesicht. War das nicht einer der Polizisten, die mich durch den Wald verfolgt hatten? Der jüngere, der beim Bus aufgetaucht war, als ich gerade einstieg, um mit Holiday-Charter in diesen Elternabend-Albtraum zu fahren.

Wie kommt der denn jetzt hierher?

Und war da oben etwa auch der andere? Der untersetzte Glatzkopf, der mich zwischen den Bäumen nicht eingeholt hatte und jetzt mit einer gewissen Trägheit vom Beckenrand auf mich herabstarrte.

Mir war klar, dass es für die Anwesenheit all dieser Leute eine logische Erklärung geben musste, wobei es mir schwerfiel, den Sinn hinter dem Ausruf des jüngeren Polizisten zu erkennen, der, wenn ich es richtig hörte, brüllte: »Die Neonazi-Versammlung ist aufgelöst, ihr Ku-Klux-Klan-Schweine!«

Als nun auch noch Christin ins Becken hinabstieg, zu Arne, dem Polizisten, mir und ihrem Mann, angetrieben vom rhythmischen Klatschen der anwesenden Eltern, Erzieher und Lehrer, und als ich außerdem sah, wie der Glatzkopf-Bulle daraufhin in Wallung geriet und sich bemühte, Wilma (sorry, Christin) davon abzuhalten, einen Stock, der einer Baseballkeule sehr ähnlich sah, ihrem langsam wieder zu sich kommenden Mann über den Quadratschädel zu ziehen – ja, da wusste ich, dass das Chaos an diesem Abend noch lange nicht seinen Höhepunkt erreicht hatte. Und dass es nun endgültig an der Zeit für mich war, diesen Ort zu verlassen.

Ich schlich mich unbemerkt von der Meute aus dem Getümmel nach oben und drückte Hector, der am Beckenrand stand, so innig und herzlich, wie es mir nur möglich war.

»Du schaffst das. Noch ist Zeit«, sagte ich. Dann wünschte ich ihm »Leb wohl« und verschwand auf meinem Weg zum Wasser in der Dunkelheit.

Humor ist, wenn man trotzdem lacht.
Philosophie ist, wenn man trotzdem denkt.
Religion ist, wenn man trotzdem stirbt.

Jürgen Becker

Kapitel 48

Von hier oben sieht die Welt eigenartig aus. Wenn man von meinem Platz in den Wolken aus da unten überhaupt etwas erkennen kann.

Sicher, alles ist kleiner und unbedeutender. Und das ist auch gut so, *wie ein ehemaliger Berliner Bürgermeister gesagt hätte. Vor allem, dass man* uns *mit meinem Abstand hier nicht erkennen kann. Uns Menschen.*

Zeit unseres Lebens halten wir uns für wichtig, unverzichtbar und einzigartig, dabei gab es im Laufe der Weltgeschichte schon weit über hundert Milliarden von unserer Sorte auf dem Planeten.

Wenn es einen Gott gibt, dann war er in einem früheren Leben mal ein medizinischer Praxisassistent (umgangssprachlich auch als Sprechstundenhilfe bekannt), und sein Lieblingssatz ist: »Der Nächste bitte!«

Ich weiß, ich verliere mich in nutzlosen Gedankenspielen. Eigentlich möchte ich nur eines klarstellen, für alle, die sich aus irgendwelchen Quellen über meinen Fall informiert haben: Suizid ist nichts Erstrebenswertes. Sich selbst zu töten hat nichts Romantisches – oder gar Heldenhaftes. Es ist grauenhaft, schrecklich, oft schmerzhaft und bis zur letzten Sekunde mit Angst verbunden. Nur ist die Angst vor dem

Tod, zumindest in meinem Fall, ein wenig geringer als die vor dem Weiterleben. Ein trauriges, aber passendes Sinnbild sind Menschen, die aus einem brennenden Hochhaus springen, wie etwa die armen Männer und Frauen am elften September. Glaubt wirklich irgendjemand, die hätten keine Angst vor dem Tod gehabt? Kaum einer kann sich vorstellen, dass sich für Menschen, die den Freitod wählen, die Alternative des Weiterlebens so anfühlt wie Flammen, die dir aus einem brennenden Aufzugsschacht entgegenschlagen.

Oder wie …

Kackmist!

Ich spürte, wie sich der heiße Kaffee durch meine Leinenhosen fraß. Und das nur, weil der Lautsprecher über meinem Kopf auf einmal auf Olympiastadion-Lautstärke eingestellt war. Ich war so heftig erschrocken, dass ich mir das Heißgetränk aus dem Pappbecher treffsicher in den Schoß gekippt hatte.

Verdammt.

Alle bisherigen wichtigen Kabinendurchsagen waren im Flüstermodus und komplett verrauscht gewesen, wie:

»Die verbleibend … ugzeit … beträgt hmpfkrsch Minuten.«

Oder:

»Bitte achten Sie den ichtigen … inweis, dass am ughafen folgende obleme … schhhhhhhhkrsch.«

Nun aber, da der Kapitän sich persönlich zu Wort meldete, brüllte er den wenigen Passagieren des Linienflugs von Berlin nach Zürich so laut ins Ohr, dass alle in ihren Taschen nach Servietten, Tampons, Kaugummis oder anderem suchten, was sie sich vors Trommelfell stöpseln konnten. Auch ich dachte darüber nach, von dem Brief, den ich zu schreiben begonnen hatte, etwas abzureißen und mir das Papier zu einem Do-it-yourself-Ohropax zurechtzukauen.

Allerdings brauchte ich die leeren Seiten, um meine Hose zu trocknen.

Immerhin Glück im Unglück. Die Hälfte meines Bechers war auf 7B neben mir gelandet, und ich saß allein in der Reihe. Normalerweise hätte es zu mir gepasst, dass ich direkt neben einer Schweizer Millionärin reserviert gehabt hätte, die ausschließlich schneeweiße Kleider aus seltenstem Luxussamt trägt.

»… vierundzwanzig Grad, also sehr angenehm«, kam die Durchsage des Kapitäns zu ihrem Ende, und damit hoffentlich auch das Wehklagen der Mitreisenden, die schon fast aus den Ohren bluteten.

»Ich wünsche Ihnen einen schönen Aufenthalt in der Schweiz oder eine gute Weiterreise. Danke, dass Sie uns für Ihren Flug heute gewählt haben.«

Es knackte in der Leitung, doch die Durchsage des Kapitäns war noch nicht vorbei. Seine Stimme hatte auf einmal eine andere Klangfarbe. Von brüllend seriös wechselte sie zu kreischend beschämt: »Alles Gute und auf Wiedersehen. Oder, wie mich meine geschätzte Kollegin zwingt zu sagen, weil ich eine Wette verloren habe: ›Auf Wiederfliegen, Ende Gelände, Adios Embryos, Tschau mit Au …‹«

Ich schrak schon wieder zusammen. Diesmal, weil sich jemand unvermittelt neben mich setzte. Es war jene Kollegin, die der Kapitän gerade erwähnt hatte.

Sie lächelte mich an: »Guten Tacho, die Christin.«

Kapitel 49

Sie trug eine dunkelblaue Uniform mit goldenen Manschetten und farblich passender Kapitänsmütze, unter der sich ihr hochgesteckter Zopf löste, als sie sie abnahm.

»Was machst du hier?«, fragte ich. Keine sehr charmante Begrüßung bei einem ersten Wiedersehen nach gut fünf Wochen, aber für Höflichkeitsfloskeln war ich einfach zu verwirrt.

»Ich fliege das Flugzeug als Co-Pilotin.«

Ich stellte fest, dass sie noch immer so gut roch wie bei unserer letzten Begegnung.

»Das glaube ich nicht.«

»Dass ich gerade aus dem Cockpit komme?«

»Dass das hier ein Zufall sein soll.«

Sie drehte ihre Mütze zwischen den Händen. Ein allein reisender Teenager auf 7D, also in derselben Reihe, nur durch den Gang von uns getrennt, blickte nervös zu Christin hinüber. Auf seinem T-Shirt (das hatte ich beim Einchecken gesehen) stand: »Langweilst du dich auch so sehr wie mich?«

Nach Langeweile sah der Ausdruck seines Gesichts nicht mehr aus. Eher nach existenzieller Sorge darüber, weshalb die Pilotin, die er eigentlich lieber im Cockpit gehabt hätte, mit ihrer Mütze neben mir einen Rosenkranz betete.

»Du hast recht. Es ist kein Zufall«, sagte sie. »Ich habe in den letzten Wochen viel über dich gesprochen. Mit all meinen Freunden, meinen Kollegen, meiner Scheidungsanwältin, mit Hector natürlich auch.«

»Und der hat dir gesagt: Mama, ich hatte gestern in der großen Pause eine Eingebung. Ich glaub, der Typ, der mich vom Sprungbrett gequatscht hat, sitzt in LX975 auf 7A. Willst du nicht die Maschine fliegen, um ihm mal Hallo zu sagen?«

Christin lächelte verlegen.

»Apropos, wie geht es ihm?«

»Hector? Besser. Er hat eine Therapie begonnen.«

»Das freut mich«, sagte ich, weil es mich wirklich freute.

»Ja, er macht große Fortschritte. Sein Psychiater sagt, es war ein Hilferuf.«

»Wo ist er jetzt?«

»Auf Wanderfahrt mit der Klasse in Walsrode.«

Ich seufzte wehmütig. Ohne dass sie es wissen konnte, hatte Christin mit der Erwähnung von Walsrode die Erinnerung an eine äußerst denkwürdige Episode getriggert, die ich mit meinem fabelhaften Opa Gustav erlebt hatte, Gott hab ihn selig. Eine Brille lehnte Opa aus Eitelkeit ab (Zitat: »Ich will die wenigen heißen Witwen da draußen doch nicht schon von Weitem auf meine schlechten Gene aufmerksam machen«). Ein Hörgerät, das er noch viel nötiger gehabt hätte, war ihm »zu umständlicher technischer Firlefanz«. Trotz dieser eingeschränkten Sinne war Gustav jedoch sehr unternehmungslustig. Hin und wieder begleitete er mich in meinen jüngeren Jahren auf Partys, einfach, weil ihm zu Hause langweilig war. Meine Freunde liebten den schrulligen Kauz, mit dem eine Unterhaltung zu führen ungefähr so informativ war wie eine Runde Stille Post mit zweitausend Teilnehmern. Bei einer Küchenparty lernte er einmal einen Verkäufer von getunten Luxussportwagen kennen, der von Gott weiß wem mitgeschleppt worden war und der unter all den Studenten und Azubis seine Zielgruppe nicht finden konnte. Bis er auf meinen Opa traf, der ihm geduldig bei seinen Ausführungen zuhörte, dass von dem Mercedes 560 SEC AMG 6.0 seinerzeit ja nur fünfzig Stück gebaut wurden!

Ich sehe es noch wie gestern vor meinem geistigen Auge. Mein Opa interessiert nickend, ein Glas Milch mit Strohhalm in der Hand, in jede Pause ein »ja« oder »sehr richtig« einwerfend, was den Protzschlitten-Aufmotzer zu Äußerungen verleitete wie: »Der Charger Dodge Speedcore kommt mit seiner Komplett-Carbon-Karosserie und dank Doppel-Turbo auf krasse 1546 PS!«

Woraufhin Opa Gustav lachend den Kopf in den Nacken warf und bestätigend erwiderte: »Sie haben ja so recht. Je näher man Walsrode kommt, desto lauter zwitschern die Vögel.« (Übrigens eine geniale Strategie, um lästige Gesprächsteilnehmer von jetzt auf gleich abzuwürgen: *»Hätten Sie etwas Zeit für eine kurze Umfrage am Telefon?« – »Klar! Je näher man Walsrode kommt, desto lauter zwitschern die Vögel!«* Funktioniert immer!)

Wegen dieser von Christin getriggerten Erinnerungsassoziation hatte ich bei dem Wort »Walsrode« also wehmütig im Andenken an Gustav geseufzt. Logisch, dass sie sich die Hintergründe nicht spontan zusammenreimen konnte und deshalb davon ausging, dass ich damit wohl zum Ausdruck bringen wollte, ich missbillige ihr Getrenntsein von Hector.

»Du glaubst gar nicht, welche Ängste ich ausstehe, weil ich nicht in seiner Nähe bin. Aber sowohl die Ärzte wie auch die Lehrer haben mir versichert, dass es jetzt genau das Richtige für ihn ist, Spaß zu haben und mit Freunden etwas zu erleben.«

Ich nickte. Wenn es jemanden gab, der wusste, wie heilsam Abwechslung sein konnte, dann wohl ich.

»Im Grunde hast du dir genau den richtigen Flug ausgesucht. An einem anderen Tag hätte ich Hector nicht alleine gelassen.«

»Ist Katharina auch mit auf der Wanderfahrt?«, erkundigte ich mich.

Christin lächelte. »Ja. Auch diese Freundschaft tut ihm gut.«

»Und hat Arne die Prügelei mit Lutz überlebt?«

Christin lachte. »Oh, Gott. Diese Nacht auf Schilfwerder. Es war auf einmal wie in einem Bud-Spencer-Film. Ein heilloses Chaos. Plötzlich waren zwei Polizisten da, die uns alle verhaften wollten. Der eine schwafelte etwas von ›Gründung eines verbotenen Geheimbunds‹. Aber die beiden waren völlig überfordert. Am Ende haben sie nur Lutz mitgenommen, der auch ihnen gegenüber handgreiflich werden wollte. Geschieht ihm recht.«

Sie sah an mir vorbei aus dem Fenster, als gäbe es dort etwas Interessantes zu sehen, wie eine brennende Tragfläche zum Beispiel, aber dann hätte sie vermutlich eher panisch und nicht so traurig dreingeblickt.

»Lutz ist ausgezogen. Meine Mama wohnt dafür jetzt

bei uns, Hector hat sie sehr lieb.« Sie zog die Nase hoch. Ich fragte mich, warum etwas, was bei mir eklig gewesen wäre, bei ihr wie ein niedlicher Fauxpas klang.

»Ich bin viel zu oft und viel zu lange weg gewesen. Obwohl ich gewusst habe, was für ein Schwein Lutz ist. Doch so schlecht er als Ehemann war, als Vater habe ich ihn für perfekt gehalten. Es kamen ja auch nie Klagen. Hector hat tolle Zeugnisse nach Hause gebracht, Lutz hat mir versichert, er kümmere sich um Hausaufgaben und Elternabende, wenn ich nicht da war. Und Hector, so sensibel, wie er ist, hat mich nicht belasten wollen. Er hat mir nichts von seinen Problemen erzählt, um, wie er sagte, mir keinen Kummer zu machen. Tatsächlich habe ich nicht bemerkt, dass Hector nur auf sich alleine gestellt war. Ich habe versagt.«

Sie machte eine Pause. Wenn sie hoffte, ich würde ihr widersprechen, lag sie falsch.

»Nun denn, ich versuche, ihm fortan die Mutter zu sein, die er braucht und die er verdient hat. Ich fliege jetzt nur noch dreimal die Woche und nur noch innereuropäisch.«

Ich kratzte mir den Hinterkopf. Meine Haare waren jetzt bestimmt zwölf Millimeter lang, ich war lange nicht mehr bei einem Friseur gewesen, was den Vorteil hatte, dass Rechtsradikale auf der Straße mir nicht mehr so freundlich zunickten.

»Und wie kommt es nun, dass du gerade neben mir sitzt?«, fragte ich. »Es gibt mehrere Verbindungen täglich, und du fliegst sie seltener, als beim BER falscher Brandalarm ausgelöst wird.«

Christin seufzte, als würde sie mit einem Begriffsstutzigen reden. Wenn sie eine so kurze Zündschnur hatte, wollte ich auf gar keinen Fall in Hectors Haut stecken, wenn sie ihn Vokabeln abfragte.

»Wie gesagt, ich habe viel über dich geredet. Eine gute Freundin am Boden hat deinen Namen in der Buchung gesehen. Sie hat mir den Tipp gegeben, dass ich dich heute hier treffen kann. Ich musste nur mit einem Kollegen tauschen.«

Aha. Das ergab Sinn. »Und wieso die Mühe?«

»Weil du nicht im Telefonbuch stehst? Weil ich keine Adresse, keine E-Mail und keine Handynummer von dir hatte?« Sie seufzte erneut. »Weil ich auf Schilfwerder nicht mehr die Gelegenheit bekam, mich bei dir zu bedanken.«

Christin streckte ihre Füße, so weit es ging, unter dem Vordersitz aus. Da wir in der Holzklasse saßen (ja, es war eine kleine Maschine), konnte sie froh sein, sich bei dem Versuch nicht die Knie zu brechen. Sie drehte sich zu mir.

»So, nun zu dir. Was machst du hier?«

Das war sie. Die Frage alle Fragen.

Natürlich hatte ich eine Antwort. Aber ich fürchtete, es war nicht die, die Christin hören wollte.

Kapitel 50

Du willst wissen, was ich hier mache und nicht zwölf Fuß unter der Erde?«, fragte ich.

Sie schluckte unwillkürlich. »Dann hat Hector also recht«, murmelte sie.

»Womit?«

»Er hat mir gesagt, er habe auf der Insel gespürt, dass du die Wahrheit sagst. Als du gemeint hast, du würdest den Tod deiner Tochter nicht ertragen.« Sie atmete schwer: »›Er fühlt, was ich fühle, Mama‹, hat er nach diesem Abend zu mir gesagt.«

Die dunklen Gedanken. Die Nebelwolke.

»Du hast dich auf der Insel also wirklich umbringen wollen?«

Ich sah wieder zu 7D. Der junge Mann mit dem Motto-T-Shirt, der anscheinend immer größere Ohren machte, war noch blasser geworden. Ich konnte ihn verstehen. Vielleicht war er zum ersten Mal alleine unterwegs, und die Pilotin diskutierte neben ihm über Suizid. Wäre ich ein lebensbejahender Mensch, würde ich auch nicht gerne mit dem Typen, der mich beim Fallschirmspringen huckepack nehmen würde, kurz vor dem Absprung über die Sinnlosigkeit des Lebens reden wollen. Zurück zu Christin.

»Kennst du einen anderen Grund, weshalb erwachsene Menschen sich am Steg mit Klebeband die Beine zusammenbinden?«, fragte ich sie.

Fetischfreaks mal ausgenommen.

Ich versuchte, mich zu ihr zu drehen, ohne mein Hemd zu zerreißen, so eng, wie es hier war. »Lass mich raten: Du denkst jetzt: ›Aha, der Sascha ist noch immer am Leben, so ernst hat er es mit seinem Freitod wohl doch nicht gemeint.‹«

Tatsächlich hatte ich auf der Insel direkt vom leeren Schwimmbecken in den vollen Wannsee marschieren wollen. Aber dann hatte exakt an der Stelle, an der ich durch den Wald aufs Ufer traf, ein Ruderboot am Strand gelegen. Gefüllt mit einer halb leeren und zwei noch ungeöffneten Bierdosen. Bei meinem Durst wertete ich das als Zeichen, dass eine höhere Macht beschlossen hatte, heute wäre nicht der Tag der Tage.

»Zunächst einmal bin ich froh, dass es dich noch gibt«, sagte Christin, die meinem ernsten Blick sehr gut standhielt. Ich bemerkte zum ersten Mal, dass sie gelbgrüne Augen hatte. Bei mir hätten sie wie die einer giftigen Schlange ausgesehen, bei ihr kam mir das Wort »apart« in den Sinn. (Omi Lenor hätte sie angesichts ihres Gesamtauftritts heute übrigens als »kesse Sumse« beschrieben.)

»Und um auf deine Frage zurückzukommen: Ja, ich habe die Hoffnung, dass dieser Abend dich verändert hat.«

Ich nickte. »Verstehe.«

»Was?«

»Nun, es passt doch wirklich alles herrlich zusammen.

Ich war in einer extremen Ausnahmesituation, mental komplett am Ende. Da treffe ich auf eine extrem seltsame, aber irgendwie attraktive Frau, mit der ich auf der Flucht vor der Polizei einen völlig abgedrehten Elternabend verbringen muss. Auf dem ich mir selbst näherkomme, dem Tod von der Schippe springe und sogar ein junges Menschenleben retten kann. Und wie es das Schicksal so will, ist die extrem seltsame, attraktive Mutter im Begriff, sich scheiden zu lassen, weshalb ich natürlich, geläutert und komplett verändert, mich Hals über Kopf verliebe und dem Jungen ein besserer Vater als der leibliche sein werde, anstatt freiwillig über den Jordan zu gehen.«

Platz 7D hob die Hand wie in der Schule, um uns irgendetwas zu verstehen zu geben, aber ich wollte ihn nicht drannehmen, und Christin war mir komplett zugewandt und konnte daher nicht sehen, was hinter ihrem Rücken geschah.

»Eingebildet bist du gar nicht, oder?«, fragte sie mich.

»Wieso?«

»Wie kommst du auf die absurde Idee, ich würde dich in mein Leben lassen wollen?«

»Wie kommst du auf die absurde Idee, eine einzige Nacht würde mich gesunden lassen?«, schoss ich zurück, plötzlich in Rage. Zornig wie ein Kleinkind, dem man das Eis erst hingehalten, dann aber vor dem ersten Bissen wieder weggenommen hat, sagte ich: »Weißt du was, ich habe die Schnauze voll von Menschen wie dir. Jeder halbwegs empathische Mitbürger hält sich heutzutage für einen Psychologen. Du glaubst auch, nur weil Mitgefühl und Takt für dich keine Fremdwörter sind, würde allein dein sensationelles Einfühlungsvermögen ausreichen, um mich gesund zu machen. Nach dem Motto: ›Schau doch nur, wie toll der Elternabend war. Das Leben ist ungewöhnlich, aber aufregend und schön. Dann musst du ja jetzt erkannt haben, dass man es nicht einfach so wegwirft.‹«

Ich musste husten, was mich etwas schwächer und meinen Ausbruch vermutlich weniger beeindruckend erscheinen ließ.

»Aber ich sag dir was: Wenn du irgendwann Alzheimer bekommst, und du verlebst mit deinem Pfleger einen wundervollen Tag im Park, dann wird der danach auch nicht zu dir sagen: ›So, Frau Schmolke, jetzt haben Sie doch selbst mal miterlebt, wie schön die Rosen blühen und wie viel Freude es Ihnen macht, die Häschen auf der Wiese beim Hoppeln zu beobachten. Also reißen Sie sich doch das nächste Mal bitte zusammen, wenn Hector im Sanatorium zu Besuch kommt, und erkennen ihn gefälligst, wenn er Sie umarmen will.‹«

»Ich verstehe, worauf du hinauswillst.«

»Nein, tust du nicht. Wenn ich mit Blinddarmdurchbruch zu dir käme, würdest du die 112 rufen und mich nicht bitten, mich mal auf den Küchentisch zu legen, damit du mich mit deinem Brotmesser operieren kannst. Komme ich mit einer blutenden Seele zu dir, glaubst du aber, der Sache gewachsen zu sein und meinen vergifteten Verstand allein mit warmen, lebensklugen Worten verarzten zu können.«

»Äh, Entschuldigung. Ihre Unterhaltung macht mich etwas nervös«, meldete sich 7D.

»Dann schluck ne Valium«, empfahl Christin ihrem

Passagier, etwas, was sie vielleicht selbst hätte beherzigen sollen. Denn jetzt war sie hörbar wütend.

»Du …« (damit war ich gemeint) »… kommst jetzt mal von deinem hohen Ross runter. Ich habe *gar nichts* gesagt. Ich habe dir keine Tipps oder Ratschläge gegeben. Und ich bin nicht blöd. Mir ist schon bewusst, was du in der Schweiz willst.«

Ja, die lieben Eidgenossen. Sie sind halt nicht allein für Schokolade, Uhren, Banken und ihre Neutralität bekannt, sondern auch dafür, dass gewisse Kreise sich damit auskennen, Menschen auf ihrer letzten Reise etwas zu unterstützen. Wenn ich ehrlich war, hatte der Elternabend mich wirklich verändert und mir aufgezeigt, dass meine Lebensmüdigkeit mich unendlich schwach gemacht hatte und ich es ohne fremde Hilfe nicht schaffen würde.

»Du machst mir Vorwürfe, ich würde dir Ratschläge erteilen?«, fragte Christin. »Sascha Nebel, ich kenne dich so wenig, ich würde mir noch nicht einmal anmaßen, dir eine Zahnpasta oder eine Toilettenpapiersorte zu empfehlen, geschweige denn, wie und ob du dein Leben zu leben hast.«

Max White Extrem und Vierlagig Ultrasoft, lag mir auf der Zungenspitze.

»Ich habe mich informiert«, fuhr sie fort. »Auch wegen Hector. Allein in Deutschland sterben jährlich zwischen sechs- und siebentausend Menschen an den Folgen eines Suizids. Das sind mehr als an Verkehrsunfällen, Drogen, Mord und HIV zusammen. Und trotzdem wird jeder Fall wie ein seltenes Einzelschicksal behandelt.«

»Was willst du mir damit sagen?«

»Die Hinterbliebenen von Selbstmördern …«

»Mööp«, wandte ich ein und machte ein Time-out-Zeichen wie beim Basketball. »Von Selbstmord spricht man nur, wenn ein Attentäter andere absichtlich mit in den Tod reißt. Suizide, bei denen nur derjenige stirbt, der freiwillig den Tod sucht, sind aber straflos und Menschen wie ich ganz sicher keine Mörder.«

»Großer Gott!« (Gestöhnter Seiteneinwand von 7D.)

»Gut, dann Suizidenten eben.« (Genervtes Zugeständnis von 7B.) »Deren Angehörige, Freunde und Verwandte werden in unserer Gesellschaft wie Aussätzige behandelt. Der Pfarrer spricht nicht über die Todesursache, die Eltern schreiben verschämt ›Herzversagen‹ und ›plötzlich‹ in die Traueranzeige, doch hinter vorgehaltener Hand wird getuschelt: ›*Wieso haben die das bei ihm denn nicht bemerkt, die hätten ihm doch helfen müssen?*‹«

Ich wollte ihr sagen, dass wir uns jetzt argumentativ die Hand reichen konnten. Genau das hatte ich gemeint, als ich sagte, alle redeten mit, doch keiner wisse, wovon. Wenn ich es mir recht überlegte, war das eigentlich eine recht gute Definition eines Elternabends.

»Auf einen Selbstmö… Suizidenten kommt eine Vielzahl von Freunden, Bekannten, Kollegen, Verwandten. Und die meisten von denen fühlen sich schuldig. Stigmatisiert.«

»Genau das hasse ich an Serien wie ›Tote Mädchen lügen nicht‹«, wandte ich ein. Die Verwirrungstaktik. Etwas scheinbar Absurdes sagen, das aber trotzdem Sinn ergibt und den Redeschwall deines Gegenübers versiegen lässt.

»Wie meinst du das?«

»Da wird so getan, als ob es dreizehn Schuldige gäbe und ein Opfer. Aber so einfach ist es nicht. Schuld ist hier die falsche Kategorie. So verständlich es auch ist, dass wir bei Katastrophen immer einen Schuldigen suchen, so falsch ist es, das bei Suiziden zu versuchen.«

»Ich bin sehr wohl schuld, dass mein Sohn sich fast das Leben genommen hat«, widersprach Christin.

»Falsch. Du bist schuld daran, die Faktoren, die dazu führten, nicht rechtzeitig bemerkt zu haben. Hätte Hector es durchgezogen und wären wir zu spät gekommen, wäre das eine Schuld, mit der du dann hättest leben müssen und an der du vermutlich zugrunde gegangen wärst. Aber ursächlich wären Umstände gewesen, die du kaum beeinflussen oder verändern kannst. Wie Hectors Sensibilität. Seine im Vergleich zu anderen Kindern höchstwahrscheinlich stärker ausgeprägte Empfindsamkeit. Fakt ist: Es gibt leider Hunderttausende vernachlässigte Kinder, denen übler mitgespielt wird und die in weitaus desolateren Verhältnissen groß werden und die dennoch nicht auf einen Sprungturm klettern.«

Ich redete schneller, damit sie es schwerer hatte, mich zu unterbrechen.

»Vielleicht hat es hormonelle Gründe, dass Hector Anfeindungen anders wahrnimmt als Gleichaltrige? Vielleicht ist seine Schilddrüse nicht in Ordnung? Hat er ein singuläres traumatisches Ereignis erlebt, vor dem ihn niemand hätte schützen können, das zu einer posttraumatischen Belastungsstörung führte? All das muss untersucht werden, aber nicht von dir, denn hier bist du kein Profi.«

Christin sah nicht sehr überzeugt aus. Platz 7D steckte sich die Finger in die Ohren und sang »la, la, la«.

»Du sagst, ich bin keine erfahrene Therapeutin, also

kann ich Menschen wie dich, ja sogar meinen eigenen Sohn nicht verstehen. Und wenn es am Ende zum Schlimmsten kommt, ist niemand schuld. Also leg ich jetzt einfach die Hände in den Schoß und lass die anderen mal machen?«

»Wieder falsch. Es gibt professionelle Hilfe für Menschen wie mich, richtig. Die hast du Hector besorgt, das ist gut. Aber das Wichtigste, was Menschen mit Depressionen, dunklen Gedanken und suizidalen Tendenzen brauchen, ist eine Familie.«

Die ich nie hatte.

»Diese Familie, zu der auch Freunde zählen, ist wie ein Haus. *Du,* Christin, bist ein Haus. Du kannst dich entscheiden, es leer stehen zu lassen wie in der letzten Zeit, als du so oft geflogen bist. Du kannst einen großen Zaun drum ziehen, Alarm- und Selbstschutzanlagen installieren und dich ganz unten im Keller in einen Panikraum verkriechen und alle anderen aussperren.«

»Oder ich male es bunt an, backe einen Kuchen, decke den Tisch und öffne die Türen …«

»… um die, die dir wichtig sind, bei einem Latte macchiato vor dem knisternden Kamin willkommen zu heißen. Vorausgesetzt, es ist Winter natürlich. Sonst kommen wirklich nur Frostbeulen mit einer Schilddrüsenunterfunktion zu Besuch.«

Sie lächelte traurig.

»Am Ende aber, das ist sehr schwer zu verstehen, darfst du dir nicht die Schuld geben, wenn dein Lieblingsmensch eine andere Tür wählt. Du kannst sie nur öffnen, hindurchgehen muss er oder sie dann schon selbst. Und – das ist genauso wichtig – auch der Lieblingsmensch, der dein

Hilfeangebot nicht annimmt, trägt keine Schuld. Vielleicht sieht er dein Haus nicht, weil es für ihn in einem dunklen, düsteren Nebel steht, obwohl du es hell erleuchtet hast.«

Vielleicht hat er sich, so wie ich, in seinem Leben schon viel zu oft verlaufen und ist nun einfach müde.

Christin griff sanft nach meiner Hand. »Mein Haus steht offen. Das Licht brennt. Und es gibt Schokokuchen.« Sie sah auf meinen immer noch feuchten Schoß. »Aber keinen Kaffee. Das ist zu gefährlich.«

»Ich mag nur Schwarzwälder Kirsch«, sagte ich.

»Dann eben nicht.«

Wir lachten beide.

Platz 7D sang lauter, es erinnerte mich an gregorianischen Gesang.

»Okay, ich gebe es zu. Als ich gehört habe, dass du heute fliegst, dass du also noch lebst, hatte ich die Hoffnung, dass du es dir anders überlegt hast. Ich hab jetzt verstanden, dass es mit rationalem Überlegen wenig zu tun hat. Aber vielleicht gibt es ja doch noch eine Tür, die du übersehen hast.«

»Ich …«

»Schhhh!« Sie legte mir den Finger auf die Lippen.

»Lass sie uns doch gemeinsam suchen. Ich will dich nicht verändern oder versuchen, dich für immer davon abzuhalten. Nur so lange, bis ich dich wenigstens etwas kenne, Sascha. Ich akzeptiere, dass du ein gebrochener Mann bist. Es ist schrecklich, was du mit Lara erleben musstest. Es ist mir egal, womit du dein Geld verdienst. Du hast wie jeder andere auf diesem Planeten das Recht auf körperliche Selbstbestimmung. Niemand darf dir reinreden. Das heißt aber nicht, dass ich das alles schweigend ertragen und alleine mit Zweifeln und Selbstvorwürfen zurückbleiben muss. Ich will dich verstehen, will dich analysieren, und, ja verdammt, ich will dich hier auf der Erde behalten, wenigstens so lange, bis ich wenigstens zu einem Prozent kapiert habe, was in dir vorgeht.«

»Das ist doch reiner Egoismus.« Ich lachte.

Sie grinste zurück. »Was denn sonst? Denkst du, ich bin dir auf ewig verfallen, nur weil du mich eben attraktiv genannt hast?«

»Und extrem seltsam!«, ergänzte ich.

»Natürlich geht es mir um Hector. Ich will bei ihm nie wieder irgendwelche Anzeichen überhören oder übersehen.«

Stille. Das Flugzeug rauschte, Platz 7D wimmerte und schluchzte.

»Sprich es aus!«, forderte ich von Christin.

Sie nahm allen Mut zusammen und sah mir fest in die Augen. »Können wir versuchen, dein Haus zu sein?«

Die Frage war ebenso naiv wie liebenswert.

Wie gerne hätte ich sie in den Arm genommen, sie gedrückt und mit Tränen in den Augen einfach Ja gesagt.

Ich wandte mich ab und sah aus dem Fenster.

Wie paradox. Mein Leben lang hatte ich all meine Energie dafür verschwendet, mich zu verbiegen und zu verändern, um anderen zu gefallen. Die Ironie des Schicksals wollte, dass mir jetzt, wo ich erstmals jemanden getroffen hatte, der mich eventuell genauso akzeptierte, wie ich war, die Kraft fehlte, meine Maske abzulegen und einfach nur ich selbst zu sein.

Wer immer das auch sein sollte.

»Ich bin so müde«, sagte ich, während ich von hier oben auf eine Welt blickte, die durch die Wolken betrachtet wunderbar leer und menschenlos wirkte.

So wie der Platz neben mir, als ich nach einer Weile wieder nach rechts schaute.

Christin war fort.

Der Landeanflug hatte begonnen.

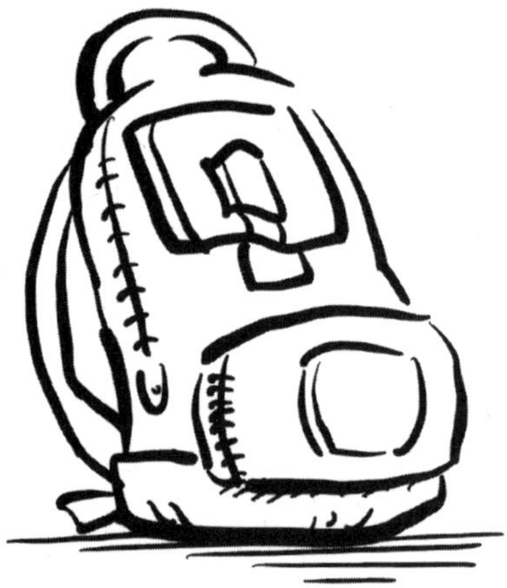

Kapitel 51

Ich stand am Gepäckband und hasste es. Wie immer. Eigentlich hatte ich nur mit Handgepäck fliegen wollen, aber der gut informierte Check-in-Mitarbeiter am Berliner Terminal meinte, meine Maschine sei so überbucht, dass ich gezwungen wäre, meinen Drei-Liter-Rucksack aufzugeben, ansonsten könne er außer für Schnappatmung und klaustrophobische Beklemmungsanfälle während des Fluges für nichts garantieren.

Ich war also in den Airbus gestiegen mit der Erwartung von Menschenmassen, die sich darin stapelten wie Passagiere einer Tokioter U-Bahn zur Rushhour. Sämtliche Stau- und Sitzzwischenräume gefüllt wie bei dem WG-Umzug, den wir damals mit einem VW Polo durchgezogen hatten. Nun denn, es kam bekanntlich anders. Ich hatte genug Platz für unerwartete Gesprächspartnerinnen auf freien Sitzen neben mir gehabt. Und mein Rucksack schien irgendwo in den unendlichen Weiten des Flugzeugbauchs verloren gegangen zu sein. Jedenfalls konnte ich ihn auf dem einschläfernd langsamen Gepäckband in der Ankunftshalle von Terminal 1 nicht entdecken. Dafür kreiste ein aufgeplatztes Paket mit Babywindeln seit etwa zwanzig Minuten an mir vorbei. Da ich mittlerweile alleine am Band stand (kein gutes Zeichen), nahm ich an, dass sich die Eigentümer nicht mehr für die Pampers Größe 4 interessierten. Vielleicht war das Baby ja während des Fluges spontan trocken geworden. Oder es hatte sich in meinen Rucksack entleert und zog diese Methode der bisherigen vor.

Das Band stoppte, und ich starrte etwas unschlüssig auf eine der Windeln, die aus dem Paket vom Band direkt vor meine Füße gefallen war.

»Hast du etwa Lotto gespielt?«, hörte ich Christin aus einiger Entfernung rufen. Sie kam aus der Richtung der Toiletten.

»Wie bitte?«

Sie zog einen (na was wohl?) Pilotenkoffer hinter sich her, ansonsten ließ nichts mehr einen Rückschluss auf ihre Profession zu. Die Mütze war verschwunden, ebenso die Uniform, die sie durch ein farbenfrohes Sommerkleid ersetzt hatte. Ihre dezent nachgezogenen Lippen gaben mir einen weiteren Hinweis darauf, dass sie irgendwo die Gelegenheit genutzt hatte, sich frisch zu machen.

»Welcher Irre gibt am Berliner Flughafen denn noch Gepäck auf?« Sie blieb vor mir stehen. »Jeder weiß doch, dass das nie ankommt.«

»Ja, bohr noch in der Wunde.«

Ich suchte nach dem Schild für verlorenes Gepäck, entschied mich aber im nächsten Atemzug, den Rucksack dem Zürcher Flughafen zu schenken, sollte er denn irgendwann noch auftauchen. Mehr als Wechselunterwäsche und Zahnpasta war nicht drin, also nichts, was ich mir nicht im nächstbesten Kaufhaus kaufen konnte.

»Du hast ja gar keine blaue Hortensie dabei.« Christin

lächelte traurig, als wir uns gemeinsam auf den Weg hinaus machten.

»Und du keinen Baseballschläger«, stellte ich fest.

Keine Ahnung, warum, aber wie immer fühlte ich ein latentes Schuldbewusstsein, als ich den »Nichts zu verzollen«-Ausgang wählte. Wahrscheinlich eine Berufskrankheit, dass mich schnüffelnde Hunde und bewaffnete Polizisten etwas nervös machten, selbst wenn ich ausnahmsweise mal nichts Verbotenes getan hatte.

Ich vermied also wie immer den Blickkontakt mit den wartenden Zollbeamten, doch ausgerechnet heute hatte das keinen Erfolg.

Ich wurde angehalten.

»Herr Nebel? Einen Moment bitte«, hörte ich eine Stimme mit Schweizer Dialekt und fühlte mich sofort wie ein Topterrorist, denn anders konnte ich mir nicht erklären, weshalb der Polizist meinen Namen kannte. Unwillkürlich tastete ich nach einem mir bislang verborgen gebliebenen Sprengstoffgürtel, den ich versehentlich angelegt hatte. Dass mich kein Zollbeamter, sondern ein Arzt angesprochen hatte, merkte ich erst, als ich aufblickte und einen weiß bekittelten Mann mit Nickelbrille und Gesundheitslatschen aus einem Nebenzimmer treten sah, in dem vermutlich unter normalen Umständen Leibesvisitationen oder Waterboarding-Sessions durchgeführt wurden.

Neben ihm stand ein bulliger Sanitäter, deutlich erkennbar an einer Warnweste mit der Aufschrift »Sanitäter«.

Ich sah irritiert zu Christin, die etwas verlegen mit den Achseln zuckte. In ihren Augen las ich, dass sie über das, was hier vor sich ging, besser Bescheid wusste als ich.

»Es tut mir leid«, flüsterte sie, und ich sah zurück zu dem Arzt und seinem Helfer, die mich abwechselnd baten, mit ihnen in ihr Zimmer zu kommen.

Sie nickten mir freundlich lächelnd zu und deuteten in den Raum hinein, in dem ich etwas stehen sah, was mich im ersten Moment noch mehr verwirrte als die Aussage des bebrillten Arztes: »Wir sind vom psychiatrischen Notdienst und würden uns gerne mit Ihnen unterhalten, Herr Nebel.«

Denn hinter ihnen, in dem Raum, in den ich ihnen folgen sollte, stand mein Rucksack.

Kapitel 52

Ich habe Ihnen doch erzählt, dass ich mich für einen Irrenmagneten halte, so oft, wie verhaltensauffällige Menschen in mein Leben treten. Mit einigen davon war ich sogar befreundet, wie mit Franky, mit dem ich eine Zeit lang in einer Werbeagentur arbeitete und an dessen gewöhnungsbedürftigen Humor ich jetzt denken musste. Nur wenige Minuten nachdem ich den Bereitschaftsraum nach einer kurzen Unterredung mit dem Arzt wieder verlassen hatte und in Christins staunende Augen sah. Denn Franky hatte mich einmal in eine emotional vergleichbare Situation wie diese hier gebracht.

Es ist Jahrzehnte her, aber mir bricht bei der Erinnerung heute noch der Schweiß aus. Ich hatte mit meiner heutigen Ex-Frau Valerie den allerersten, hochromantischen Liebesurlaub in einem Strandhotel auf Kreta verbracht. Frisch verliebt aßen wir griechische Köstlichkeiten, tranken lokalen Wein und beobachteten von unserem Tisch am Meer aus den Sonnenuntergang, der an Kitschigkeit nur von unserem turteltaubenhaften Gegurre überboten wurde.

Händchen haltend saßen wir Knie an Knie und waren in einem Stadium der Liebesblindheit, in dem wir selbst einen Brocken Hack zwischen den Frontzähnen des Partners attraktiv gefunden hätten. Kurzum: Alles war perfekt. Bis die Torte kam.

Sie wurde von Suza an unseren Tisch gebracht. Eine zierliche Kellnerin mit Bobfrisur, die in dem kleinen Boutique-Hotel hin und wieder an der Rezeption eingesetzt wurde. Bis zu diesem Abend war sie ein Ausbund an Freundlichkeit gewesen. Schon beim Einchecken hatte sie sich über unser junges Glück gefreut, uns ohne Mehrkosten die »Hochzeitssuite« gegeben, beinahe täglich gefragt, wann die Glocken läuten würden und wann bei einem so perfekt harmonischen Paar, wie wir es waren, denn mit Nachwuchs zu rechnen sei. All das untermalt von einem Zweitausend-Watt-Lächeln, das sie uns regelmäßig schon aus der Ferne schenkte. Jetzt aber sah Suza sehr gedimmt aus. Sie wirkte verstört und blickte mich traurig und verwirrt zugleich an. Sogar etwas Missmut lag in ihrem Blick, als sie die Torte wortlos zwischen meinem Gyros und Valeries Bifteki platzierte.

»Äh, was ist das?«, fragte ich, denn den absurd hohen Schokocremeturm hatte ich nicht bestellt. Und so wie die Kellnerin dreinblickte, war es wohl kaum eine freundliche Aufmerksamkeit des Hauses. Es war auch kein Dreißigtausend-Kalorien-Gruß aus der Küche, wie ich gleich schockiert lernen sollte.

»Das hat Ihr Freund aus Deutschland für Sie bestellt«, sagte die Kellnerin kühl.

»Welcher Freund?«

»Franky.«

Oh, Gott. Mir schwante Übles, während Valerie noch nichts ahnend lächelte. Hätte ich ihr zu diesem frühen Zeitpunkt unserer Beziehung Franky bereits vorgestellt und sie daher gewusst, wozu der Gestörte in der Lage war, wäre sie vor Scham ins Meer gerannt.

»Hat er …?«, fragte ich wie betäubt vor Furcht.

Die Kellnerin nickte. »Ja, er hat eine Nachricht für Sie hinterlassen. Warten Sie. Ich lese vor.«

Nein, bitte nicht, dachte ich, versäumte es in meiner Schockstarre aber, laut zu schreien.

Suza kramte einen Zettel aus ihrer Schürze und las die Worte ab, die Franky ihr am Telefon durchgegeben haben musste:

»Liebes Hotelmanagement, bitte richten Sie Sascha Nebel aus, der gerade mit seiner Sekretärin Valerie bei Ihnen Urlaub macht: Seine Frau hat daheim einen gesunden Jungen zur Welt gebracht.«

Das Schlimme war nicht, dass Suza mich wegen dieses völlig absurden Scherzes nun für einen ehebrecherischen Betrüger hielt, der sich unter Vorspiegelung falscher Tatsachen ihre Freundlichkeit und ein Zimmer-Upgrade erschlichen hatte, während er seine Frau daheim alleine stöhnend in den Wehen hatte liegen lassen. Das Schlimme war, dass ich so überfordert mit der Situation war, dass ich lachen musste. Weshalb Suza in mir nicht nur einen Bigamisten, sondern auch einen Geisteskranken vor sich wähnte.

Unnötig zu bemerken, dass auch Valerie mich verstört ansah.

Es heißt ja, dass eine glückliche Beziehung am Anfang wie ein perfektes Tongefäß ist. Bekommt es einen Riss, etwa durch eine Lüge, einen Seitensprung oder andere Verletzungen, kann man es sehr häufig kitten. Manchmal so gut, dass von außen nichts mehr sichtbar ist. Jedoch der Klang des Gefäßes, wenn man dagegenschlägt, wird nie wieder so rein und klar sein wie vor der Beschädigung. Heute bin ich mir fast sicher, dass an jenem Abend auf Kreta die Beziehung zwischen mir und Valerie einen ersten Knacks erlitten hat, auch wenn ich ihr seinerzeit natürlich glaubhaft versichern konnte, dass ich weder eine heimliche Ehefrau noch Nachwuchs hatte und Franky lediglich ein verhaltensauffälliger Witzbold in meinem Leben war. Nur, und das war die Frage, die ich sowohl in Suzas als auch in Valeries Augen las: Was für ein Mann hatte solche Freunde wie Franky?

Es war ebenjener Gesichtsausdruck, der zwischen Verwirrt- und Unsicherheit schwankte, der sich mir in diesem Moment auch in Christins Mimik zeigte. Sie hatte in der Zollschleuse noch vor den gläsernen Schiebetüren auf mich gewartet.

»Sie gehen?«, fragte sie den Arzt, der gemeinsam mit dem Sanitäter nach mir aus dem Raum getreten war. Auch er erinnerte mich an das emotionale Chaosdreieck, in dem ich mich auf Kreta befunden hatte. Eigentlich hatte mich der Mitarbeiter des psychiatrischen Notdienstes in eine geschlossene Abteilung einweisen wollen. Doch obwohl ich ihm gute Gründe dafür gegeben hatte, weswegen es dafür keinen Anlass gebe, blickte er zum Abschied noch einmal misstrauisch in die Runde, genauso wie Suza seinerzeit nach meinen gestammelten Erklärungsversuchen auf Kreta. Selbst ich fühlte mich wie damals. Gleichermaßen peinlich berührt wie belustigt über die Gesamtsituation, die mit wenigen Worten nur schwer verständlich zu machen war.

»Was ist los?«, fragte mich Christin, nachdem wir uns

allein in dem Zwischengang wiederfanden. Selbst die Zollbeamten hatten sich mangels nachrückender Passagiere in die Pause verdrückt.

»Sie nehmen dich nicht mit?« Sie stand von der Metallbank auf, auf der sonst die Koffer gefilzt wurden.

Ich musste grinsen.

»Hast du deshalb meinen Rucksack ausladen lassen?«, fragte ich. Christin nickte verlegen. »Um Zeit zu schinden. Sie sagten, sie müssten dich in eine fürsorgliche Unterbringung aufnehmen, wie die das hier in der Schweiz nennen, und du solltest den Flughafen nicht verlassen, bevor sie da sind.«

»Verstehe.«

»Aber ich nicht!« Sie schüttelte den Kopf. »Wieso haben sie dich nicht mitgenommen?«

»Weil ich keine Gefahr darstelle. Weder für mich noch für andere.«

»Aber du willst doch …«

»Was? Mich umbringen?« Ich schüttelte den Kopf. »Ich will mich nicht umbringen, Christin. Ich will nur so nicht weiterleben. Das ist ein gewaltiger Unterschied.«

Ihre Wangen röteten sich. »Aber das Resultat ist doch dasselbe, wenn du jetzt nicht unter Beobachtung in eine Klinik kommst. Du wirst tot sein.«

»Nein, denn ich stehe unter Beobachtung«, sagte ich.

Süß. Sie sah sich tatsächlich um.

»Ich meinte damit, ich habe mir auch Hilfe geholt, Christin. So wie du für Hector. In Berlin habe ich einen Therapeuten. Der Arzt hat ihn eben angerufen. Er hat ihm bestätigt, dass ich in guter Behandlung und medikamentös eingestellt bin.«

»Und hier in der Schweiz?«

»Besuche ich eine Selbsthilfegruppe.«

Sie holte tief Luft. »Dann bist du …?«

Ich schüttelte den Kopf. »Nein. Ich bin nicht übern Berg. Ich kann dir nicht versprechen, dass ich nie wieder versuche, mir etwas anzutun. Ich bin wie ein trockener Alkoholiker. Die Versuchung ist immer da. Ich versuche mich nur, so gut es geht, von der Minibar des Lebens fernzuhalten.«

Ich deutete zum Ausgang, doch sie hielt meine Hand fest, als ich gehen wollte. »Es tut mir leid, dass ich den Notruf gewählt habe.«

»Quatsch. Ich danke dir.«

»Wofür?«

Ich strich ihr eine Strähne aus den Augen. »Dass du hinschaust. Dass du reagierst. Und handelst. Auch auf die Gefahr hin, etwas falsch zu machen.«

Aus der Ferne hörte ich das Quietschen der Räder von Rollkoffern. Stimmengewirr wurde lauter. Offenbar war eine Maschine gelandet, denn nun tauchten auch die Zollbeamten wieder auf.

»Behalte das bei«, sagte ich zu ihr. »Deine Aufmerksamkeit. Dann musst du dir nie wieder Sorgen machen, bei Hector irgendwelche Anzeichen zu übersehen.«

Ich wandte mich von ihr ab und ging zum Ausgang. Sie folgte mir. Zwei Schiebetüren öffneten sich, und wir standen in der Ankunftshalle, noch vor der gläsernen Absperrung, hinter der ein Pulk von Besuchern auf Ankömmlinge wartete. Gut zwei Dutzend Menschen, die mehr oder weniger sehnsüchtig der Ankunft ihrer Verwandten, Freunde oder Kollegen entgegenfieberten. Einige mit Blumen und Kuscheltieren bewaffnet. Chauffeure mit Namensschildern. Ein Mann mit ZZ-Top-Bart und dazu passendem schwarzem Ledermantel hielt einen Strauß herzförmiger Luftballons in die Höhe.

»Und du bist mir nicht böse?«, fragte Christin.

Wir blieben stehen. Sahen einander an.

»Im Gegenteil«, antwortete ich. Menschen strömten an uns vorbei.

»Okay … also dann …« Wir umarmten uns und hielten uns etwas länger fest als nötig. Verlegen lösten wir uns zögerlich. Beide schafften wir es nicht, uns nach diesem intimen Moment der Nähe erneut in die Augen zu sehen. Unsere Blicke wanderten unabhängig voneinander über die Reihe der Wartenden.

Neben dem ZZ-Top-Imitator stach ein glatt rasierter, perfekt gescheitelter Mann aus der Reihe. In seinem schwarzen Frack sah er aus wie ein englischer Butler.

Christin und ich hatten ihn beinahe gleichzeitig entdeckt. Wir sahen uns an und mussten beide grinsen.

»Ich fliege morgen früh mit der ersten Maschine wieder nach Berlin. Wann hast du deinen Termin bei der Gesprächsgruppe?«

»Morgen Nachmittag.«

»Und? Denkst du auch, was ich denke?

Ich nickte. »Das wollte ich immer schon mal ausprobieren«, gab ich zu.

Sie lachte. »Ich auch.«

Und es war ja noch Zeit. Zumindest bis morgen früh.

Kapitel 53

Wir näherten uns dem Butler, der wie einige der Umstehenden ein Schild in der Hand hielt. Als er uns erblickte, atmete er erleichtert auf und deutete eine Verbeugung an.

»Gräfin und Graf von zur Mühlfelden?«, fragte er zur Sicherheit. Die Namen, die auf seinem Schild standen.

Wir nickten.

»Gott sei Dank«, sprach er mit der zu seinem Outfit passenden Näselstimme. »Mir wurde eben gesagt, Ihre Maschine wäre nicht aus London losgekommen.« Er sah etwas verstört auf den Teil meiner Leinenhose, der wie eine braune Inkontinenzlandkarte Australiens aussah, was dem Kaffeefleck im Schritt zu verdanken war.

»Es hieß, Ihr Flug wäre gestrichen. Aber das war ja zum Glück eine Fehlinformation. Wenn ich Sie bitten dürfte.«

Seine Absätze klackerten auf den glatt polierten Bodenfliesen des Flughafens, als trüge er High Heels.

»Die Herrschaften reisen mit leichtem Gepäck?«, fragte er, während wir Probleme hatten, mit ihm Schritt zu halten.

Wir nickten erneut.

»Gut. Sehr gut.«

Ein Klimaanlagen-Abgasgemisch an warmer Luft empfing uns, als wir das Terminal verließen und zu den Kurzzeitparkplätzen direkt in der Zufahrt gingen.

»Wie Sie wissen, beginnt das Schlichtungsverfahren in der Erbauseinandersetzung in wenigen Minuten. Ich hoffe, Sie sind emotional gut vorbereitet, immerhin geht es um hundertzwanzig Millionen Franken, und die Anwesenden sind, nun, gewisse Charaktere, wenn mir die Bemerkung gestattet sei.«

Der Butler hielt vor dem für die Herrschaften ausgewählten Shuttle-Fahrzeug und öffnete die hinteren Türen.

Wenn man dem Umstand, dass man mit dem Leben schon einmal abgeschlossen hatte, überhaupt etwas Gutes abgewinnen kann, dann vielleicht die Erkenntnis, dass man in ihm nichts mehr zu verlieren hat. Sondern nur noch zu gewinnen.

Ich wusste nicht, wohin dieser Gedanke mich führte, ebenso wenig, wie ich eine Vorstellung davon hatte, wohin der livrierte Chauffeur uns bringen wollte, gemeinsam mit seinem Beifahrer, dem Butler. In dem goldenen Rolls-Royce-Cabrio, in dem Christin und ich es uns erwartungsfroh, aber auch – das gebe ich zu – mit etwas flauem Magen bequem machten.

»Sind wir gut vorbereitet, *Liebling?*«, fragte mich Christin, während sie die Beine ausstreckte.

»Ich denke, das sind wir, *Schatz*«, antwortete ich, als der Wagen nahezu geräuschlos anfuhr.

Und so endet diese Geschichte, wie alle Geschichten beginnen. Mit dem Aufbruch zu einer Reise von ungewisser Dauer mit unsicherem Ergebnis – was im Grunde eine treffende Beschreibung für das Wunder des Lebens ist.

Oder die Definition eines Elternabends.

Danksagung

Meine Frau Linda sagt immer: »Die Gäste machen die Party!« Soll heißen: Man kann nur den Rahmen für die Feier stellen. Ob sie gelingt, ob man sich auch noch Jahre später an das rauschende Fest erinnern wird, hängt immer von den Eingeladenen ab.

Auch wenn die meisten bei dem Wort »Party« wohl kaum an einen Elternabend denken werden, gilt der Spruch auch für diese Art der Veranstaltung. Es sind die Eltern, die den Abend prägen. Nicht die Lehrerinnen und Lehrer, für die ich als Sohn eines Schulleiters und einer Wirtschaftslehrerin (übrigens zeitweilig in einem Knast, aber das ist eine andere Geschichte) ausdrücklich eine Lanze brechen will. Ebenso wie für die Erzieherinnen und Erzieher, die diese Abende in Kitas und Schulen organisieren.

Im Gegensatz zu mir können sie sich nicht einfach in die letzte Reihe setzen und hoffen, dass der Kelch an ihnen vorübergeht und sie bei Themenpunkten wie »Wer schreibt das Protokoll?« oder »Wer verwaltet die Klassenkasse?« übersehen werden. Sie mussten den Abend vorbereiten, und die meisten Organisatorinnen und Organisatoren, auf deren Elternabenden ich sitzen durfte, taten dies mit Sorgfalt und Leidenschaft.

Es waren regelmäßig die Eltern, die alle Bemühungen zunichtemachten, die Sitzung nicht zum nervenstrapazierenden Marathon auswachsen zu lassen.

Einige von Saschas Erlebnissen beruhen auf wahren Begebenheiten. So gab es tatsächlich einmal eine rege Diskussion darüber, ob eine Abweichung von fünfzehn Minuten bei der Mittagessenszeit noch tolerabel wäre. Auf einem Elternabend wurde wirklich (ich schwöre!) Jesus Christus als Elternsprecher vorgeschlagen, was von der Lehrerin lakonisch mit »Der ist heute leider nicht anwesend« quittiert wurde. Eine Aussage, der sich die meisten Eltern vorbehaltlos anschlossen, auch wenn sie sich spätestens ab diesem Zeitpunkt göttlichen Beistand sicher gewünscht hätten. Da diese Episode so absurd war, habe ich mich lediglich getraut, sie in einem Halbsatz zu erwähnen. Wie im Thriller, so muss ich auch in der Komödie die harte Realität abmildern, damit sie mir geglaubt wird.

Nur in Ausnahmefällen sorgten die Organisierenden selbst für Empörung: So, als sich (wie hier im Buch) alle Eltern beim Stopptanz antanzen und dem Gegenüber vorstellen sollten. Ein Vater weigerte sich mit den Worten: »Wir sind doch hier nicht im Kindergarten!«, doch genau da saßen wir.

Im Grunde gehe ich genau wegen dieser Erlebnisse sehr gerne auf Elternabende, wobei ich bezweifle, dort ein gern gesehener Gast zu sein, nachdem ich das letzte Mal erst zu spät kam und dann den Eimer Tafelwasser umstieß, was dazu führte, dass die Klassenlehrerin den Abend in einer Pfütze sitzend bestreiten musste. (Wie gesagt, wir waren meinetwegen schon im zeitlichen Verzug.)

Auf Elternabenden lerne ich die unterschiedlichsten Verhaltensauffälligkeiten der menschlichen Spezies kennen, sie sind also ein Quell für meine Recherche. (Es ist daher nicht auszuschließen, dass irgendwann mal auch ein Psychothriller in einer Schule spielen wird.)

Neben den Eltern, die mir reale Vorlagen lieferten (ihre Namen wurden selbstverständlich abgeändert), haben mir auch bei diesem Buch wieder sehr viele Menschen geholfen. Hier verweise ich, um Sie nicht zu langweilen, auf die Danksagungen vorhergegangener Werke.

Ausdrücklich erwähnen möchte ich an dieser Stelle diesmal nur mein Kern-Dream Team:

Meine wunderbaren Lektorinnen Carolin Graehl und Regine Weisbrod; meine Managerin und beste Freundin Manuela Raschke; Sally Raschke, die unter anderem meine Social-Media-Aktivitäten managt; meinen Literaturagenten Roman Hocke; meine fantastische PR-Agentin Sabrina Rabow und meinen langjährigen Freund und Weggefährten Christian Meyer. Vor allem aber danke ich meiner wundervollen, lebensklugen Ehefrau Linda. Vermutlich hat sie, als sie mir ihr Jawort gab, nicht bedacht, dass ich sie in Zukunft genauso häufig als literarische Sparringspartnerin benutzen werde, wie ich ihr auf unseren zukünftigen Elternabenden den Vortritt lasse.

Ihr habt euch alle 15 Punkte, also eine Eins plus verdient (auch wenn ihr euch von diesem Lob jetzt nichts kaufen könnt).

Einen besonderen Eintrag im Fleißheftchen mit Sternchen haben sich zudem verdient:

– Jörn Stolli Stollmann, für die wunderbaren Illustrationen und das Cover

– und Markus Christmann (für fachliche Nachfragen, was die Polizeiarbeit anbelangt, die hier natürlich nicht hyperrealistisch dargestellt ist).

Und ich danke allen, die sich nicht wie ich ständig drücken. Also denen, die Protokoll führen, die Elternvertretung übernehmen, die Klassenkasse verwalten, beim Kuchenverkauf hinter dem Tapeziertisch stehen und Wasserkisten zum Waldlauf schleppen. Ich danke den Veranstalterinnen und Veranstaltern für ihre Geduld, die mit uns Eltern oftmals sicher stärker strapaziert wird als von den Kindern. Kurz: Ich danke allen, die ihre Freizeit zum Wohle unserer Kinder opfern. Auch wenn's mal wieder länger dauert. Getreu dem Motto: Es ist schon eine Stunde über der Zeit. Alles wurde längst gesagt. Leider nicht von jedem.

Auf Wiederlesen
Ihr
Sebastian Fitzek
Berlin, am Freitag den 13. um 13.12 Uhr
(also in der sechsten Stunde)
Verdammt, schon wieder die große Pause verpasst.

PS: Natürlich danke ich auch Ihnen. Fürs Lesen natürlich. Und fürs Schreiben. Falls Sie mögen, erreichen Sie mich unter fitzek@sebastianfitzek.de. Antworten können allerdings länger dauern, und manchmal vergesse ich sie, so wie damals meine Hausaufgaben. Ich habe nämlich vier Kinder, macht bei mindestens einem Elternabend pro Halbjahr … herrje, ich will gar nicht daran denken …

Leseprobe

SEBASTIAN

FITZEK

Der erste letzte Tag

KEIN THRILLER

1. Kapitel

Nehmen wir einmal an, die Welt wird nicht gerade von einer Pandemie gebeutelt, und Sie sitzen in einem Flugzeug, zehn Reihen hinter der Tragfläche, obwohl Sie extra um einen Platz ganz vorne gebeten haben (weil dort die Luft besser ist und es weniger wackelt). Immerhin hat Ihnen die Dame vom Check-in mit dem »Der nächste Trottel, bitte«-Blick den Fensterwunsch erfüllt, nachdem sie eine halbe Ewigkeit auf der Computertastatur rumtippte und Sie schon befürchteten, die Frau würde Ihnen am Ende nicht die Bordkarten, sondern den Leasingvertrag für den Airbus aushändigen … Nehmen wir also einmal an, Sie säßen jetzt in Reihe 33A, die Knie in den Vordersitz gedrückt, den rechten Arm vor der Brust eingeknickt, als wollten Sie beim Tennis eine Rückhand schlagen. Denn die Lehne neben Ihnen ist von einem XXL-Unterarm belegt, an dem ein Hundertzwanzig-Kilo-Mann mit Halbglatze hängt. Ihr Handy ist bereits ausgeschaltet, und Sie sind vorschriftsmäßig angeschnallt, obwohl der Flieger seine Parkposition noch nicht einmal verlassen hat: Tja, ich denke, Sie hätten gewiss einen schönen Blick auf den Kerl mit der Warnweste, der gerade auf dem Rollfeld bei dichtem Schneefall den Inhalt eines aufgeplatzten Koffers aufs Förderband kippt.

Ich zumindest sah genau dieses, und so erklärt sich auch mein Ausruf (»Scheiße«), der mir einen misstrauischen Blick meines Sitznachbarn einbrachte. Der aufgeplatzte Koffer war eindeutig meiner, wie ich unschwer an dem ockergrünen Bärchenpulli erkennen konnte, der gerade im Magen des Flugzeugs verschwand.

Meine Mutter hatte mir den Pullover zu Weihnachten geschenkt. Nein, sie war nicht farbenblind, und noch weniger wollte sie mir mit besonders hässlichen Weihnachtsgeschenken vor Augen führen, dass sie bei meiner Geburt lieber gestorben wäre, als mich die folgenden zweiunddreißig Jahre ihren Sohn zu nennen. Nein, Mama liebte mich. Sehr sogar. Nur hatte sie einen schrecklichen Geschmack, zumindest, wenn es um Mode ging. Einmal hatte ich die Probe aufs Exempel gemacht und bei einem Familientreffen mein Sakko in die Hose gesteckt, und sie hatte mir lediglich mit den Worten »mein hübscher Livius« über den Kopf gestreichelt; ein Kompliment, das ich, wie Sie spätestens jetzt verstehen werden, seit meinem achten Lebensjahr nicht mehr allzu ernst nehme. Genauer gesagt seit dem Tag, an dem sie mir schwor, niemand in der Klasse würde über meinen Mittelscheitel lachen, und es wäre ganz normal, wenn bei Sandalen vorne die Socken wie tote Hundezungen heraushängen.

Dass der Bärchenpulli jetzt ohne seine schützende Samsonite-Hülle vermutlich auf Nimmerwiedersehen im Bauch des Flugzeugs verschwand, war mir also gar nicht mal so unrecht. Was ich vom Verlust meiner übrigen Habseligkeiten allerdings nicht behaupten konnte: meiner weißen Oberhemden, der kaum benutzten Joggingschuhe, eines Ladekabels, des neuen Stephen King (1056 Seiten, die bald das Doppelte wiegen würden, wenn das Förderband noch länger im Schneeregen pausierte) und, last, but not least, meines Fünfhundert-Euro-Anzugs. Den hatte ich mir nicht nur für meinen Termin bei dem Verlag gekauft, der mein erstes Buch unter Vertrag nehmen wollte, sondern auch für die »Wollen wir uns noch eine letzte Chance geben?«-Verabredung bei der Paarberatung mit meiner Frau Yvonne, die mich für einen Kollegen verlassen hatte. Doch wie es aussah, hatte der sich ausgerechnet kurz vor Weihnachten aus dem Staub gemacht, was vermutlich der Anlass ihres tränenerstickten Anrufs gewesen war, an dessen Ende wir verabredet hatten, es nach Weihnachten ein zweites Mal mit einer Eheberatung zu probieren. Unser erster Versuch hatte mit ihrem Auszug geendet.

Dass ich morgen bei unserem ersten Wiedersehen nach einem guten Vierteljahr ordentlich gekleidet sein würde, schien mir im Moment eher unwahrscheinlich. Meine Anzughose blähte sich gerade wie der Windschlauch einer Wetterstation. Mein innerer Kompass hingegen drehte von *»Das darf doch nicht wahr sein«* Richtung *»Verdammt, ich muss was tun«*.

Ich löste den Gurt und stemmte mich andeutungsweise aus dem Sitz. »Entschuldigung, dürfte ich mal bitte?«, fragte ich meinen Nebenmann, der gerade versuchte, sich in eine *BILD*-Zeitung zu wickeln. Vielleicht wollte er sie auch lesen, der Unterschied war nicht auszumachen.

»Hä?«

»Ich muss leider aufstehen.«

»Toiletten sind nicht.« Er schüttelte den Kopf und gab mir damit zweierlei zu verstehen: Erstens würde er sich vermutlich nie für meinen Volkshochschulkurs »Kreatives Schreiben« anmelden, den ich in meiner Freizeit gab. Und zweitens kam er wie ich aus Berlin. Es mochte irgendwo Städte geben, in denen die Einwohner noch unhöflicher zu Fremden waren, aber bislang hatte das Hubbleteleskop-Teleskop sie noch nicht entdeckt.

»Erst nachem Start«, ergänzte er, und sein kotelettengerahmter Quadratkopf verschwand wieder hinter der Zeitungstapete.

»Nein, nein. Ich muss nicht aufs Klo«, wies ich ihn höflich auf das Missverständnis hin.

»Schön«, brummte er.

»Nein, ich meine, Sie verstehen nicht ... ähhm ...« Ich tippte von meiner Seite der Zeitungswand aus gegen eine Schlagzeile, die man selbst als Kurzsichtiger noch vom Weltall aus hätte entziffern können, und rief ein weiteres Highlight an Eloquenz meines Nachbarn hervor.

»Hä?«

»Es gibt Probleme mit meinem Koffer da unten.« Ich deutete auf die Szenerie auf dem Rollfeld, die sich zu meinem Entsetzen jäh verändert hatte. Kein Gepäckwagen mehr. Das Förderband fuhr zurück. Der Beladevorgang war abgeschlossen, der Westenmann auf dem Rückzug ins Warme.

»Wasislos?« Das Aushängeschild des Berliner Fremdenverkehrsamtes hatte sich tatsächlich dazu bequemt, meinem ungläubigen Blick durch das Fenster zu folgen. Leider verlagerte er dafür seinen Schwerpunkt eindeutig in meinen Strafraum.

»Was quatschen Sie denn da?«, fragte er, die Hälfte seines Körpers auf meinem geparkt. Sein Atem hüllte meinen Kopf in eine Atmosphäre aus Mett und Kaffee.

»Nicht mehr da«, stöhnte ich.

Der Mann wandte sich zu mir. Ich blieb starr, hielt die Luft an und presste die Lippen zusammen. Wir waren uns so nah, eine unbeabsichtigte Bewegung, und ich würde ihn küssen.

»Hast du Hallus?«, fragte er mich, und ich hätte gerne geglaubt, dass damit das Eis zwischen uns gebrochen war, er aufstehen und mich vorbeilassen würde, doch ich hatte meine Zweifel. Und der Umstand, dass er wieder sein Zeitungszelt zwischen uns aufspannte, sprach auch nicht gerade dafür.

Da ich mit mitteleuropäischen Kommunikationsgepflogenheiten nicht weiterkam, borgte ich mir die Worte des Poliers, der mich während meines Studentenjobs auf dem Bau folgendermaßen subtil zur Eile gemahnt hatte: »Ich ramm dir gleich einen Schraubenzieher in den Arsch, wenn du nich sofort hinne machst.«

Der Beschimpfte sah mich genervt an, aber immerhin drehte er sich zu der älteren Dame neben ihm und gab ihr höflich zu verstehen, dass sie zuerst aufstehen müsse: »Schieb mal rüber!«, sagte er und gab ihr kaum Zeit, sich abzuschnallen und ihm auszuweichen.

Endlich befreit, lief ich den Gang Richtung Cockpit, verfolgt von misstrauischen Blicken, die meinen Oberkörper nach Sprengstoffgürteln absuchten.

In Reihe zwölf kam ich nicht mehr weiter und blieb vor dem Rücken einer gestressten Stewardess stehen, die mit jemandem sprach, der offenbar in die entgegengesetzte Richtung wollte. Zwischen »Damit kommen Sie …« und »… hier nicht weiter« tippte ich ihr auf die Schulter. Sie drehte sich kurz, um sich mit zerknitterter Miene ein Bild davon zu machen, welcher Abschaum von Passagier es wagte, sie zu stören, dann sagte sie »Augenblick« und riss den Kopf wieder nach vorne.

Oje, dachte ich leicht besorgt. Ich leide nun wirklich nicht unter Flugangst, aber irgendwie fühlte ich mich nun nicht mehr ganz so sicher. Immerhin war diese Flugbegleiterin im Ernstfall dafür zuständig, dass die qualmende Kabine in weniger als dreißig Sekunden geräumt sein musste, und dabei sah sie jetzt schon so gestresst aus, als würde sie geradezu auf einen außerplanmäßigen Druckabfall hoffen, weil sie selbst hin und wieder einen Schluck aus der Atemmaske vertragen könnte.

»Bitte, es ist dringend.« Natürlich war es ein Fehler, zu glauben, mit höflicher Kommunikation etwas erreichen zu können. Wie zuvor bei meinem Sitznachbarn scheiterte ich auch bei der Stewardess grandios. Sie hob nur abwehrend die Hand, ohne sich zu mir umzudrehen. Kamen denn hier alle aus Berlin?

»Das müssen Sie aufgeben«, sagte sie zu der verdeckten Gestalt vor ihr.

»Unmöglich«, hörte ich eine junge Frauenstimme lautstark protestieren. »Da ist etwas sehr Wertvolles und Zerbrechliches drin.«

Die Stewardess zeigte sich wenig beeindruckt. »Keine Sorge«, sagte sie mit der Glaubwürdigkeit eines Hütchenspielers, »unser Frachtraum ist sicher, da ist Ihr Gepäck in guten Händen.«

Ah, ja.

Angesichts der Tatsache, dass ich gerade mit eigenen Augen gesehen hatte, wie sich mein Koffer aufs Förderband übergab, hielt ich diese Aussage für leicht korrekturbedürftig und versuchte mich mit einem energischen »Ähemm« konstruktiv in die Unterhaltung einzubringen. »Ich hätte da auch ein Problem mit meinem Gepäck.«

Hmm. Ignoriert zu werden fühlte sich aufregender an. Aber immerhin drehte sich die Stewardess etwas zur Seite und öffnete das Fach über den Reihen zwölf bis sechzehn, wohl um zu beweisen, dass hier alles belegt war. Durch diese Positionsveränderung hatte ich erstmals freie Sicht auf ihre Gesprächspartnerin.

Ach so.

Ich brauchte nur einen Blick, und mir war alles klar.

Vor mir stand ein Klischee – eine »Tofu-Terroristin«, wie mein Freund Eddy sie nennen würde, wenn die junge Frau in seiner Neuköllner Eckkneipe aufkreuzen würde, was sie vermutlich nie tat, weil Eddy keine glutenfreie Sojamilch oder – Zitat Eddy – »anderen Ökomist« auf der Karte hatte. Vermutlich würde er sie gar nicht erst reinlassen oder sich zumindest den Ausweis zeigen lassen, denn ihr Alter war wegen ihrer puppenhaften, kreideblassen Haut nur schwer zu schätzen. Mindestens sechzehn, höchstens dreißig.

Die junge Frau hatte zwei Drittel ihrer dicken, braunen und ansonsten schulterlang herunterhängenden Locken mit einem Haargummi hochgebunden, und das mit einer professionellen Nachlässigkeit, die wohl spontane Natürlichkeit ausdrücken sollte. In Wahrheit hatte sie heute früh sicher stundenlang vor dem Spiegel gestanden, damit der strubbelige Büschelzopf, der wie eine aufgeplatzte Palme aussah, auch wirklich fast mittig vom Kopf abstand.

Das Gesicht war schmal, als besorgter Vater hätte ich es »eingefallen« genannt, und sie trug die obligatorischen Insignien einer Zugezogenen, die ihr ganzes Teenagerleben lang davon geträumt hat, mit Papas Kohle im Prenzlauer Berg einen auf hippes Mädel zu machen: In-Ear-Kopfhörer in den durchlöcherten Ohrmuscheln, kajalumrandete Rußaugen, Schmollmund. Nur der obligatorische Nasenring und das Augenbrauenpiercing fehlten.

»Und was jetzt?«

Sie ragte mir nur bis zur Brust, was erstaunlich war, da auch ich nicht gerade mit Basketballergenen gesegnet bin, wobei mir das Schicksal meines Vaters (ein Meter sechsundsechzig, Tendenz fallend) zum Glück erspart geblieben war. Wenn ich gerade stand, was selten geschah, kratzte ich die Eins-achtzig-Marke. Ich war also »normal gebaut«, wie meine Mutter sagen würde, ohne sich der sexuellen Implikation bewusst zu sein.

Ob die Palmen-Frisur vor mir auch »normal gebaut« war, ließ sich nicht ohne Weiteres sagen, schirmte sie doch den gesamten Oberkörper bis zur Hüfte mit einem gewaltigen Seesack ab.

Nun verstand ich, warum die Stewardess die junge Frau damit nicht durchlassen wollte. Es war ein Wunder, dass das Monstrum nicht bereits bei der Sicherheitskontrolle im Röntgengerät stecken geblieben war. Zugegeben: Mathematisch bin ich nicht sonderlich begabt, und mein räumliches Denken entspricht in etwa meinen Fähigkeiten, brennende Kernkraftwerke zu reparieren. Aber wenn dieser Sack die Abmessungen eines Handgepäckstücks hatte, dann mussten die Durchschnittshände mitteleuropäischer Fluggäste über Nacht auf Hulk-Niveau angewachsen sein. Ich fragte mich, wie sie es ohne Kran für das Gepäckstück überhaupt bis hierher geschafft hatte.

Na ja, die Pyramiden waren ja auch irgendwie gebaut worden.

»Sie sehen ja, hier ist kein Platz«, fauchte die Stewardess und schloss das Gepäckfach energisch. »Geben Sie mir Ihre Tasche, ich gebe sie für Sie auf.«

»Auf gar keinen Fall!« Die junge Frau stellte den Sack im Gang ab, den Blick auf Angriff programmiert.

Oje. Das kann jetzt heiter werden.

Ich kannte diese Sorte Frauen. Sie saßen in meinen VHS-Kursen mit einem Bio-Latte in beiden Händen (fair gehandelten selbstverständlich: *Zwei Cent der überteuerten Brühe spenden wir zur Erhaltung des Regenwalds, den wir für die Millionen an Pappbechern abgeholzt haben, die du nach zehn Schlucken wieder wegwirfst*), wollten mit mir über irgendeinen Text reden, den sie über Nacht unter dem Einfluss von einer Flasche Rotwein in die Tastatur gerotzt hatten, und schmissen spätestens in der dritten Woche das Handtuch, weil sie jede Kritik an ihren Aufsätzen als einen Eingriff in ihre künstlerische Hoheitssphäre betrachteten.

Nun gut, der eine oder andere könnte mir entgegnen, dass auch ich ein Klischee lebe – und er hätte recht damit.

Trara, Vorhang auf: Vor Ihnen, eingeklemmt im Gang eines Flugzeugs auf dem Rollfeld des Münchner Flughafens, steht Livius Reimer, Deutsch- und Geschichtslehrer. Der Mann, der so cool sein will wie seine versetzungsgefährdeten Oberstufenschüler. Halbstarke, die alles besitzen, was er als Lehrerkind in seiner Schulzeit nie haben durfte: Markenklamotten, Tätowierungen, Zigaretten und schlechte Noten.

Wie sie trägt er zerschlissene Leinenschuhe, allerdings

stecken in seinen Chucks warme Einlegesohlen, weil er im Winter sonst das Gefühl hätte, barfuß auf einer Eisbahn zu laufen. Er kauft sich Jeans mit Löchern, aber nur welche, bei denen man die Haut nicht durchschimmern sieht, weil er so weit nun auch nicht gehen würde. Und er zupft sich einzelne Fransen seiner Kurzhaarfrisur mit Gel in die Stirn, weil er hofft, das würde ihm etwas Verwegenes geben.

Tja, das bin ich. Normal gebaut, normal gewichtig und normal spießig. Das Klischee des Vertrauenslehrers, der denkt, mit seinen Schülern ein Bier auf der Klassenfahrt zu trinken wäre eine vertrauensbildende Maßnahme.

Allerdings – und das ist der Grund, weshalb ich alles in allem ein ganz zufriedener Kerl bin – bin ich mir meiner Pseudospießigkeit bewusst. Offensichtlich ganz im Gegensatz zu der uneinsichtigen Passagierin vor mir.

»Bitte, da hinten ist doch noch ein Platz frei«, sie deutete Richtung Sitz Nummer 33A, »da können wir ihn anschnallen.«

»Der Sitz gehört mir«, wagte ich einzuwenden.

»Und wieso stehen Sie dann hier rum?«, schnauzte mich die Flugbegleiterin an.

Aha. Endlich eine gute Nachricht. Sie redete mit mir. Offensichtlich war ich doch nicht Bruce Willis in »Sixth Sense« und konnte nur mit Toten reden. »Ich stehe hier, weil der Inhalt meines Koffers verstreut in dem Laderaum Ihres Flugzeugs liegt und …«

»Da hören Sie es«, unterbrach mich die junge Frau. »Unter diesen Umständen werde ich ja wohl kaum meine Tasche aufgeben.« Ihre Augen strahlten dieses beneidenswerte Selbstbewusstsein aus, das einem nur viel Geld oder ein erschreckender Mangel an Lebenserfahrung verleiht. Ich tippte gewagt auf eine Kombination von beidem.

Ohne einen Blick in ihren Sack geworfen zu haben, war ich mir sicher, was ich darin finden würde, nämlich einen Querschnitt der jüngsten Apple-Produktpalette: iPhone, iPad, ein MacBook und, wenn es die geben würde, auch i-Tampons. Keine Ahnung, wie Steve Jobs, Gott hab ihn selig, die Quadratur des Kreises hinbekommen und selbst werbekritische Menschen dazu gebracht hatte, die Apple-Stores mit dem Petersdom zu verwechseln. *Kann man da eigentlich auch Kerzen anzünden?* In meinen Augen verhielt es sich mit dieser Apfel-Marke wie mit Berlin: Beides hatte offensichtliche Macken, doch entweder sprach man nicht darüber, oder sie wurden einfach zu Kult erklärt.

»Na gut, dann war's das eben«, sagte die junge Frau und griff wieder nach ihrem Sack, den sie kurz abgestellt hatte. Ich war geneigt, ihr zu helfen, damit ihr ein Bandscheibenvorfall erspart blieb.

»Was haben Sie vor?«, wollte die Stewardess von ihr wissen.

Mittlerweile konnten wir uns der Aufmerksamkeit der Passagiere sicher sein. Bis auf zwei schreiende Kinder und einen schnarchenden Geschäftsmann hatten sich alle zu uns gedreht.

»Ich will hier raus«, sagte die Passagierin.

Hm. Gar keine so schlechte Idee.